品评今古典籍，
畅论中外名家，
犹如叙话桑麻瓜豆，
交流稼穑技艺也。

* 明斋

※ 李侯有佳句，往往似阴铿。余亦东蒙客，怜君如弟兄。醉眠秋共被，携手日同行。更想幽期处，还寻北郭生。入门高兴发，侍立小童清。落景闻寒杵，屯云对古城。向来吟橘颂，谁与讨莼羹？不愿闻箎笏，悠悠沧海情。

马向阳 著

明斋耕书录

中原出版传媒集团
中原传媒股份有限公司
大象出版社
·郑州·

图书在版编目(CIP)数据

明斋耕书录／马向阳著.—郑州：大象出版社，
2018.9（2019.7重印）
ISBN 978-7-5347-9839-9

Ⅰ.①明… Ⅱ.①马… Ⅲ.①随笔—作品集—中国—当代 Ⅳ.①I267.1

中国版本图书馆 CIP 数据核字(2018)第 141564 号

明斋耕书录
MINGZHAI GENGSHU LU

马向阳 著

出 版 人	王刘纯
责任编辑	张 琰
责任校对	安德华
版式设计	王莉娟

出版发行	大象出版社（郑州市郑东新区祥盛街 27 号 邮政编码 450016）
	发行科 0371-63863551 总编室 0371-65597936
网　　址	www.daxiang.cn
印　　刷	北京汇林印务有限公司
经　　销	各地新华书店经销
开　　本	890mm×1240mm　1/32
印　　张	9
字　　数	164 千字
版　　次	2018 年 9 月第 1 版　2019 年 7 月第 2 次印刷
定　　价	38.00 元

若发现印、装质量问题，影响阅读，请与承印厂联系调换。
印厂地址　北京市大兴区黄村镇南六环磁各庄立交桥南 200 米(中轴路东侧)
邮政编码　102600　　　　　　电话　010-61264834

释"耕书" 道"明斋"（代序）

案头摆置，系我兄向阳新著文化随笔书稿，文笔叙述重在录实记言，间有抒怀感事。札记内容涵盖了作者读书、访书、淘书、得获名家赠书珍而藏之的经验心得以及在生活中、交友时的形容踪迹。

向阳，狷介书生，明心见性，知行兼融。其于公庶羁旅间抽暇思考，在节期假日里伴著执绋，通汇过往，对话当下，激扬文字，晴耕雨播。笔端纸面，描摹的是身历亲为的生活景致；字里行间，昭显着他自在内发的嗜书性情。书册所载，部分篇什曾在《中国教师报》《姑苏晚报》《杭州日报·副刊》《海南周刊》等报端发表，多数文字尚系首度见刊。

阅览著述，先解书名。书题缘自书舍斋号，款款曲曲皆通心结。书斋名之以"明"，向阳自许"三意"，曰"向阳秋月，伉俪情笃";曰"斋室面南,光照充足";曰"浸润经典,净心脱俗"(见《明斋读书记·自序》)。敝者帬见,斋号见命以"明",尚可寓寄日月满盛、辉彰耀炳、照临四方、著见无晦诸般意蕴。作者时以斋号自况,寓颓世自洁,温良见高的朴素心性;抒大隐于市,不与人争之清流念想。寄惬"明斋",借举向阳兄颇喜念诵的陈眉公小品联句便是"闭门即是深山,读书随处净土"(明陈继儒:《小窗幽记》一七〇)。向阳居清净斋舍,隔市井街衢,凭甚风扫瓦,任老雨叩窗,闭门静处,不辍笔耕,遂有这《明斋耕书录》(下简称《耕书录》)稿定集成。

向阳自撰《题记》以"曩时耕作的是农田,今日耕作的是书册"切点《耕书录》题旨,言表人生快意莫过"耕书",又以《耕书琐谈》文句刮划"耕书"层级:一人单处默读谓"独耕",二人共同阅读谓"耦耕",沙龙雅集形式的多人研读则以"群耕"类纳而归之。

"耕"为形声字,许慎解为"犁也。从耒,井声。一曰古者井田。"(《说文·耒部》)偏旁之"耒"形象为手执曲木下夹犁土器具之人,"井"为商周井田,"耕"即人执垦具犁田。先民田作,人耕谓之耕,牛耕谓之犁。甲骨文字早有"耤"字,《说文》解作"帝耤千亩也","天子诸侯所耕田,借人力以终之"。《诗经》中的"千耦其耘"所记亦是人耕;宋人叶梦得所说"耦用人,犁用牛"也是此意。

《论语·微子》记孔子周游行至陈蔡间,见隐者"长沮、桀溺耦而耕",遂遣子路问津。"耦而耕"讲的是两人并立或者相向而耕。"耦"义同"偶",可作"合""谐""匹""配"诠释。有趣的是,古人草创文字,竟还特地造出一个"犇"字,表解两牛相向犁田剖土这般具象。

农事"耕"器为耒,述作"耕书"则须笔具。"笔"的本字为"聿"(《说文》有解,"聿:所以书也,楚谓之聿,吴谓之不律,燕谓之弗"),"笔""筆"两种写法均为后起异形。《说文·聿部》收字仅有6个,除"書"(简化字形为"昼")字释义"日出中正"外,余者多与秉笔书写相关。至于"筆"为"书具,秦蒙恬所遗"(《广韵》)的物事记载,已有考古实出确证乃为虚妄传说。

笔录言述,著于竹帛简牍、载于纸草册页谓之"書"(简体字形作"书")。书字衍义"抒""舒",故向阳所谓"耕书"亦能假为"耕舒",个中惬意,若非亲躬亲历则无以说计。然而,"書"之本字"箸"所指竟是"饭荚"(食具"筷子",纯然庶物),此一古今义迥别殊异的语词现象现代人恐难及料。

"越人安越,楚人安楚,君子安雅。"(《荀子·荣辱》)向阳为人,不羁名缰利锁,无畏骇浪惊风,情喜白酒靓面,性忌黑金晦心。身为教育专家,行政管理成绩斐然,教学研究术业精工。间有余裕,舒淡阅读,清赏燕闲,雅趣耕书。案头存文意,笔端寄诗情,手谈笔撰,漫衍人生。

精魂空间，灵性环境，向阳"明斋"诚为"奥室高阁"去处。称作"奥室"，谓其"既有图书鼎彝之属，更谐高雅绝俗之趣"；言其"高阁"，并非单指斯处位于高厦顶层，且因"阁"字除作"官署""闺房"解读，殊多以命藏书处所（如汉时"天禄""石渠"，清季"文津""文渊"）。"阁斋"本就书楼别称。"阁束"者何？书册是也。

　　"明斋"名盛，胜在境界、情致。文房清供，氤氲书香，列井然澄明，衬规范幽寂；雅集高质，清茶香茗，无腹诽心谤，有慧觉良知。"明斋"是个群——志趣相投一拨儿人。书友们欣悦荟聚，相斟相酌，续道继绝，微言大义论《春秋》；究始穷终，览盛察衰读《史记》。同人间坐而论道，互砥互砺，剖惑析疑，道藏佛典解玄理；检索钩沉，经史子集释文章。传旧义浅析深覃，举新解起废补敝，会通中西古今，开心交流习得，这边的天真浪漫，那厢里泼皮讨厌，理屈者面红耳赤，词穷者冷齿霜颜，全不顾雅稚温良，皓首童颜依旧孟浪本性，淑女鸿儒照样少年轻狂。

　　辛卯年为向阳《渐远的风雅》潦草序文，发愿"期待着能从更近的距离阅读向阳"。近时得缘，忝入了"明斋"门墙，就"耦耕"，列"群耕"，脱却浊流赴清流。

　　那日，"明斋"友众从早年热播的辫子戏《宰相刘罗锅》起讲，话题渐次转向明清易代官制传承。笔者认为有鉴明朝宰辅专权、宦官干政的厄史教训，清代于制度上不设宰相专权，不使后宫干政，宫斗剧不过是瞎掰戏说。向阳发问："当年课上春祥老师讲过的'明谓太祖训令不置相宰'，还记否？"虽知李善长、胡惟庸执左相于前，朱重八罢相自兼在后，却犹记洞庭吴中坐落有"明朝宰相"王鏊故里，且位于桃花坞街道景德路的"王文恪公祠"距我曾经寓所仅隔咫尺，莫非记忆有误？粗婢钝汉，无透中边，立时语塞，只有噤声。

为辨正误，欲浇块垒，步陟太湖东山。

标识赫然：陆巷古村是明代正德年间宰相王鏊的故里，是全国首批历史文化名村，被誉为"太湖第一古村"。王鏊曾连捷解元、会元、探花，其门人唐伯虎称他为"海内文章第一，山中宰相无双"。

阅览"惠和堂"书壁，确知重臣王鏊身历成化、弘治、正德、嘉靖四朝，所授职官有翰林院编修、吏部左侍郎、文渊阁大学士、户部尚书等，其中并无宰相职务。向阳所言"太祖训令不置相宰"凿凿无误。唐寅楹联实以官称作喻，仅"相当于""享受同等待遇"而已。千里赴"耕"机，明白一个事理，苏州话讲就是：蛮适意！

旧制时文八股，正文之前有"破题""承题""起讲"部分，旨在附会明题。这般俗称"冒子"的文例恰与各类著作的前序后跋功能肖似。"序"字本义"东西墙也"（《说文·广部》，"叙""续""绪"皆是衍辞）。作为庭院的外围边厢，序（墙）在功用上能爿连廊庑却不接厅堂；书序亦同，文辞纵有水月镜花抑或空谷足音，作用也是正文的袼褙裱衬。俄罗斯汉学家李福清在论及萧统《文选》所编文学体式的文章中将"序"界定为"用简短而文雅的但不押韵的散文写的文学前言"，把控可谓精准。

乙未岁梅子黄时，曾给"明斋"前续之《读书记》小言为序，留下了"期待向阳斋中更兴，耕播稼穑再度芒种"的念许；当下《耕书录》杀青，向阳复嘱再攒小序，乃得幸于付梓前捧鉴斯文。

明斋耕书，人雅文质，文如其人且又不如其人。

王燕谨识
丁酉年枫叶红时于姑苏木渎天平山麓

目　录

003	耕书琐谈
008	去明斋喝茶
012	丙申年阅读计划
016	情人节得《书衣文录》略记
021	"庾信文章老更成"
026	孙犁先生与《中国小说史略》
030	云卷云舒任去来
033	《金陵琐事》之琐事
038	《劫中得书记》之得书记
042	流沙河先生的"病中之吟"
044	《买书记历》阅读札记
048	岂止"一锅白菜"而已……

064　青山在远，秋风欲狂……

067　《我来晴好》题识

069　不妨养草

072　俺也说《聊斋》

077　《笑我贩书》读后

081　大师首先是通才

085　淳厚而美好的人际关系

089　懂教育的"军阀"

091　民国教育的魅力

096　考试与人性完善

101　贵在持恒

104　钱穆笔下的瞿秋白

107　读《秋风背影》

110　读《失乐园》（附记一则）

114　读《行囊有书》

117　再读《行囊有书》

120　读《香港寻书》

123　购《徐懋庸杂文集》随记

125　题台湾版《中国历代战争史》书后

131　题魏明伦《巴山鬼话》扉页

134　伍立杨先生馈书略记

137　沪上访书随记：《孤灯夜话》

143	访书不遇随记
147	行走是阅读的延伸
151	何妨吟啸
153	家族之责任
155	鲁迅撰写的售书广告
160	董桥的怀旧文章
162	董桥《一纸平安》读后
166	漂亮
169	"天下一高"
172	吴昌硕先生逸事
175	最后的贵族
178	《百年心事·卢作孚传》题识
181	游鲁迅博物馆并得《品味书简》略记
185	方宽烈:"与时间抢书"的人
189	怪僻之人,则多有惊世之举
192	《笺注——二十作家书简》读后
195	京剧唱词
198	读《蔡其矫书信集》随记
201	钱君匋先生
204	签名
215	周末理书札记
218	书札一束

231	读《崖州志》
241	邂逅郑愁予先生
246	读《张充和题字选集》
252	在异兰堂谈溥雪斋贝子
257	耕读，吾之家风也
260	家庭阅读："成全人"的教育活动（代跋）

丙申年正月初三晚间，与友人简餐后恰逢零星细雨，安步当车，何妨吟啸；归家后，置身桌前，凝神片刻，撰此题记。

　　少时，随祖父在乡村劳动，或播种，或耘耔，或间苗，或灌溉，付出了汗水，也收获着快乐。尤其是在劳作闲暇，祖父与农民叔伯们，很随意地蹲在地头或田埂上，一边擦拭着农具，一边回望着田野，眼神里透露出的满是慈祥与爱意。我知道，此时此刻，不仅仅是祖父，任何一位农民其心情都是愉悦而幸福的。

　　稍长，告别乡村，负笈求学，后又因工作与生计，渡江过海，偏安海岛，读书治学，甘为园丁。四十余年，时光如同东逝之水，一去不返，祖父也已作古多年，其墓前树木已拱，想来不胜今夕之慨。然吾人耕作之习惯，仍一以贯之，不过，曩时耕作的是农田，今日耕作的是书册，虽然对象不同，然辛勤自励、耐心细致、除却芜杂、收获硕果的过程与方式，如出一辙，毫无二致。从祖父身上习得的良好作风，数十年来，也始终伴随左右，助我前行。每日忙完事务，稍有闲情，便耕书数页，详加圈点，精心耙梳，积少成多，蔚为大观；如同祖父当年呕心沥血，春华秋实，粮食满仓，快意知足然。

——题记

耕书琐谈

余曾言读书为耕书，其含义已在《明斋耕书录·题记》中有所阐释，然仔细推敲，前辈耕田，并非一人独任其事，二人同耕者名为"耦耕"，多人同耕者称作"群耕"，恰如我等读书，亦有同桌或同学者，或同师一人，或共聚一室，相互切磋，奋发争先，砥砺前行，方有建树。故至圣先师曰："有朋自远方来，不亦乐乎？"先贤注释道："同门曰朋"；又道："独学而无友，则孤陋寡闻。"说的就是这个道理。

"独耕"者，个体一人，独处无友，默然读书之谓也，虽有孤寂之感，亦多佳趣之妙。夕阳在山，人影散乱，瓜棚篱下，一书在手，趁着光线尚好，抓紧读上几页，然后目送落日冉冉下坠，感受天色渐暗渐黑，直至月上柳梢，繁星丽空。在老妻的催促声中匆匆归家，在儿女的偎依之下走向饭桌，则是一种何等的幸福景象，其悠闲自得之心境，恬静淡定之意绪，"妙处难于君说"，真南面王不易也。即便是处于斗室之中，一灯如豆，户外雪花如席，寒风呼啸凛冽，而室内则有火盆一炉，热量四射，温暖如春，身心惬意，长卷在手，仔细观览，得意之际，品评咂摸，至于言语不足以达意时，则不免兴之所至，拍案叫绝，直至手之舞之足之蹈之，非浮三大白不能释怀，真快意人生者也。

"耦耕"者，多为亲密亲近之人，在家庭之内，或是夫妻，或是父子，或是兄弟；在友人圈内，或是金兰之交，或是红颜蓝颜，或是腻友诤友，而绝非狐朋狗友以及一般酒肉朋友。常常有着这样的境界：节日假日，身心轻松，南窗之下，两人对坐，或为亲人，或为友朋，不分老幼，遑论红蓝，品茗品书，观云观树，心有所动，细语窃窃；窗前檐下，花枝婆娑，微风吹过，幽香袭人，鸟鸣树颠，韵调婉转。这样的生活情景，虽然状极普通，实则至为可贵。因为，它不仅仅是一种情景，更是一种生活的乃至人生的境界，从中折射出来的是一个人的心胸、气度、格调与品位。

何谓"群耕"？答曰：类似举办读书沙龙、书友雅集或对于某作家某书籍举行的研讨会也。同道中人，心有所契，筛选地点，约好时日，或确定主题以携书前往，或率性交谈而信马由缰，或思想碰撞而时有辩难，或心有灵犀而所见略同；口吐莲花者有之，默然会心者有之，木讷罕言者有之，巧舌如簧者有之，思路缜密者有之，快言快语者亦有之。某年月日，余参加了一次书友雅集之后，信手记录其情景道：

急雨过后，天空如洗，花树摇曳，清风润心。朋友者八九人，老少不拘，男女无妨；携书有十余部，古今皆宜，文史俱妙。晚间聚于水湾一侧之玖号别院，品茶，谈书，听琴，吟诗，驰放疲惫之身心，舒展久抑之情怀，真文人之雅集，友朋之美聚也。靓女昆妹，清丽脱俗，温婉娟秀，述秋水遗韵，状山庄流风，锦心绣口，字字若兰蕙；英男建哥，气宇轩昂，才情纵横，抚古朴之琴，奏广陵散曲，嘈嘈切切，声声皆入耳。大学某教授，思想深邃，行为超前，有创新之举措，具社会之担当，貌似愤世嫉俗，实则赤子情怀；书人一才女，俊眼修眉，顾盼生姿，多温润之言语，逞闺秀之风范，出以稚嫩口吻，含蕴恣肆才华。当是时也，畅论无拘束，纵谈有今古，放言港台文学，横议欧美文化；说毕加索如同邻家旧事，言吴冠中仿佛隔壁大哥；评董桥文字美妙全在其摇曳多姿，难脱离唐宋韵致；论莫言小说特色尽在其厚重朴实，已融入黄土黄河……然快乐情事，倏忽之间便已远去；美妙境界，举手之际遂成旧迹。此中外之憾事，今古难逾越者也。深宵夜静，人定寂寂，挥手作别，驱车回家，路途之上，轻轻叩问：下次雅集，何日何时？

　　书友雅集俨然"群耕"，是说其心路一致，趣味相投，情怀似水，澄澈清纯，品评古今典籍，畅论中外名家，犹如叙话桑麻瓜豆，交流稼穑技艺也。其多日不解之惑，一经智者点拨，如醍醐灌顶；其云遮雾罩之谜，高人启发之下，则豁然开朗。"群耕"之时，但见长者稳健耕作，幼者跳跃其后，俊男挥汗如雨，靓女顾盼神飞；大家挥洒的是心血，交流的是智慧，碰撞的是思想，升华的是情怀。如此"群耕"雅集，何人不思，谁人不想乎哉？

记得，有好事者某君曾问询道："既有独耕、耦耕、群耕，夫佣耕者何谓也？"静思之后，豁然贯通，原来太史公《史记·陈涉世家》中有句云："陈涉少时，尝与人佣耕，辍耕之垄上，怅恨久之，曰：'苟富贵，无相忘。'庸者笑而应曰：'若为庸耕，何富贵也？'陈涉太息曰：'嗟乎，燕雀安知鸿鹄之志哉！'"盖"佣耕"者，受他人雇佣而耕作，即出卖技术与体力之谓也。深深体味之，今日芸芸众生，特别是编辑、教师、秘书、公务员、科技人员及大小经理等，谁人不是以贡献出自己的心血以及所掌握的技艺，来换取生存与生活所需者耶？区别在于，陈涉一伙贡献多多而获得寥寥，而在现代分配体制下，讲求的是多劳多得，质优多得，奖勤罚懒，鼓励创新。如此说来，不趁着青春年华，大好时光，走进田园，俯下身段，精耕细作，期以春华秋实，硕果累累，还等待什么？

耕作间隙，乃至退居林下，安然享受清风明月，嘤嘤鸟韵，果实盈口，馥郁馨香，犹如闲坐于南窗之下，书香伴着茶香，遥望窗外那一片青山绿水，云霞岚气，则又是一番幽邃恬静之景象也。

　　近日为工作，四处奔波，劳心劳力，疲惫不堪；

前日带队赴保亭县六公乡祖呆村开展精准扶贫工作，偶感风寒，高烧不止，其间与书友数人相约雅集，终因余病而取消，抱愧不已。为弥补"群耕"未遂之憾，匆匆草此闲文一篇，聊抒怀抱焉。病中实苦极，则强作欢语也，明斋志之。

去明斋喝茶

近日，在椰城的小众圈子里，流行着几句近似玩笑的话：
"去明斋喝茶了吗？"
"没有。"
"噢，你还不是一位文化人。"

或问："何谓明斋？"
答曰："余之书房也。耸乎高楼之上，层在十八有一，虽然难接地气，但也清幽可嘉。概括言之，其快活之趣者有六焉：一无车马之喧，二少叩门之扰，三可游目骋怀，四无湿气浸床，五有好鸟鸣啭，六多云霞浮窗。"

又问："此处喝茶有何妙处？"答曰："清风丽日，临窗而坐，清茶一壶，闲书数册，老友三五，颔首相向，思接千载，海阔天空。如此，不啻诗意人生也。或皓月当空，清辉铺地，斜坐阳台，红茶盈盏，近闻香茗馥郁，远观车水马龙，对面高楼霓虹闪烁，隔壁邻家音响动地，更显得明斋幽静深邃也。于是，书虫数只，好书一案，品茶品书，谈事谈人，口无遮拦，心无禁忌，思路畅通，胸襟阔然，口舌生香，妙语连珠，真琅嬛福地，佳妙之时也。"

古人有云：醉翁之意不在酒，在乎山水之间也。吾人则谓：喝茶之趣不在茶，在于心境恬适焉。

余非圣贤，俗态难免，即喝茶一事，亦有因缘存在。初识茶趣，约在卅年之前的一个暑期。斯时也，余年仅冠龄，意气纵横，供职于豫北古城，执教于三尺讲坛，毫无处世经验，徒有满腔热情。假日闲暇，呼朋唤友，随学校参访团游赏杭城。漫步苏堤白堤，流连花港观鱼，探访柳浪闻莺，问趣九溪曲水，然后乘车又至虎跑寺边，一路走来，大汗淋漓，口干舌燥，似可冒烟矣。闷热难耐之际，忽见寺旁有一茶室，便直奔而去，询问价格，云五角钱一杯，热水随时可续，龙井不再添加；确实物美价廉，大有所值焉。于是，不再客套，择席而坐，喝下三杯热茶，直至口舌生津，齿留清香。时骄阳西坠，树影散乱，同伴催行，方依依别去。临行之际，付人民币一元以作茶资，茶官小哥云多出五角，稍等找回。闻听之下，慨然作答道："龙井村茶，虎跑泉水，天下绝配，罕有其匹，五毛一杯，实属价廉，已心存感念矣；且饮茶之时，窗外美景映我眼帘，树上鸟鸣悦我双耳，仙境仙乐，天趣天籁，值钱两角；赏景之间，弘一法师于此剃度之往事忽然奔至脑海，遂忆及杭城千年历史故事，百年风云人物，又忆及西湖美妙风景，钱塘塔影水色，不禁默然吟咏香山华章，咀嚼柳耆妙词，文辞之美伴随龙井茶香，润肺沁心，其乐陶陶，值钱两角；茶官小哥待客热情，口齿伶俐，迎来送往，服务周到，添茶续水，忙而不乱，眼观六路，耳听八方，喊哥喊姐，暖人心怀，可见涵养深厚，功夫老到，在此小坐，恍若仙人，仅加钱一角，似乎委曲茶官小哥不少矣。如此算来，恰好一元之数，不亦宜乎。"

余话音甫落，同行诸君一时错愕，呆立原地，趁其言行迟滞之时，便捡起拎包，闪身钻进车里，心中窃窃自喜焉。从此以后，与茶结缘。

而今年过知命，阅尽沧桑，鬓生华发，满面沟壑；绚烂之后，趋于平淡，心境恬静，品茶自娱，沟壑之内均写满了品茶交友的故事。同声相应，人以群分，品茶之余，间以品书，知己知音，闲坐明斋，观书观云，诚有妙趣焉。然世事如棋，顺逆难料，奢谈多事，传闻失真，不多时间，坊间便有明斋藏书繁富，且多有珍本善本之说；亦有座中几多文士，且所谈皆为雅言之誉；更有甚者，竟云明斋香茗华美，所饮皆为仙品之谈；并说不到明斋喝茶，算不得文化之人云云。实则无稽之谈也。近日，又有好事者屡发信息问询："明斋阔否？藏书富否？环境清幽否？有红袖添香否？"诸如此类，不胜枚举。余在此可一并作答，曰："明斋虽狭而雅静，藏书不多仅万册，饮品普通亦飘香，主人虽寝仍热情。至于秘籍几部，何人添香，谁来侍茶等，则套用一句外交辞令，曰无可奉告也。若好奇之心依然浓烈，则不妨前来茶叙小休，君等慧眼一望，则一切风景均展露无遗矣，何必令余在此鼓噪聒耳，若长舌男耶？"

信笔至此，又忆及去年秋季，一位挚友也曾微信于余，道："秋凉将至，某已到荣休年龄，办完手续之后，大把的时间均属于自我，周末闲暇，品茶明斋，谈书聊天，不见不散，何如？"当时，余慨然允诺。孰料天不作美，命运弄人，周末竟有领导视察工作一事发生，需要前往作陪。分身无术，失约失信，有负挚友，最为懊恼。而今又至周末，偶有小闲，只想邀约挚友，品茶观书，弥补亏欠，增益身心，但挚友已于月前驾鹤西去，撒手人寰，音容难寻，天路阻隔，即便冲泡纯品精品，茶香溢满书柜书案，于挚友又有何益焉？念之怅然，怅然。

于是，只想对诸位友人言说：趁着腿脚灵便，且喝一杯茶去，莫负韶华时光，如若不嫌鄙陋，明斋便是最佳去处。诸君倘能有些耐心，待余退隐林下，营造书斋数楹，环以竹篱，杂植花草；旁侧溪流潺潺，奔竞而下，溪旁青山巍巍，曲径蜿蜒；柴门常开，佳友时来，春暖秋凉之日，可观书观鱼；风清月白之夜，可品酒品茗，如此则大妙矣。诸君等待之，向往之，梦寐之，均可也。只要心存梦想，就好。

丙申年正月初七，草于杭州萧山国际机场候机大厅。

丙申年阅读计划

岁次丙申，俗谓猴年。迦南地阅读会群主号令会员制订年度阅读计划，一时响应者众，议论者亦众。盖某项决定甫出，则众说纷纭，各执一词，褒贬不同，非议尤盛，嘴尖皮厚者多，践难履险者寡，此古今中外，概莫如此，何止阅读计划耶？因此之故，余排除干扰，摈弃杂音，挤出时间，率直率真，列出个人计划，既呼应群主之召唤，更期与群内诸君作分享交流耳。计划如下：

1.《学记》并《陶行知全集》论教育部分。详读，并作阅读笔记。

近年教育界多浮躁，鲜沉实，或利益驱动，或哗众取宠，或急功躁进，或全盘否定，杂音聒耳，莫衷一是。此时则更应该沉潜心志，从经典与大师处寻得智慧，获取教益，循序渐进，谋求发展。万不能被当下一些宵小辈弄错了方向，迷花了眼睛。

2.《钱穆先生著作新校本》（十册）。详读，有所感悟，随手记之。

近年自称或借助媒体号称国学大师者亦复不少，而真正之国学大师竟湮没无闻焉。真怪事也。宾四先生饱读诗书,学问淹博,研究中国历史与传统文化,识见超群;对于儒家学说,亦多有深刻阐发。列为详读之书系,必有补于个人智识之缺失,对于当今文化建设并教育问题,亦可有足够之启示也。

3.《郑振铎全集》(二十册),其中"日记""书信""题跋""访书与鉴识"等部分详读,其余略读。偶有感发,可作记录。

郑振铎先生是学问大家,于文学创作、文化研究、古籍整理、文物鉴赏、文学翻译以及版本目录之学等,卓有建树,被誉为全才罕遇之人,并非虚词。卅年之前,曾详读过其皇皇巨著《插图本中国文学史》,受益匪浅。今年再详读其"日记"等四部分内容,可从中了解著者之交游、阅历、读书淘书等生活事宜,体会其真实情感与独特性情。如此阅读体验,应为极其快意之事也。

4.《台静农全集》(十三册)。其中"杂文""诗歌""中国文学史"部分详读,其他略读。

多年之前,曾对鲁迅著作大感兴趣,因此对于研究鲁迅的著作与文章亦多方搜求之,阅读之。台静农是鲁迅的学生,二人过从甚密,交谊深厚,著有多篇研究鲁迅的文章,此前均熟读之。此"全集"系大陆首次出版,亦是著者作品最为全面的一个版本,主持此文化盛举者为黄乔生先生与黄天奇先生,"全集"整体设计者为张胜先生,均是余熟悉且仰重之当今学界重量级人物。"全集"内容丰厚，体裁多样，板式典雅，制作精良，目之赏心，抚之快意；且乔生学兄知余爱书，刚一印制出来，便委托出版社寄送一套，情意绵绵，温暖心怀，焉有不认真阅读之理？

5.《书衣文录》（上、下册），手迹本，孙犁先生著。详读，详作阅读笔记。

余喜读孙犁作品，对其版本亦曾多方搜求。此书辑录著者"书衣文录"三百余篇，时间跨度达卅年之久，是著者包裹书衣时随时随地有感而发之作，当时率意为之，出自天然，真情流露，不计妍媸。今日阅读，既可以了解著者一段心路历程，更能得到涵养人格与愉悦性情之收获。闲书并非等闲，读之可趋雅求静，亦可得人生之小自在也。著者之"书衣文录"，此前阅读其部分节选片段时，已觉清新可口，此次全部影印出版，既可品评其文字之美雅，亦可鉴赏其书法之精妙，一举两得，真可谓老饕得遇水陆八珍，尽管敞开肚皮，大快朵颐矣。

6.《胡兰成全集》"甲辑，政论卷"（上、下册）。略读，部分篇章可详读。

胡兰成曾是汪伪政府中"文胆"级文物，国人视之为汉奸文人，其行不可取，甚或鄙视之可也。然其所著策论时评等，分析国际大事，每每切中肯綮，且纵横捭阖，摇曳多姿，文质兼美，辞采飞扬，尝比肩于庄贾陆曾辈，被人誉为"政论如诗"者也。此书是胡兰成一生所著政论之结集，搜集既全，印制亦佳。先贤有不以人废言之说,闲暇翻阅,或有小补焉。

7. 其他著作,或文学经典,或文化要义,或诗词歌赋,或珍藏善本,或书友所馈,或网络界面,或闲逛书铺时令余眼睛一亮之书籍,会根据工作与撰述之需要,随时披阅与查询,转益多师,亦可收获智识,获得愉悦焉。

计划虽善,唯在落实。日月鉴之,明斋匆匆。

情人节得《书衣文录》略记

开学伊始，研究并落实诸多具体事务毕，晚霞绚烂时间，踱进书斋，作理书之举，借以舒缓多日来劳顿的心神。随手拈来一部书籍，曰《书衣文录》手迹本，孙犁先生著，上、下两册，精装带护封并带书腰，百花文艺出版社2015年5月第1版第1次印刷，32开本，定价98元，颇为不菲。然因其印制精美，版式典雅脱俗，内容渊深厚重，文笔清新简洁，故购置并藏之也。

此书购置于杭州御街之晓风书屋，时在农历新年初七，西历2016年2月14日，西人所谓之情人节也。旧俗春节前后，友朋间多聚餐豪饮，余近年身体状况欠佳，加之年岁渐衰，不复有青壮岁月之狂放情怀，为避免因谢却友朋宴饮而带来的误会，大年初三一早，便携老妻抽身他往，赴杭城休闲漫游，图个宁静也。杭城挚友夫妇高怀雅意，知余喜爱民俗风物，兼爱山水云霞，便驱车漫游，任意西东，访桐庐县，游大奇山，观富春江，赏叶浅予画展，漫步江南最美水乡荻浦村，观景观花，品酒品人。赏心乐事，唯付诸吟咏，则可聊申雅怀。余有小诗六首，记其游历云：

其一曰《赴桐庐》：

回望桐庐又一春，大奇风光梦中寻。

山花一枝斜阳里，更添柔情长精神。

注：虽是冬日，桐庐大奇山内，桃花已悄然绽放，颇为美艳。

其二曰《大奇山》：

山色空濛雨亦奇，波平如镜此支离。

最爱山涧回环处，一汪清流任东西。

注：桐庐大奇山，俊秀雄伟，有湖水潋滟，溪流潺潺。

其三曰《富春江》：

富春山居最宜人，水光山色两相亲。

白鹭一行翩然去，千古钓台水龙吟。

注：富春江畔有严子陵钓台，为人文荟萃之地。

其四曰《叶浅予》：

黄公山水自风流，惹得叶师添乡愁。

三易其稿始出新，赢来后人频回眸。

注：元代黄公望绘有《富春山居图》，国之瑰宝也。今人叶浅予先生晚年三回故乡，绘有《富春山居新图》，为时人所重。

其五曰《荻浦村》：

冠名江南美乡村，烟花三月雨纷纷。

孝义二字千钧重，申屠家族多名人。

注：荻浦村号称江南最美乡村，因明代申屠开基孝敬父母，故曾获明、

清两朝褒奖，美名垂于今世也。

其六曰《思故乡》：

久居他乡即故乡，沙河水同南渡江。

桃花犹如芦花艳，玉米堪比稻米香。

注：我的故乡有大沙河，曲折东去，后流入黄海；我的故乡盛产小麦、玉米等农作物。

杭城挚友夫妇知余酷爱读书，返回海南前夕，特意抽出半日时光，伴余趑进书铺，以满足余观书之愿望。在书铺中，见余手拈该书，反复把玩之不忍释去，女主人便抢先一步，代余付款，随后塞入余之怀抱，曰："权当赠之以情人节礼物。"情人节云云，当为近年舶来品，西人之节日也，年轻人尤其在意。是日，情愫洋溢于红男绿女之间，每以鲜花、饰物以及其他时尚礼品相互馈赠，以示珍重殷勤之意；而今挚友夫妇竟以典雅之书册馈余，亦颇为不俗，且情谊贯注其中，尤为值得珍视。

余平生喜读孙犁作品，尤其爱读其晚年之著述。盖先生于此时也，阅尽沧桑，脱去铅华，出以本色，趋于素静，为人为文，均达乎文质兼美、止于至善之境界。其晚年所著的十部散文随笔文集，是余案头常备之物，摩挲久之，浏览久之，自然浸润身心，受益匪浅。除此之外，先生之随笔与散文选集，余亦常备于手提包中，以便出差外地，或公务间隙，随时披阅，滋润心田。孙犁平生喜购书读书，工作之余，为舒放情怀，减却因脑力疲劳而导致神经衰弱之痼疾，常以读书或理书作休养之良法。先生极为爱书，偶有闲暇，便以包书皮为乐事，即先生之所谓"书衣"也。先生每次为珍爱之书籍包完一个书皮，又爱捉笔弄墨，题写十数字或数十字于书衣之上，即所谓"文录"也。此等"文录"，或述得书之经过，或讲阅读之感悟，或记当时之心境，或抒幽密之心志，皆率意为之，不拘一格，言简意赅，意味悠长，短文字而具真性情，非大手笔莫能为之也。如《东坡逸事》一书之"文录"云：

此为杂书中之杂书，然久久不忍弃之，以其行稀字大，有可爱之处。余性犹豫，虽片纸秃毫，亦有留恋。值大事，恐受不能决断之害。一九七四年七月二十日晚，为此书修破脊，后又发见一张包货之纸，随包饰之。

此文简短，但含蕴丰厚。先透露出《东坡逸事》一书在版本学上的价值，即"行稀字大"，"有可爱之处"，因此之故，"不忍弃之"；然后又检讨自己的性情，即"性犹豫"而少"决断"，生活之中则表现为念旧不忍与素朴勤俭，不仅对喜爱的图书"不忍弃之"，即便"片纸秃毫"亦多有"留恋"不舍之情。所以，在为《东坡逸事》修整了书脊之后，又寻找出"一张包货之纸"，作为书衣之用。场景历历如绘，生动而感人，随笔抒写，如话家常。

又如，为《鲁迅小说里的人物》所题写的"文录"云：

今日下午偶检出此书。其他关于鲁迅的回忆书籍，都已不知下落。值病中无事，黏废纸为之包装。并想到先生一世，惟热惟光，光明照人，作烛自焚。而因缘日妇、投靠敌人之汉奸文士，无聊作家，竟得高龄，自署遐寿。毋乃恬不知耻，敢欺天道之不公乎！一九七四年十一月廿三日瓶记。

先生对于鲁迅的深情挚爱，对于"因缘日妇"之"汉奸文士"周作人的鄙薄与不屑，全部含蕴于此寥寥数十字之短章中。臧否人物，爱憎分明，字瘦意丰，句短语长，可谓寸幅之间，藏有无限衷曲。

更为可道者，《书衣文录》在设计版式时，将手迹与释文一并录入，读者对照阅读之，不仅可以领略文字之妙，更能够得以欣赏书法之美，获智怡情，其乐何如。诸君如若不信，何妨购置一册，随手披阅，默然诵之，细细品评！

明斋匆匆记之，时在晚间十时。只顾陶醉于书斋中，忽感饥肠辘辘，晚餐时间已过矣。

"庾信文章老更成"

古今作家之中，尚未到达耄耋之年，便已有文笔枯竭、才思淤塞者，亦有跃身龙门之后而江郎才尽者；于是，那些老而弥坚、健笔纵横者，就越发显得可贵了。当代作家群里，巴金、汪曾祺、孙犁先生等，即属于后者。我辈仰视之，宛若眺望黎明前的星辰，虽然寥寥，但愈发熠熠生辉，耀人眼目，暖人心怀。

因为喜读孙犁先生作品的缘故，对于其不同版本的著述亦曾多方搜求之，多年累积，则也蔚为大观。尤其是先生晚年所著的文章，既已达到"绚烂之极，趋于平淡"一途，其思想则愈加深沉，笔锋越发老辣，文字更加典雅，语言尤其清新；至于文章的结构、思路、脉络、线索云云，可以说更是达到了"随心所欲不逾矩"的境界，用杜甫的诗句来评价，即"庾信文章老更成，凌云健笔意纵横"也。

假日闲暇，理书消遣，摩挲先生的作品，计有：《孙犁文集》七卷本，百花文艺出版社1982年3月第1版第1次印刷；《如云集》，百花文艺出版社1992年3月第1版第1次印刷；《耕堂读书记》及《耕堂读书记续编》，大象出版社2008年

9月第1版第1次印刷;《大家小品·孙犁集》,花城出版社2009年1月第1版第1次印刷;《晚华集》《澹定集》等"耕堂文录十种",百花文艺出版社2012年6月第1版第1次印刷;《书衣文录》上、下册,百花文艺出版社2015年5月第1版第1次印刷。立于书架旁侧,拿眼睛一扫,只见二十多部书籍,精神抖擞地挺立在灯光下,排成两列纵队,高低错落,规整有序,仿佛在接受检阅似的,颇有威武雄壮之气势。屈指算来,购书时间跨度竟长达三十三年之久,而地域纵横则有数千公里之广,自谓用心也恒,用情也专矣。

所收藏的孙犁先生的二十多部文集,每一部均有来历,有故事,有情感。卅年以来,河南海南,漂泊天涯,世事沧桑,每次迁徙均随身携带,不忍舍弃。其中,最为珍视者当为"耕堂文录十种"与《书衣文录》上、下两册。前者是先生令爱孙晓玲女士的亲笔签名本,并在《澹定集》的扉页上钤有"孙犁"印章一枚,阴文,篆刻,刀锋迟滞,古朴厚重。先生仙逝于2002年7月11日,阴阳两隔,交通不便,承蒙先生签名赠书已是非分之想,今日能够得到先生令爱的签赠,且钤有先生生前喜爱之印信,则亦不妨"幸甚至哉,歌以咏志"矣。至于《书衣文录》两册,出版者将先生在20世纪60年代至90年代初期随手写于书衣上的文字,逐一辑录起来,汇编影印,并以释文附于后,使读者在充分体验阅读所带来的愉悦的同时,又能够领略先生书法艺术的美妙,书文双佳,增智怡情,真可谓独具匠心，标新立异。

旧时习俗中有敬字惜书一事，考其渊源，大致和仓颉造字时"天雨粟而鬼神哭"的传说有关。此一习俗延续至今，便是读书之人对所爱之书的珍视，于是便衍生出理书、修书、藏书，并为心爱之书写题跋、做书衣之类的雅事。孙犁先生是爱书惜书之人，尤其在"文革"时期，人们思想禁锢，动辄得咎；先生心灰意冷，百无聊赖，"曾于很长时间，利用所得废纸，包装发还旧书（指红卫兵抄走后又发还者），消磨时日，排遣积郁。然后题书名、作者、卷数于书衣之上。偶有感触，虑其不伤大雅者，亦附记之"（作者《自序》）。久之，此一习惯便演成自然。后来先生每次感到心情淤塞或脑筋疲顿时，便以制书衣、做题跋为乐事，前后历经三十年之久，涉及图书达三百余册之多。先生于书衣之上，信笔而记，率性而为，或十数字，或数十字，偶有兴怀，亦有多达数百字者。其内容涉及文学创作、文坛现状、作家交往、人物品评、世态冷暖、社会变革以及个人生活琐事诸多方面。其文字条畅简达，净劲清雅，表面平静，而笔底波澜起伏，宛如深邃浩渺之渊潭，乍看镜面一般，实则潜流涌动，汹涌而澎湃久矣；偶或间作愤激语者，多为不平则鸣之声，能够切中肯綮，激浊扬清，亦大有补于社会苍生焉。随手拈来两则如下：

《北游录》：传言七日将地震，家人为余相度避身之地，一床下，一书桌下。床下必平躺，桌下必抱膝。一生经历，只此一着，尚未品尝也。双芙蓉馆藏书，一九七五年三月五日晚装。

《太平广记》第五册：近年所谓作家，无战争之苦，无生计之劳，每月拿一份薪金，住在所谓协会，要好房，坐好车，出入餐所，旅游山水，究于国家民族，有何贡献？国家无考程，人民无索求，悠哉度日，至于老死，不知自愧，尚为不平之鸣，以为政治干扰了他们的清兴，妨碍了他们的创作。著文要求宽容、理解，并以养鸟产卵孵化为比喻，哀叹环境仍不理想。这是一群娇生惯养的纨绔子弟，没有吃过苦的人，是写不出有价值的作品的。一九九〇年七月卅一日下午，闷热。津卫有才子，怨人不宽容。养鸟深荫处，雏出大放鸣。作家譬孵卵，干预不成功。此乃豢养辈，将身比野生。一九九〇年八月二日上午偶作。

上则谈地震即将到来时避祸安身之措施，何其从容淡定，大有"泰山崩于前而色不变，麋鹿兴于左而目不瞬"之气概，只有阅尽世事沧桑的智者，才能具有此等雍容风度、清贵品质。下则直接抨击文坛时弊，讥刺文坛怪相，且言语之不足，又补充以诗歌，对于那些脱离社会、隔绝民众、躲进高阁、高标自诩、怨诽满腹、戾气冲天的无聊文人，大加挞伐，痛快淋漓，至今仍有非凡之现实意义。尤可称道者，先生文化修养深厚，国学基础扎实，题写书衣时，多以软笔为之，墨浓字润，不见琢痕，点画撇捺之间，透出晋唐风韵，悦目愉神，怎一个妙字了得。

然而，社会纷纭，世事难料，当今之文人，也有不以先生为然者。某日晚间，当我将对于先生的阅读感受吐露于一书友时，不意该书友却一度反应强烈，不仅斥责先生之《荷花淀》《风云初记》《铁木前传》诸佳作为不堪卒读之作品，更恨恨然说先生晚年文章亦支离破碎，不具大家风采，难以垂范世间也。书友放言之时，唾液横飞，长发乱晃，唯恐语言不足以耸动听众，继之以"手之舞之足之蹈之"起来，骇得周围正在享受雅静生活的人士侧目而视之者良久。对此，语迟而言讷如我辈者，只有默然以作应对。"今人嗤点流传赋，不觉前贤畏后生。"或许，当时涌上心头的，正是杜甫的诗句。

孙犁先生与《中国小说史略》

1973年12月21日晚间，寒流南浸，津门酷冷，枯树在风中摇曳，尘沙弥漫于空中，气温骤然降至零下十四摄氏度，正是滴水成冰的时节。作家孙犁先生在自己的书房"瓶书斋"中，就着落寞的心情，围着火炉，默默地为旧书包着书衣，借此消磨晚上这段空寂凄清的时光。他从书箧中随手抽出一本半旧的书，是鲁迅先生的《中国小说史略》，眼睛顿时一亮，尘封已久的往事瞬间被激活了。他用工笔刀将废牛皮纸裁好展平，包好书后又压紧四个角，最后再用力按压一下书脊和勒口，完成了这些工序之后，平息一下自己的情绪，起身端坐于书桌前，提笔在书衣的正面写道：

《中国小说史略》，一九三二年八版。此书系我在保定上中学时于天华市场（也叫马号）小书铺购买，为我购书之始，时负笈求学，节衣缩食，以增知识，对书籍爱护备至，不忍其有一点污损，此书历数十年生涯之动荡，今余老矣，仍在手下，感慨系之，因珍视之。凡书物与人生等，聚散实无常，屡收屡散，亦是平常，收之艰亦不免散之易，收之易则更无怪散之易也。然是童年旧物，可助回忆，且为寒斋群书之长，故特标而出之，聊以自遣云尔。

孙犁先生既将该书视作书斋中"群书之长"，且"历数十年生涯之动荡"而"仍在手下"，可见对其珍视之程度矣。余谓迅翁之《中国小说史略》，为不朽之学术著作也。该书原为迅翁在北京大学授课时的讲义，后经修订增补，先后于1923年、1924年由北京大学新潮社以《中国小说史略》为题分上、下两册出版，1925年由北京北新书局合印一册出版。1931年北新书局出修订本初版。孙犁先生于中学时代在保定所购置者，当为1932年北新书局印制的修订本，该书在一年时间内，已有八次印刷，可见其在当时销量之大，影响之巨。

迅翁《中国小说史略》自出版至今，历经九十余年，仍然是研治中国古典文学者所必备必读之书。盖迅翁学问渊博，思想深沉，目光如炬，才情恣肆，能洞彻中国文化之本质，故评判古典小说之社会意义、思想价值、艺术特色、人物形象、社会影响等，均一语中的，入木三分，且言约意丰，持论公允，为学界所仰重。孙犁先生于保定就读中学时即购之读之，可见先生少时也是俊彦，其胸次超迈，眼界高远，非流俗等闲辈可比拟也。事实上亦是如此，考孙犁先生于1934年发表于上海《中学生》杂志上的文章，所写的就是对于茅盾文学名著《子夜》

的评论，笔名自署"芸夫"，当时即就读于保定育德中学堂。孙犁先生性格敏感多情，才思敏捷聪慧，为人好学不倦，识见超乎众人之上，注定其日后当成为文坛巨擘、文学大师也。

余对于《中国小说史略》一书，喜爱者亦有年矣。迅翁既是思想界一位巨匠，亦是文学界一位超然绝俗之人物。其《中国小说史略》不仅对中国小说之滥觞、发展与流派，以及各个时代之社会特征对小说创作的影响等，叙述清晰，分析精当，而且对于古典小说名著名篇之解读，亦言之有据，议论风发，被学界视为定评。尚忆2012年12月间，余随团出访德国，在香港启德国际机场转机时，偶见书铺中有全本《肉蒲团》出售，国内不易见到，便购置一册，作为研究之用，同行者某君大不以为然，直接斥之为淫书，其言语之偏激，情绪之激动，与平日判若两人，仿佛撰此书、购此书与读此书者皆为淫邪之人也。余隐忍者良久，见其火气渐退，便徐徐向其言道："《金瓶梅》作者能文，故虽间杂秽词，而其他佳处自在；至于末流，则着意所写，专在性交，又越常情，如有狂疾。唯《肉蒲团》意想颇似李渔，语言佻达，议论风生，较为出类。"某君闻听，圆睁双眸，喝问道："谁说的？"

余答："迅翁。见《中国小说史略》一书。"某君虽怅怅不已，亦喃喃而退去。盖迅翁此言，亦切中肯綮之言也，是允公允正之言也。《中国小说史略》之学术价值，于此可见一斑矣。唯天公不假迅翁年寿，且其有生之年既为生计问题而忙于奔波，又为文化论争而耗尽心血，披坚执锐，四面作战，最终既未能写出一部鸿篇巨制，也未能完成"中国文学史"之撰述，惜哉，亦痛哉！

2016年2月28日下午，适逢周日，观书于明斋，匆匆记之。时天气明灿，阳光叩窗，摩挲书册，心绪颇佳。

云卷云舒任去来

周六微闲,最宜读书。

观书品茶于明斋,时丽空转阴,天气微冷,所谓"最难将息"之时节也。然沉潜书卷之中,佐以热茶饮品,周身温暖,情怀熨帖,则寒冷之意早已不复存在矣。

随手取出孙犁先生著《书衣文录》上册,翻开首页即是《群芳清玩》(上、下册)之题跋,时在1966年2月15日。著者云:

近年以整理旧书残籍休息脑力,有时购书太多,每日擦磨贴补,亦大苦事。近日忽想不购新货,取橱中旧有者整理之,有瘾可过,而不太累,亦良法也。阅旧书多,易养成无病呻吟之恶习,此可戒也。其清新扬厉的句子,还是应该从时代的作品中求之。

理书既可"休息脑力",又可过过书瘾,余谓孙犁先生真爱书痴书之人也。对此,余亦有同感焉。工作忙碌之暇,为缓解压力,释放久抑之情,有人运动健身以至汗流浃背,有人打牌下棋以决胜负得失，有人随乐起舞以期弛放身心，独余则常常踱进书斋之中，徘徊书架之前，观书以作消遣。抚摸着或厚或薄之种种书籍，似与老友执手相看，又如与知己作倾心交谈焉。即便无暇钻进书丛去认真阅读，看着满室的典籍，过一过眼瘾，或抽出一两部展玩片刻，也是舒心怡情的乐事。个中滋味，谁人可识？

先生又云"阅旧书多，容易养成无病呻吟之恶习"，至于"清新扬厉的句子，还是应该从时代的作品中求之"，此阅历有得之谈也。然亦不尽如此。以余多年读书治学之体会，阅读旧书，可涵养学识，亦可陶冶性情，尤其是经典著作，或脍炙人口之名篇佳构，熟读成诵，含英咀华，不仅能够增长智识，而且可以从中习得典雅清贵之妙词佳句，若想铸炼语言，脱俗趋雅，非苦读旧书典籍不可。至于想求得鲜活之语言，则既须广泛浏览阅读今人之篇章，更须亲近社会，走进生活，从百姓日常活动场景中汲取营养，吸纳智慧，然后去粗取精，存其菁华，此即先生所云从时代作品中学习"清新扬厉的句子"也。或曰：旧书与时文，各有其妙处，读书人不可不知。又曰：取箴言以自励，于此为善，读书人亦不可不知也。

口占二首，以记此事。
其一云：
踱进书斋久徘徊，执手老友笑颜开。

谁人识得余心乐？云卷云舒任去来。

其二云：
浸润旧书贵典雅，浏览时文得清新。
融会贯通于一炉，沙砾散去见真金。

2016年2月27日晚记于明斋。久雨乍晴，气候温润，观书明斋，任意取舍，心有所感，随手涂抹，信可乐也。

《金陵琐事》之琐事

披阅耕堂先生《书衣文录》手迹本,欣赏其文字简约清丽之美,赞叹其书法遒劲隽逸之妙,诚赏心悦目之事也。譬如,耕堂先生在为《金陵琐事》(上、下册)撰写题跋时,信笔写道:

此等书不知何年所购置,盖当时影印本出,未得,想知其内容,买来翻翻。整理书橱,见其褴褛,装以粗纸,寒伧如故。余今年五十四岁,忆鼓捣旧书残籍,自十四岁起,则此生涯,已四十年。黄卷青灯,寂寥有加,长进无尺寸可谈。愧当何如?一九六六年二月十五日。

周末晚间,阅读至此,受其感染,心房陡然一颤,遥记书斋中也藏有一套关于金陵风物志方面的旧书,便随手在旁侧批注道:"此书上下两册,余书橱中亦有之。题为南京稀见文献丛刊。仿佛清末民初陈作霖、陈诒绂父子撰写,不知与耕堂先生所藏为同一版本否?"

写毕数十字,恍惚之间,若有不自信之情状,急忙踱进书斋，遍寻书橱，才知道原来所谓"金陵风物志"方面的旧书两册，为《金陵琐志九种》，虽确是陈氏父子编著，然并非耕堂所谓《金陵琐事》也。盖耕堂所藏此书，为明人周晖所撰，万历三十八年（1610年）初刻，今有影印本与排印本一并传世。周晖字吉甫，号漫士，又号鸣岩山人。上元（今南京）人，隐居不仕，博古洽闻，多识往事，驰誉乡里；其早年与朱之蕃等结白门诗社，有诗集《幽草斋集》（已佚）、曲论《周氏曲品》等。《金陵琐事》有四卷，续和再续又四卷，专记明初以来金陵掌故，上涉国朝典故、名人佳话，下及街谈巷议、民风琐闻。周晖交游广泛，老而好学，所记信而有征，如海瑞事迹、倭寇犯南京等，皆可补正史之缺，故该书历来备受学者重视也。

然余之所藏《金陵琐事九种》者，虽亦列为金陵珍稀文献丛刊，其内容涉及山川、里巷、街衢、桥梁、寺庙、祠宇、园林变迁、手工制作、风土人情、四时节令等，是研究南京历史发展、风物承继和社会经济变革的重要乡邦文献，但是，耕堂所藏之《金陵琐事》为明人周晖所撰，余之所藏为清末民初陈氏父子所撰，实为千里之谬，岂是毫厘之差。可知学问之道大矣哉，焉能臆想当然，信口雌黄，道听途说，人云亦云；必须考证有据，出处明晰，清正无误，去芜存菁。静心叩问，如余者，虽也号称钟情典册，过目不忘，潜心贯注，遍览群籍，俨然以读书种子自诩，实则心性浮躁，根基浅薄，学问不实，卖弄聪明，贪图口舌之快者也。君子三缄其口，敏于事而讷于言，圣哲谆谆之言，良有以也。耕堂所谓"黄卷青灯，寂寥有加，长进无尺寸可谈。愧当何如？"仿佛针对者正是在下，反复品味，觉得字字穿心，隐然有疼痛之感。

灯光之下，浏览《金陵琐志九种》，感受得到陈作霖、陈诒绂父子真学问大家也。他们出身名宦，书香门第，渊源流长，自幼即熟读经典，潜心学问，及长又重视负笈远游，览古鉴今，尤其喜欢徜徉于古都金陵之山川名胜之间和街衢里巷之内，细加品味，求根溯源，考察其沿革之渊薮，辨别其承续之脉络，研究其发展之内蕴，留意其风物之变迁，检讨其风俗之得失。恰如陈作霖在其《凤麓小志·自序》中所言："弦诵余闲，不废游览。每当春秋佳日，辄与李生师葛、郑甥鸣之，暨儿子诒绂、诒禄辈，陟跻冈阜，搜胜探奇，就父老以咨询，感古今之兴废。归即翻阅古籍，证以见闻，件系条分，慨然有撰述之志。"

夫宇宙无穷，而人生有限，父逝之后，子承其业，两代心血，铸就辉煌——皇皇百万言巨著，即是陈氏父子留给后人的信实有征的地方史志，列为珍稀文献，可谓名至实归。

独特的地理形胜和血火浇筑的历史进程，天意注定南京就是一座有着丰富的故事和广蕴的人文内涵的城市。"天若有情天亦老，人间正道是沧桑"。在无数的吟诵这座龙盘虎踞之帝王都城的诗词中，毛泽东的篇章格外引人注目，他投向这座都城的眼神，也格外耐人寻味，既有着远距离的冷静打量，品评析义，也有着近距离的感性鉴赏，品味咂摸。伟人如此，平民如我辈者也莫不如此。其区别在于，伟人所想者多是经时济世之大事，我辈所思者多为寻幽访友之小乐，如此而已。南京自古为王者之都，江南繁盛之地，士子心仪之所，佳丽荟萃之处。六朝云烟笼罩，秦淮遗韵犹存，紫金山瑞气缭绕，鸡鸣寺香氛馥郁，雨花台杨柳依依，乌衣巷斜阳脉脉，古城墙巍峨壮观，夫子庙市声鼎沸。名胜数不胜数，遗迹处处留存，更加之有师友文友亲友等一伙人久居于此，故多年以来，余亦心系故都，往来繁密，或问梅访书，或小住休闲，静听古刹钟声，品尝特色美食，此乐事，亦雅趣之事也。尝记某年夏始春余时节，踏访故都至金陵饭店路段，柳荫下一阵莺声飘来，悦耳动听，举目遥望，但见一群少女穿浅蓝偏襟短衫，着黑色百褶裙裾，摇摇摆摆，顾盼生姿。询之友人，答曰："一群民国范儿。是大学生在照毕业照呢！"

于是醒悟，忆旧或恋旧，亦是美好情感的自然流泻，并非如某人所斥责的"遗老遗少们的复古倒退"或"不思进取"云云。

耕堂先生又说，"鼓捣旧书残籍"，此种生涯，"已四十年"，而"长进无尺寸可谈"。此耕堂自谦之词也。开卷有益，古训在耳。况耕堂一生爱购书，喜阅读，重思考，善学习，勤耕耘，有创新，其典雅清新、生动活泼之语言，一得之于生活累积，一得之于经典阅读，两者融会贯通，才铸就了大师风范。细观耕堂平生购书读书，并无一定法则，全是出于性情，率意而为之。此作家之读书与研究某一专门学问之学者读书，迥然不同之处也。余以为暇时读闲书，方能得读书之乐趣；读书无一定之法则，则更能得涵养之功夫。或云"闲书无用"，非也，实则陶冶性情，濯涤肺肝者良多，因"无用"即是"大用"也，而世人多不知之。

草于2016年2月28日凌晨，明斋。

《劫中得书记》之得书记

郑振铎先生是20世纪中国文坛上颇具影响、辉映时代的文化大家，在文学研究、文化创作、文学翻译、文物品鉴、组织开展文化运动等方面，建树甚多，厥功至伟。其倾力所著之《文学大纲》《插图本中国文学史》《中国俗文学史》等皇皇巨著，既具有学术研究开创之功，且影响至今，沾溉当代。作为一位慧眼独具的知名学者，仅以其访书、购书、淘书、藏书、鉴书之非凡阅历，亦足以垂范后人，作高山仰止观。当时，抗战军兴，艰苦卓绝，烽烟熏人，狼毵遍地，先生与诸多富有良知与正义感的文化学人一样，或避居沪上，或往返各地，奉献绵薄，救亡图存。然而，作为一名挚爱传统文化的学者，则稍有闲暇，生活中略得片刻安宁，甚至于战祸绵延之罅隙间，亦不失读书人的本真底色，以访书、淘书、读书为务，并将其过程与感悟逐一记下，取名《劫中得书记》，刊发于当时开明书店所编辑发行的《文学集林》中，获得了时人的交口赞誉，影响甚为广泛，被誉为漫漫长夜里的一点温馨的渔火，是照亮读者心头的希望之光。当时，便有许多文化人渴求得到该书之单行本。据著者自述，开明书店也确实已将其排印成书，并打好了纸型，但不知何故，终没有开机印刷，直至新中国成立之后才由上海古典文学出版社印行，成为脍炙人口的经典之作。

乙未深冬，旅次沪上，会议间隙，遥忆先贤风雅旧事，不免逸兴遄飞，心动手痒起来，遂百度搜索沪上淘书之最佳去处，然后按图索骥，只身前往，地铁两三转之后又徒步百余米，果然寻到了福州路之淘书公社。该书铺，以出售旧版图书为主，内阔数楹，书架联排，虽乏珍本，贵在丰富，且每册均有折扣，颇适合贫民书虫如我辈者流连徜徉。于是，逡巡之，徘徊之，目光聚焦，集中心智，搜寻一个时辰之后，颇有中意者二三，值得纳入囊中。其中最令我动心者，就是郑振铎先生所著的《劫中得书记》一册，广西师范大学出版社2010年9月第1版第1次印刷，32开本，封面清丽雅素，版式典雅大方，印制漂亮，颇为不俗。此书，余向往者久矣，许多年来仅从文化界衮衮诸公忆旧文章之引述文字中窥得斑纹一二，未见全豹也，至为憾事，今终见尊容，真可作"幸甚至哉"之咏叹。况该书售价仅有十四元整，不及原书价格一半，亦超值之宝物。立于书架旁侧，迫不及待之下，信手披阅，映入眼帘的便是如下一节文字：

余有志于编刊明曲，获此，得助不少。初，余于课余偶过中国书店，遇（金）性尧，立谈甚久。夜色苍茫，灯火逐渐四现，正欲归去，抱经堂主人朱瑞祥忽携数册破书来，要郭石麒鉴阅。

余久不与之交易，姑问有何好书。彼云：新从杭州收得此数种。略一翻阅，赫然有《乐府先春》在，首附插图八幅，为黄应光所镌，图中人物，古朴类唐画。书分三卷，首卷有套数二十，上卷有套数六十五，下卷有套数五十七，题松江陈眉公选，其刊刻年代当与《吴骚集》约略同时（万历四十年左右）。余得之，不忍释手。询价，索金五十。立即收得，不复踌躇观望，盖一失之，即不可复得也。方斥售"曲库"中物大半，精本尽去，不意乃复得此，诚自喜！中有俞羡长、姜凤阿、郑翰卿、朱射皮、李复初等十余家曲，皆他处所未见者。抱书而归，满腔喜悦，不复顾及餐时已过，饥肠辘辘矣。

此段文字约写于1940年春间，时日祸深重，战事方殷，著者作为当时文化界领袖人物之一，救亡图存，不遗余力。然其于战隙之中，偶得小闲，便操起旧业，赓续文脉，津津于淘书藏书著书一途，真文坛壮士，人间良知也。阅读此段文字，既可于荒寒凄苦之烽火年代得温馨一缕，更可预见中华民族之薪火相承，血脉文脉，汩汩奔注，渐流渐宽，发扬光大，垂于不朽者也。

随手再翻该书，恰是著者所作的《新序》一文，默然诵之，文字清丽曼婉，唇齿间馥郁美妙，于瑟瑟寒冬之中不禁热浪涌腾。著者写道："有的人玩邮票，有的人收碎磁片，有的人爱打球，有的人好听戏，好拉拉小提琴或者胡琴。有的人就不该逛逛书摊吗？夕阳西下，微飔吹衣，访得久觅方得之书，挟之而归，是人生一乐也！"该文著于1956年8月7日，是新中国成立之后该书再版时所写的文字，当时著者已贵为国家文化部高级官员，然诵其所著文字，无一套语，无一官话，无一俗字，而是满腔真诚，赤子情怀，有真性情，见好品格。对照当世某些官员道貌岸然之嘴脸，其高下雅俗立时可判矣。惜乎郑振铎先生两年后率团出访途中，遭遇不测，机毁殒命，虽属壮烈，诚为惨事，不仅当时其众多师友学生闻讯悲伤，号哭欲绝，便是后生如我辈者亦扼腕叹息，不禁默念"百身莫赎"之悲辞也。叹叹。

余喜读书，亦喜淘书，并连方家所撰访书淘书之美文一并喜之。因此，唐弢先生之《晦庵书话》，黄裳先生之《榆下说书》，阿英先生之《城隍庙的书市》《西门买书记》诸大作，常置于几榻之侧，便于清闲时随手摩挲也。今又淘到久觅方得之《劫中得书记》一册，其快乐何如哉！吾人何幸，生活于宁静繁盛之时代，远离硝烟，不见凶顽，既可端起碗来吃肉，又能放下筷子骂娘，工作之暇，月白风清，或独处一室，或邀约友朋，品茗观书，其快活当如羲皇上人，诚然不为饰词也。

沪上归来，灯下阅书，抚今念昔，思绪翩然，聊记数语，以志此事。

流沙河先生的"病中之吟"

川人流沙河先生,体瘦弱,貌清癯,面白皙,书生本色,似有杨柳扶风之状也;唯双眸炯炯,洞穿世事,骨骼坚硬,宁折不弯,历数十年而不变,且老而弥坚,依然故我,以故誉满士林,馨香环绕。其早年以诗名,以才子名,以右派名;壮龄以散文名,以文论名;暮年竟一头扎进了故纸堆中,研究起了古代经典,治《诗经》《庄子》,颇有心得,又治文字音韵之学,亦有成就。但常年伏案,静多动少,导致肠胃紊乱,消化不良,以致引起结肠痉挛,俗称绞肠痧者,曾疼得他闭眼呼天,切齿喘息。求医问药期间,初疑胃癌,继疑穿孔,反复检查,又无实据,曲尽磨折之后,竟渐渐得以痊愈。此是2003年初夏时节事也,先生时年七十二岁,已近圣贤之年矣。

当先生身患病疴,备受苦痛煎熬之时,自省平生功业,检讨得病之由,尝填《满江红》词一阕,云:

医院楼高,窗窥我,弯弯眉月。输液线,悬瓶系腕,深宵未绝。鼻管穿咽探到胃,抽空肚里肮脏屑。症状凶,臌胀似新坟,肠撕裂。

命真苦,霜欺蝶;丝已染,焉能洁。恨平生尽写,宣传文学。早岁蛙声歌桀纣,中年狗皮卖膏药。谢苍天,赐我绞肠痧,排污血。

由生理机能之身体病变,联想到早年诸多遵命违心之作,其文学之病与社会之病已经交叉感染,天实厌之,其奈人何?唯有排尽污血,涅槃新生,自新自壮,方是正途。余以为先生此吟咏病痛一词,真呕心沥血之作,亦自警自励之作也。每一诵之,无不令人血脉贲张,扼腕奋起矣。

乙未春月,有友人自天府之国归来,云赴成都拜谒先生时,见先生虽然清癯依旧,而面色红润,精神矍铄,纵论今古,臧否人物,皆中肯綮,且竟日不倦。又云先生饮食起居恒有规律,随心散步,逍遥自在,生活宁静,诗书自娱,以八十四岁高龄竟能撰述不辍,才思敏捷一如少壮之时,可享期颐之寿者也。

闻之欣然。

《买书记历》阅读札记

2015年4月9日晚间,信步来到位于海甸三横路的黑豆咖啡馆,闲坐于门后一隅,啜一口热热的饮品,顿时,肺腑仿佛被洗过了一般,恬静而熨帖。一会儿,店主人轻移莲步,悠然飘了过来,坐下,拿出几本书递给我,道:"上周出差南京,逛了先锋书店。这是给你买的。"尽管其话语极为平静,而对于像我这样的一位读书人来说,却感到格外的温暖。我一看,放在最上面的一本书就是《买书记历》,副标题是"三十九位爱书人的集体回忆",知名书人陈晓雅选编,中华书局2014年10月第1版第1次印刷,布面精装,32开本,枣红色的封面上是烫金的书名。拥在胸前,一股华贵气息扑面而来,端详着它,就像是在欣赏着一位刚从宫廷中走出来的贵妇一般,雍容典雅,珠光闪烁,目之忘俗,交接可亲。刹那间,就从内心里喜欢上了这部书。

对于所爱之对象,须有特殊的示爱方式,于人如此,于书亦如此。拥书回家,踱进书斋,先在扉页上钤上信印,以示郑重;又于第二页留白处钤上藏书闲章一枚,云"读书随处净土";

再翻书至封三，用水笔亲自题写得书之由来，并落款以志之，至此才算完成了类似宗教盛典一般的收藏仪式。近日，天意难测，脸色多变，晴明景和时光，却陡然降温，风雨交加，春寒料峭。周末有暇，下午以至晚间，再次步入书斋，据案端坐，尽管也有一丝枯寂凄清之感，但有书香袭人，美文慰怀，亦足以游目翰墨，驰骋心志，娱乐情意焉。及至深宵，阅读过半，眼倦即卧，酣然入眠，随心所欲，毫无拘碍。一觉醒来，天色微明，树影乱晃，市井之声也随风断续飘来。于是，拧亮床前灯光，斜倚山枕，捡起枕侧之书，继续披阅，直至午间，一气读完。

这是一部谈书的书，也是一部颇有趣味的书。三十九位书界大佬，足跨海峡两岸和港澳地区，大手笔而著小文章，由谈书而及谈人，沧桑之慨，人生况味，从文字间缓缓流淌出来，打着旋涡，闪着波光，随着阅读的渐渐深入，也滋润着阅读者的一方油油的心田。这群痴情于书的人，或机趣幽默，或朴质平实，或文采斐然，或端庄板肃，均深情贯注，倾呕心之力，各自写出了爱书、搜书、拍书、淘书、藏书以及散书的独特经历。因其出身有别，性情不同，襟怀迥异，眼界有高下之分，资财有厚薄之判，故对于具体的书的态度也变化多端，对于书人书友之情感也冷暖悬殊。有人一掷千金，即便是天价之书，也执意到手，非我莫属；有人则锱铢必较，反复掂量拿捏，享受的是一种讨价还价的过程；有人瞻前顾后，拦腰砍价，一念之差，失之交臂，到头来追悔终生，痛心疾首之顷便以"无缘"二字了结，图的就是自欺以心安；有人于访书之途则曲径通幽，峰回路转，柳暗花明，失之再得，从此珍护之如同头目；有人见到心仪之书，眼睛放光，心跳加速，不由得手之舞之足之蹈之起来，差点儿误却了访书的美事；有人看见稀世珍版，眼馋心馋之余，夺人之美的念头陡然升起，偏又遇到古道热肠之仁人君子，不惜以家传宝藏拱手相馈，且珍馐招待，分文不取，其高风厚谊，可为千古佳话；更有人喜遇佳书之后，往往购以复本，一本自读自存，一本待日后转赠友朋，亦君子懿德，风范可诵。

著名学者陈子善先生在谈起阅读该书的感受时，道："可以用八个字来形容：津津有味，倍感亲切。津津有味，是因为他们记述的买书经历虽然有长有短，各有不同，但中文外文，古籍今籍，娓娓道来，均精彩纷呈，引人入胜；倍感亲切，是因为他们之中有十九位，也就是正好二分之一，是我认识或者熟识的，新老书友搜集珍藏了那么多有趣有意思的书，我感到由衷的高兴。"（《买书记历·序》）古人云：见字如面。所以，一时间见到这么多的旧雨新知，确实令陈子善先生惊喜无限，亲切异常。至于作为普通读者的我来说，于默然阅读之际，胸中却也是波澜迭涌，浪花四溅。且情感涌动之下，也颇多联想，个人购书往事，亲友馈赠情怀，每一次将沉睡的记忆唤醒，身心都会感到一阵温暖。掩卷深思，又觉得天下访书之事，尽管因人而异，但求同而存异，其本质上大抵古今一致，中外皆然，就好比寻美探幽途中，往往移步换景，风光常新；又如访友之旅，因为心里早已存下了一段念想，则迫不及待之心情，近乡情怯之感受，惊呼肠热之场景，相互悦纳之结果，处处真诚感人，在在动人肺腑。此外，文章中所透露出来的版本之学、目录之学的诸多信息，以及学者文人之间的交往之道、学术流变之中的薪火传承等，亦能给人以诸多的智识与启迪。因此之故，当披阅毕最后一行文字后，又情不自禁地从书柜中取出珍藏的两枚读书闲章，云"书有道""云水风度"，分别将其钤于书后空白处，既作读书之纪念，又示之以怜惜珍重之意味。

钤印之际，忽又记起4月9日晚间的一个场景：在黑豆咖啡馆柔和的灯光下，赠书人忽闪着一双美丽的大眼睛，道："听说你读书有个习惯，就是一边阅读，一边随手做些批注。确否？"我喏喏道："确有此事。不仅如此，还喜欢阅读完毕后，在书后任意涂鸦，信笔写一些阅读小札什么的，以至于把书弄得乱乱的。"

"那么，你读完这本书后，也让我读一遍。我就从你弄得乱乱的批注中，领略一番你阅读此书时的情怀。可好？"当时，我一边颔首，一边思忖着："这世间竟还有如此奇妙的人物？尽管有些狡黠，但是，也确实很有趣味的呀。"

2015年4月11日午后记于明斋。春雨喜人，潇潇洒洒，远树含烟，逗人情思。这样的时节，宜于读书，也宜于念远。

岂止"一锅白菜"而已……

一

那天,曾问某教授道:"到台北'故宫博物院'看什么?"

"可看的宝藏实在太多,然而倥偬之间,择其精要者,不过'一锅白菜'而已。但是,想看到这些罕物,终究还是要讲一个缘分的。尚不知道你是否有此缘分。"彼时教授刚从台湾归来,一板一眼,如是回答,是三年前的事情了。当年年底,将随团访问台湾,按照行程,有新年元日参观台北"故宫博物院"的安排。临行之前,为了备足功课,便抽空拜访了这位国学教授。见我真心请教,教授从硕大的书案上抬起头来,翕动着嘴唇,认真地回答。

"可以说得具体一些吗?"我嗫嚅地问道。教授用绒布擦了擦厚厚的镜片,戴上眼镜,直视着我,沉默着,不再多说一个字。圆圆的镜片罩住了他的半张圆脸,镜片之上是沟壑纵横的额头,那里面隐藏着的应该就是满腹的学问,是好几屋子的典藏秘籍。

于是，带着狐疑，我踏上了访台的路程，并走进了颇有几分神秘感的台北"故宫博物院"。真是幸运，恰好赶上台北"故宫博物院"举办"精彩100——国宝总动员"特展。

翻检历史，我们知道，中华民国始于1912年，之后没多久，基于民主的理念，将帝王所属收归全民共享，同年即在国子监成立了历史博物馆；1914年集中辽宁盛京和热河行宫的文物，在故宫的前半部成立了古物陈列所；1924年清帝被逐出皇宫后，随即查收故宫典藏，并于次年中华民国国庆日在故宫后半部成立故宫博物院，局部开放以供民众参观；1947年古物陈列所归并故宫博物院。抗日战争以及三年内战期间，国民党将所珍藏的文物几经精选装箱，辗转播迁，北平、南京、四川、台湾，直至1965年在台北外双溪建立台北"故宫博物院"，用以展出国民党运到台湾的历史博物馆和故宫博物院的珍品。台北"故宫博物院"的典藏，承袭自宋、元、明、清之宫廷宝藏，再加上民国以来捐赠、购藏的新增文物，皇皇然有68万件之多，是中华民族文化史中器物、书画、古籍的瑰宝，也涵盖着有清一代朝廷督导的美术工艺与典章档案之菁华。当我们于暮色之中来到台北外双溪时，一缕晚霞穿过云罅投射到了那一大片黄墙碧瓦的古典建筑群上，显得格外地辉煌壮丽；我们拾阶而上的每一步，竟又显得有些迟滞与沉重，或许，那是源自一种神圣的文化引力所致。

从 68 万件文物中精选出 132 组件在此次特展中亮相，真正称得上是精品中的精品。从介绍中得知，精选出的这 132 组件文物，按照其功能意义、创新技法、文物内涵、艺术特质等，分为礼乐典范、金匮宝笈、工艺创新、盛世极品、翰墨光华、丹青瑰宝等六大模块呈现，倾注了布展者的诸多心血与智慧。当我们怀着极大的兴致想细细品鉴，以饱眼福，充分地享受历史文化以及艺术美感的盛宴时，工作人员却悄悄地告知："离闭馆的时间不足两个小时了。"看来，国学教授所言之"倥偬"，真是有所根据的。于是，只好改变策略，除对自己感兴趣的文物作细致品赏外，其他的只能作走马观花状。

二

现在，我终于能够得以近距离地观赏国学教授所说的"一锅白菜"了，何其幸运！

教授所说的"一锅"，指的就是毛公鼎。初看之下，觉得毛公鼎实在简朴，并无甚特异之处：半球形的器身立于三蹄足之上，口沿上有两个宽厚的立耳，器身光素，仅在口沿下方有一圈精简的重环纹以及一道凸弦纹作为装饰，远没有殷商时期青铜重器上装饰的繁缛诡秘的兽面以及动物纹饰显得精美华贵。但是，就是这样一尊简朴的铜鼎，仍然被列为国之重器，长期受到史学界以及文化界的青睐。究其原因，是其器腹内壁上长达500字的铭文，作为见证西周宣王中兴的原始史料，可谓意义重大，价值连城。毛公是周宣王的叔父，铭文的前半段是宣王对毛公的训诰之辞，历述宣王于即位之初缅怀文王、武王享有天命、开创基业的过程，他即位之后对天命存有戒慎恐惧之心，极思振作积弊已久的朝政，于是便请其叔父毛公统领百官，谐和四方，并使毛公族人组成禁卫军，以保护其安全；铭文的后半段详细记载宣王给予毛公的丰厚赏赐，除特许其征税外，另有赐予毛公用以祭祀的美酒和玉器，以及一套符合其身份的命服和驷马豪车；毛公于铭文末尾表达了对宣王的感谢，并愿以此鼎传之于后世，使子孙不忘先人之伟业。此篇铭文除真实地反映了西周时期的行政与典章制度外，也为不见于文献记载的毛公提供了翔实的史料。铭文以古雅精奥的文风表达了宣王对毛公的谆谆告诫和殷殷期待，其任重道远之情今日读来仍令人动容。著名史学家屈万里先生曾经评赞此铭道："足抵《周诰》一篇……其史料价值，尤在今本《尚书·周诰》之上。"在清楚了毛公鼎的文献价值之后，再一次看去，忽又觉得其简朴端正的器形，器壁上所铸就的浑厚古朴的铭文，铭文中所流露出来的朴实敦厚的文风等，如同天作之美，谐和一致，使此宝鼎越发显得庄重肃穆，因而能够更加凸显出宣王与毛公励精图治、中正平和的精神气质。

毛公鼎的出土与流转，也是有着一段曲折离奇的故事的。据载，毛公鼎自清道光年间在陕西岐山县偶然出土后，便成为藏家觊觎的对象，之后历经多位藏家与权贵的转手秘藏，后来便到了清末重臣端方手中。端方殁后，宝鼎被其家人抵押于银行，后无力赎回，鼎被文史大家叶恭绰买下，抗战前一直为叶恭绰所藏，并携至上海家中。上海沦陷后，叶恭绰转赴香港，其收藏仍然留置于上海。此时，叶恭绰一爱妾有吞占其家产之念，匆忙之中，叶恭绰便委托其侄子叶公超赶到上海，取回宝鼎，并嘱咐其"日后不得用它变卖，不得典质，尤其不能让它出国，有朝一日，可以献给国家"云云。不料，叶妾私欲膨胀，情急之下，欲获鱼死网破之效，遂向日本宪兵队密告了藏鼎一事，叶公超随即被捕，并遭到了刑讯逼供；最后，叶公超密告家人仿制了一尊假鼎呈现给日本人，才算躲过劫难，并携带宝鼎逃回香港交还乃叔。1940年年底香港沦陷后，叶恭绰再次携鼎返沪，后因贫病交迫遂将宝鼎质押于银行，被沪上巨商陈泳仁赎出。抗战胜利后，陈氏将宝鼎献呈当时的南京国民政府，从此宝鼎始得以归入南京国民政府的中央研究院。国共内战爆发后，宝鼎又随大批文物一并运往台湾，最终成为台北"故宫博物院"的镇馆之宝，为世人所瞩望。眼睛在品赏毛公鼎的时候，脑海里翻卷着的却是其流转播迁的过程，其中不乏人事兴替、家族盛衰、刀光剑影、血雨腥风的传奇经历，既有觊觎攫取的歹念，也有毁家纾难的壮举，而这一切又给毛公鼎本身赋予了更多的人文情怀与文化内涵。品赏之下，不禁感慨系之，唏嘘难抑。

"翠玉白菜"也是台北"故宫博物院"的镇馆之宝。自

1924年台北"故宫博物院"成立并对平民百姓开放伊始,这棵叶绿梗白、鲜活欲滴、叶片上还停留有两只昆虫的翠玉白菜,就博得了民众的喜爱,每一次展出都会被观众团团围住,啧啧称奇,久久不忍离去,成了广大观众最初的也是最难以忘怀的美感体验。从典藏编号透露出来的信息可知,白菜原是清末永和宫中的摆设,而永和宫的女主人就是光绪皇帝的瑾妃。据此推测,这棵白菜很有可能就是瑾妃的陪嫁。如果真是陪嫁,那么,这棵美轮美奂的白菜就有着极为深刻的内涵了——叶青梗白寓意清白,即人品的纯洁无瑕;叶片上的螽斯与蝗虫,则寓意多产,即多子多福,子孙绵延之意。文献记载,瑾妃是户部右侍郎长叙之女,满洲镶红旗人,光绪十四年(1888年)与其妹妹同时被选入宫中,成为光绪皇帝的嫔妃,其妹妹就是因触怒慈禧而被迫害致死的珍妃。虽然,在后来的风雨飘摇的社会环境与倾轧斗狠的宫廷生活中,瑾妃的命运较之妹妹珍妃要好得多,其好美食、好丹青的宫内生活,多少也有一些雅致和情调,但其终生乏嗣、中年而殁、殁后墓葬被盗的结局,终究不是这棵翠玉白菜美善的寓意所期望的。

在中国人的传统文化意识中,玉本身就是具有灵性的珍贵材质,而琢磨玉料成为器物则相当地费心、费神、费工、费时,讲究的就是一个量材就质,即顺应玉材自然天成的形态与色泽,通过工匠们的个性化的创意,巧妙地协调天意与人意,精心雕刻成既出人意料又符合情理的艺术作品。这棵白菜,就是以一块半绿半白的翠玉为材质雕刻而成的。严格地说，其材质并非上乘，因为其中不乏瑕疵与斑块，如果制成玉璧、手镯等饰物，肯定难称人意；但是，聪慧的匠人经过构思，选择了白菜这个主题，不仅恰如其分地运用了材质自然的色泽分布，也让裂痕藏进了曲曲折折的叶缘和叶脉之中，使斑块成了区别不同水感的元素，觉得白菜似乎受过霜寒，完美地呈现出一种缺憾之美，更加增添了几许的真实感与趣味性。

当时，一位同行者嘀咕道："真想伸手去摸一摸呀！"

"可远观而不可亵玩焉。"我悄声提醒她说。

三

尽管有着充分的心理准备，但当我驻足于《快雪时晴帖》展板之前时，依然觉得因为激动而脸颊有些发烫，心率有些加速。书圣王羲之的真迹今天实在是难以寻觅到了，以至于后人的摹本也都成了皇宫中的秘藏，《快雪时晴帖》也不例外。王羲之工诗善画，尤擅翰墨，将秦篆汉隶各种不同的笔法，融于真行草诸体之中，兼撮众法，备成一家，终为万世宗师。其书法作品在东晋时即为当世所重，历代内府均有收藏，唯其真迹历经战乱、毁损与摹制，源流难溯，真伪莫辨。《快雪时晴帖》最早著录于唐代张彦远《法书要录》卷三《褚遂良右军书目》中，唯记载其行数为六行与今本四行相左，故学界普遍认为今本《快雪时晴帖》应为唐人根据皇室收藏的真迹所做的精摹本，至于真迹之下落，或许如同《兰亭序》一样，成为文化史上的永久之谜了。该帖以行书写成，纸本墨迹。纵23厘米，横14.8厘米，4行，共28字，句读如下："羲之顿首：快雪时晴，佳！想安善。未果为结，力不次。王羲之顿首。山阴张侯。"译成白话就是："王羲之拜上：快雪过后天气放晴，佳妙。想必你可安好。事情没有结果，心里郁结，不详说了。王羲之拜上，山阴张侯启。"显然，其内容是王羲之写他在大雪初晴时的愉快心情以及对友人的问候，书文并茂，短短二十八字，显示出和谐中妙合造化的意境，于行书中带有楷书笔意，笔势上以圆笔藏锋为主，神态自如，从容不迫，起笔收笔，转换提按，似山蕴玉，不耀锋芒，精神内敛，骨力中藏；结体以正方形为主，平稳饱满，时敛时放，能含能宕，寓刚健于妍丽之中，寄情思于笔端之上，后人有"圆劲古雅，意致悠闲逸裕，味之深不可测"之评。因此，历代列为珍品，清乾隆皇帝更将此帖与王献之《中秋帖》、王珣《伯远帖》一同收于养心殿西暖阁内，并御书匾额"三希堂"，且将此帖列为首位，视为"天下无双，古今鲜对"之秘宝。台北"故宫博物院"于1984年也正式将此帖列为"国宝"级文物，选入首批"故宫书画菁华名品"之中。立于书帖之前，心动情动之下，便也不由自主地伸出右手的食指，应和着书帖中字迹的起笔、运笔、勾连以及收笔等笔势，一连模拟了数遍，愈发觉得其"神乎技矣"。

转身数步，又一幅至为珍贵的墨迹吸引住了我的眼睛，凭借着仅有的一些文化知识判断出，这就是唐代颜真卿的手书真迹《祭侄文稿》。颜真卿是唐代书法大家，在当时已是举世公认，其所创立的楷书之典范号称"颜体"，至今仍是书家的法式。据说唐玄宗曾向颜真卿请教书法秘诀，云："朕稍有闲暇，辄提笔练字，怎么就达不到爱卿之水平呢？"颜真卿昂首回答："此无他，字如其人耳。人正则字正。"唐玄宗一脸尴尬，只好顾左右而言他。可见颜真卿的道德、人品、学问、书艺等，确实为一时之冠。其实，不独颜真卿一人，整个颜氏家族，人人公忠体国，个个义薄云天，在抗击安史叛乱时，前仆后继，满门忠烈。这篇《祭侄文稿》就是最好的证明。

　　《祭侄文稿》又称《祭侄季明文稿》，颜真卿50岁时所书，计23行，共234字。这篇文稿追叙了常山太守颜杲卿父子一门在安禄山叛乱时，挺身而出，坚决抵抗，以致"父陷子死，巢倾卵覆"，取义成仁之事。颜季明为颜杲卿第三子，是颜真卿的堂侄。其父与颜真卿共同讨伐安禄山叛乱时，他往返于常山、平原之间，传递消息，使两郡联结，共同效忠唐室。其后常山郡失陷，颜季明横遭杀戮，归葬时仅存头颅。颜真卿临棺哀悼之际，悲愤交加，援笔作文，情不自禁，一气呵成。台北"故宫博物院"的工作人员轻声向我们介绍说，《祭侄文稿》的文献价值之重要，自不待言，其书法艺术之精湛，尤臻于妙境。概括言之，有如下三个方面：其一是圆转遒劲的篆籀笔法。即以圆笔中锋为主，藏锋出之。此稿厚重处浑朴苍穆，如黄钟大吕；细劲处筋骨凝练，如金风秋隼；转折处，或化繁为简，遒丽自然，或刹笔狠重，戛然而止；连绵处，笔圆意赅，痛快淋漓，似大河直下，一泻千里。其二是开张自然的结体章法。此稿一反"二王"茂密瘦长、秀逸妩媚的风格，变为宽绰疏朗的结体，点画外拓，弧形相向，顾盼呼应，形散而神敛。字间行气，随情而变，不计工拙，无意尤佳，圈点涂改随处可见。在不衫不履的挥写中，生动多变，可以强烈地感受到刚烈耿直的颜真卿感情的起伏和宣泄。行笔忽慢忽快，时疾时徐，欲行复止。字与字上牵下连，似断还连，或萦带娴熟，或断笔狠重；或细筋盘行，或铺毫直下，可谓跌宕多姿，妙趣横生。集结处不拥挤，疏朗处不空乏，可谓疏可走马，密不透风，深得"计白当黑"之意趣。行与行之间，则左冲右突，欹正相生，或纽结粘连，或戛然而断，一任真性挥洒。尤为精彩的是末尾几行，由行变草，迅疾奔放，一泻而下，大有江河决堤的磅礴气势。至十八行"呜呼哀哉"，前三字连绵而出，昭示悲痛之情已达极点。从第十九行至篇末，仿佛再度掀起风暴，其愤难抑，其情难诉。写到"首榇"两字时，前后左右写了又改，改了又写，仿佛置身于情感旋风之中，长歌当哭，泣血哀恸，一直至末行"呜呼哀哉尚飨"，令人触目惊心，撼魂震魄。其三是渴涩生动的墨法。此稿渴笔较多，且墨色浓重而枯涩，其艺术效果与颜真卿当时撕心裂肺的悲恸情感恰好达到了高度的和谐一致。《祭侄文稿》本不是作为书法作品来写的，由于作者心情极度悲愤，情绪难以平静，错舛之处增多，时有涂抹，但正因为如此，整幅字写得凝重峻涩而又神采飞动，笔势圆润雄奇，姿态横生，纯以神写，得自然之妙。通篇波澜起伏，时而沉郁痛楚，声泪俱下，时而低回掩抑，痛彻心肝，堪称动人心魄的悲愤之作。所以，元代张敬晏曾题跋道："告不如书简，书简不如起草。盖以告是官作，虽楷端，终为绳约；书简出于一时之意兴，则颇能放纵矣；而起草又出于无心，是其手心两忘，真妙见于此也。"元代艺术家鲜于枢更赞之为"天下第二行书"。

我发现，在工作人员低声解说的时候，周围也渐渐地聚拢起了一圈参观的人群，男男女女，老老少少，静悄悄的，一边谛听，一边审视着展板上横挂的颜真卿的手迹，从他们紧闭的嘴唇或用手轻轻拭去眼角泪水的细微的举动中，不难揣度出其内心所激荡而起的情感浪花。一时间，我自己也感到有一股热血不断地向头顶涌动。这哪里仅仅是在欣赏一件书法作品，简直就是一场生动的教育课程，其情感的震撼力，文化的吸引力，民族精神的感召力，强大无比，动人心魄。也正是基于此次的欣赏体验，在海南中学筹建"国粹馆"时，我再三要求将一幅高清仿真的《祭侄文稿》陈列于最为显眼的一面展板上，供学生们瞻顾品赏。当然，这已经是一年之后的事情了。后来有一位官尊位显的文化官员来学校视察时，对此看了半晌，临走前貌似专家一样地说："也就是一幅赝品。假的！"闻听，我脱口而出："我们对传统文化的热爱之心是真的！我们对忠贞爱国者的景仰与敬重之情也是真的！颜氏真迹存放在台北'故宫博物院'，你能弄来啊？"从此，再也不愿看到该文化官员的圆脸与阔嘴，乃至其走起路来弓背哈腰的身影。

四

此次特展所展出的"丹青瑰宝"中，多为大家之作，经典名画，诸如阎立本的《萧翼赚兰亭图》、范宽的《溪山行旅图》、宋徽宗的《池塘秋晚图》、钱选的《桃枝松鼠》、仇英的《汉宫春晓》、董其昌的《夏木垂阴图》等，约略算之，有三四十幅之多，件件皆为精品。我知道，若不是有幸遇到此次特展，这些丹青瑰宝，终其一生也难得睹其真容。不过，或许因为年代久远的缘故，有的画作已经漫漶不清，有的色泽已变得黯然，加之自己艺术修养不高，天分愚钝，悟性亦低，欣赏不出它们的好处来，便在这些展品面前匆匆一过，没有多作流连。但是，即便匆匆一瞥之间，有一幅画作竟也深深地印入了脑海之中，至今难以湮灭。画面之上是秋风呼啸的旷野，枯枝折倒，残叶飘零，小草伏地，一片萧瑟之中，两只灰喜鹊在扑翅鸣叫，一只顶风飞来，一只刚攀在树枝上，目光均向下凝视，并作展翅威吓状，原来在残枝败草之中，有一只褐色的野兔正回头向它们张望。不过灰喜鹊对野兔并不具威胁性，所以野兔面对灰喜鹊的大惊小怪似的举动，表现得相当宁静而祥和。画家善于捕捉瞬间即逝的情节，让禽兔两者之间的互动跃然纸上，并配之以风吹草动的环境气氛，给观赏者以身临其境的感觉。场景萧瑟寒凝，画面动感十足，却是自然界寻常生命景象的再现，体现出画家对生活观察的细致，令人回味无穷。事后才回忆起来，这幅画作就是宋代画家崔白的《双喜图》，早在中学时代就从艺术课本的图录上观赏过它。于是悟到，崔白之所以能够绘制出这幅在中外艺术史上都难得一见的即时自然情景的杰作，除了具有精湛的绘画技能，还有着对于社会生活以及自然生态的细致观察。只有如此，方有经典问世，大家出现。古今同理，概莫能外。

即将闭馆的提示声音温柔地响了起来，不得不和宋徽宗、唐伯虎、董其昌这些艺术巨匠们匆匆告别，抓紧时间向"金匮宝笈"展室走去，眼睛略过宋刻元版以及清代秘本，最后停留在了康熙、雍正二帝的朱批奏折上面。青年时代，我曾耗费十年时间，痴迷并研究《红楼梦》这部巨著。因为研究《红楼梦》的缘由，进而研究曹雪芹的家谱、身世、变故以及书里的名物与风物等，而展柜里的康熙朱批就是曹雪芹的祖父曹寅的奏折，当时，我激动得眼睛都要发直了。奏折上用墨笔恭楷写道："江宁织造郎中臣曹寅谨奏：恭请皇上万安。陆月初陆日得接捷报，江宁士庶军民尽颂圣主功高汤武，德并轩辕，大兵未及百日荡灭噶尔丹。齐赴朝天宫，建醮庆祝圣安，悬望南巡，瞻仰天颜。

臣寅目击万姓欢呼，犬马不胜欣忭，只缘职守所羁，料理水陆二运，缎匹告竣，即星驰进京。谨此预请圣安。康熙叁拾伍年陆月初捌日。"康熙在其奏折之上，朱批道："朕亲统六师，过沙漠瀚海，北征噶尔丹，皆赖上天之眷佑，旬有三日内，将厄鲁特杀尽灭绝，北才永无烽火，天下再不言兵矣。"据介绍，这是台北"故宫博物院"所藏的最早的一件汉文朱批奏折。奏折表明康熙三十五年（1696年）六月六日，江宁织造郎中曹寅得知康熙平定噶尔丹之乱后，向康熙表示庆贺，报告江南一带的官员和百姓闻讯也举行了庆祝活动，自己待处理妥当江南缎匹运送的工作后，将进京请安等事宜。而康熙的朱批则豪情四溢，踌躇满志，胜利之君，帝王气概，从文字间汩汩然自然流露。从中，也真实地反映出了君臣二人之间亲密的私人情谊，是研究清代吏治和宫廷制度、曹氏家族兴替的不可多得的珍贵史料。康熙的朱批共6行，48字，行楷书之，隽秀流利，呈现出的是一团妩媚温和的气象，有的字竟以简体写就，亦可窥见康熙当时心情的愉悦、性格的率直与洒脱。仅从书法艺术角度看，也是一幅不可多得的珍品。

至于展出的另一份雍正皇帝的朱批奏折，则更为生动有趣了。雍正即位后，为强化君权，积极整饬吏治，奏折的使用则更为普遍与制度化。当时，除了地方官员有感谢皇恩的"谢恩折"、奏报一般行政事务的"奏事折"、报告机密事情的"密折"，尚有向皇帝请安用的"请安折"。雍正初年，浙江观风整俗使王国栋呈上了一份"请安折"，其内容甚为简单，云："浙江观风整俗使臣王国栋恭请皇上圣安。"恭楷墨笔，仅有17个字。而雍正的朱批是："朕安。此朕几案上所污，恐汝恐惧，特谕。"原来雍正喜爱喝茶，即便端坐在桌案之前朱批奏折时，也有随时饮用茶水的习惯。就在他朱批王国栋的这份"请安折"时，一不留神将茶杯倒翻了，朱批"朕安"二字之后，又担心有关部门节外生枝，因奏折受污而误会王国栋对皇上不恭，使其受到惩处，便又提笔写了另外一行字，主动说明了奏折污损的缘由。可见这份朱批奏折也有着极大的史料价值，它一方面反映出了雍正个人的生活习惯，凸显出当时奏折制度下各级官员须慎重维护公文的规定，也生动地说明雍正即位后在整饬吏治方面，不惜严刑峻法的同时，也有着丰富的人文情怀，其人性中也是有着温情脉脉的一面的。

我非常清楚这两份朱批奏折的史料价值与艺术价值，手里端着相机，不免技痒起来，在经过工作人员的允准之后，关掉相机的闪光灯，隔着展柜的玻璃，翻拍了这两件稀世珍藏，尽管因曝光不足而显得有些漫漶，也不妨成为我的珍贵的藏品。因为，我终于存留住了一份念想，也存留住了一份情感。"岂止'一锅白菜'而已！"后来，当我向国学教授讲述起在台北"故宫博物院"的所观所感时，教授睁圆了镜片后面的双眸，嗫嚅了好久，低声喃喃道："缘分！你比我有缘分，真的有缘分！""是有缘分，但缺少福分啊。"我心里暗想。何以言之？

此次展出的132组件文物中,我只是较细致地欣赏了"一锅白菜"、三幅书画和两件朱批,那剩余的125组件瑰宝,尤其是台北"故宫博物院"中所收藏的68万余件珍品,哪一件背后没有一段曲折动人的故事呢?其中应该蕴含着海量的文化信息吧!何时有缘一瞻英姿,尽赏芳容呢?奢望而已。"但是,这奢望却又是多么的美好啊!"——我止不住又想。

  2015年5月3日晚间,草于明斋。"五一"小休,虽是夏始春余时节,室外气温已高达三十六摄氏度,酷暑难耐矣。谢却酬应,闭门读书,偶有佳思,便敲击键盘,遂有了以上这些文字。诗曰:远离宾馆酒店,闭门即是深山。读书随处净土,幸福也很简单。

青山在远，秋风欲狂……

旧时大户人家，多克勤克俭，精打细算，集腋成裘，累世集聚所得才最终成气候；非同今日之社会，自己尚莫名其妙间，邻居已骤然暴富矣。四川流沙河先生，尝记述其故乡人物曰何太老爷者，实为一侏儒，人背后皆唤作何矮子也。其家虽有良田数百亩，然均为勤劳累积所致，其中艰辛备尝，大不易也。因此之故，其生活俭省之程度，匪夷所思，更非今日之豪富二代所能模拟也。何太爷有金哥银哥两个儿子，一反乃父的做派，奢侈骄纵，简直就是混混，吃货，"玩派"。某日午饭时，何太爷正和那些个推车抬轿的苦力挤在一间简陋的小饭馆里，吸溜吸溜地喝红苕稀饭，有人跑来告诉他说："何太爷，你两个儿子在东街馆子里吃红烧鲤鱼呢！"气得何太爷将筷子乱敲，恨恨然吆喝说："格老子，要弄烂就大家弄烂！老板儿，再给我抬一块豆腐乳来！"一时传为笑谈。

此一故事中，不仅金哥银哥骄奢无比，两人的媳妇儿也颇能沆瀣一气，合伙算计其公爹，令人心寒。何太爷患有眼疾，视物模糊，其平日"好囤积，囤粮囤物，还囤钞票。钞票汗渍，易霉易烂，晴天他就铺席暴晒。坐守在旁。两个儿媳金嫂银嫂，一个走前，端一碗滚烫的醪糟蛋来，喊声爹爹，站在面前挡着视线，一个跟后，抓紧时间掳钞票入围裙。碗腾热气，眯眩眼目，又被感动，老泪盈睫，竟不知中了计"。（《故乡异人录》）家中有儿子儿媳若此，其晴晴暖暖之天伦之乐，恐怕殆殆乎几稀。然何太爷竟然以"高寿仙逝"，不仅见出其心理承受能力绝对地强大坚韧，或可证明天道昭昭，对勤劳良善之人也是尽力助益的吧。

迅翁有诗云："知否兴风狂啸者，回眸时看小於菟。"动物尚有慈爱与温情的一面，况乎人类？儿孙者，血脉之所延续，希望之所寄托者也。故有舐犊情深之情怀，望子成龙之心愿。若成其为龙而不可得，等而次之，成为虎亦可，此天下为人父人母者最为普遍的心态。然事情之结果并非完全循着人们的主观愿望而转移，视儿孙为唯一希望者，其儿孙多不会带给他任何希望，此几成铁律。因此，有看破红尘者如曹雪芹笔下的跛足道人，一语点透真机，云："世人都晓神仙好，惟有金银忘不了。终朝只恨聚无多，及到多时眼闭了。"又云："世人都晓神仙好，惟有儿孙忘不了。痴心父母古来多，孝顺儿孙谁见了？"其中意蕴，虽然长期以来饱受论道者的"虚无主义"之讥，但实在也是阅历有得之谈，亘古常新之理。时至今日，虽然明白此事理者多，实际生活中则又另当别论了，故有"贱养富养"之争闹不绝于耳者也。对此，吾友老树先生说："花儿已经落去，人儿已经离去。你说你能怎样？日子还得继续。"又说："溪水一旁，住两间房，拥几册书，有些余粮。青山在远，秋风欲狂，世间破事，去他个娘。"也是一种人生的态度。不怕论道者笑我颓唐，我倒真正从心底里欣赏其洒脱不羁、超然物外的情怀呢。

或谓："君之所言，貌似超脱，恐怕亦难以免俗耳。能告诉我们你到底是怎样教养子女的吗？"答曰："尽一份应尽的责任，无憾于子女；做一个快乐的平凡人，以此告诫子女。"如是而已。

周日清晨，卧览流沙河先生大著《晚窗偷读》一书，有所感触，随手记之。内子呼唤早餐的同时，悄声提醒今日是西人所谓"母亲节"者，急忙电话一通，约弟弟弟媳中午一起请父母吃饭，示感恩焉。明斋志之。

《我来晴好》题识

《我来晴好》，范笑我先生著，上海辞书出版社2013年6月第1版第1次印刷，32开本，纸面精装，印制美甚。2014年3月6日，出差京华时，见有该书出售，遂购置一册而归，因平日喜读范笑我先生文字之故也。

范笑我先生乃读书界一奇人也。其本名范晓华，浙江嘉兴人，1962年出生，曾供职于嘉兴市图书馆，后经营秀州书局。因其理念先进，管理有方，具有浓郁之人文情怀，不几年便将书局生意做得风生水起。其经营书局期间，逐日将进书、售书、搜书、淘书、读书、代为友人求书之始末，以及新旧图书流通信息、文人过从交往等诸多事宜，详加记录，且文字简洁清丽，叙论颇中绳墨，遂为海内外书友所激赏，于是，便有后来之《笑我贩书》及其续编等大作面世，一时好评如潮，嘉许多多。此二书，我均有范笑我先生题签本，佳友伍立杨兄所馈也，平日珍藏于书橱之内，秘不示人，颇得宠幸。

"我来晴好"原为嘉兴南湖烟雨楼之一块匾额，清人题写，未具名姓。细细揣测，盖明代以还，烟雨楼遐迩闻名，某文雅士子来此登楼，观赏南湖烟雨，适逢天气晴好，一时兴起，挥毫泼墨，留此四字。今范笑我先生以此作为书名，亦契合文人雅事，颇得文化流韵也。书分三辑，一为"秀州书局"，盖文字所述，均与书局工作有关，多写当时文人游踪与交往信息，兼有怀人忆旧之笔墨，作《笑我贩书》之再续编观览亦无不可，只是体例略有区别，"贩书"以年月为序逐日记录，此处则以人物为专题综合叙述，如写宋清如女士、黄裳先生、施蛰存先生、吴藕汀先生、张中行先生、金性尧先生等，文字朴实清雅，委婉多致，三两笔之间，人物口吻毕肖，呼之欲出也。二为"人物编年"，先是记载世纪老人章克标先生最后岁月里的日常琐屑，其中写林青女士悉心照料章克标先生并为其送终一事，尤为感人肺腑；继而简述学者王天松先生撰写《褚辅成年谱》时的艰辛与执着，时间跨度八年有余，既具人文情怀，又能励人心智，读来亦觉亲切而有意味。三为"我来晴好"，著者称之为"田野观察的记录"，实则是著者行走于北国南国之城镇间，或访友访书，或寻访风物与胜迹的笔录和感怀，亦颇为耐读。

  又逢周末，晚间得闲，躲进书斋，品茶之余，浏览微信，见有友人阅读该书之照片数帧，一时触动思绪，蜜意袭来，遂笔之于右，明斋。

不妨养草

古今文化大师，都是人文情怀极为丰沛之人，而尊重生命，敬畏自然，正是人文情怀的具体表现。少年时代，读晋人陶渊明诗《归园田居》其三："种豆南山下，草盛豆苗稀。晨兴理荒秽，带月荷锄归。"许多年来，一直都搞不明白，陶先生回到乡村以后，沉潜心志，专事农活，披星戴月，早出晚归，终日辛勤劳苦如此，怎么到头来竟然是荒草繁茂而庄稼却稀稀疏疏的呢？或谓陶先生初到农村，不谙农事，虽然勤恳，终不得要领；又谓陶先生隐居田园是假，逃避官场是真，扛个锄头到田里晃一圈儿，故意造个声势，装装样子罢了，其态度本来就不够端正；更有甚者，竟然说陶先生就是一个弱智者云云。直到近来阅读了台湾作家陈冠学先生的散文名著《田园之秋》，才觉得真正地读懂了陶先生的这首诗作，仿佛一下子走进了陶先生的内心世界，与他有了心灵的契合与沟通。

陈冠学《田园之秋》记述"十一月十三日"事云："农人拔草并不稀奇，但对我而言是十分稀奇的事，非到严重威胁了作物，我实在不喜欢拔草。我尚且想给草沃沃水，我看草就像自己的庄稼。菜畦上的草，只要它不伸出菜蔬的头顶，我就一视同仁，让它当我的菜，均分我施的肥，我沃的水。可是草畦上的杂草，为了维持选种的纯粹，我就不得不抱着很深的歉意与恻隐悉数拔除。除草，在我是种心灵负担。"原来，在陈先生以及陶先生的心目中，草与蔬菜、庄稼一样，都是蓬勃着生命力的个体，是上苍赐予世间的美好事物，是大自然的绝色精华，都应该获得人类的欣赏、尊重与宠爱。采用陈先生的话来说，就是"真正美好的事物，看着、听着、闻着，要比实际的触着、吃着更合宜。天地间的精华，原是待心灵的细致感应来领略的，一旦采为实际的效用，就因为受到粗糙的对待而糟蹋了"。

何啻对待富有生命力的菁菁之草，就是凄然飘零的落叶，在富有人文情怀的人们眼里，也是纯然精粹的美的象征，从中可以生发出许多美好的生命意象，不容许受到丝毫的玷污与践踏。台湾齐邦媛教授在其著作《巨流河》中写道："大学三年级开学后，朱光潜老师已辞掉院长工作，专任外文系教授兼主任，他邀我们几个导生去他家喝茶。那时已秋深了，走进他的小院子，地上积着厚厚的落叶，走上去飒飒地响。有一位男同学拿起门旁小屋内一把扫帚说：'我帮老师扫枯叶。'朱老师立刻阻止他说：'我等了好久才存了这么多层落叶，晚上在书房里看书，可以听见雨落下来，风卷起的声音。这个记忆，比读许多秋天境界的诗更为生动、深刻。'由于是同一年的事，我一生都把那一院子落叶和雪莱的《西风颂》中的意象联系在一起，在我父亲去世之后，更加上济慈的《秋颂》，深感岁月凋零之悲中有美，也同时深深感念他们对我生命品位的启发。"这是一群多么富有浪漫情调的诗人和学者啊，在他们身上，不仅仅有着丰富的人文情怀，更是达到了道教徒们所终生追求的"天人合一"的曼妙境界。

在富有人文情怀者看来，世间万物都是有着灵性的，都是值得敬重、敬畏与怜惜的。春节前夕，有友人送来两株花草，一时间开得格外奔放，走进屋里，清香扑鼻，令人精神为之一振，身心为之清爽。春节过后，鲜花渐次零落，已不复往日的馥郁，唯簇簇叶片于深绿中间杂有浅绿和嫩绿，颇为喜人。于是，隔一两日提着喷壶给绿叶浇水，便成了妻子的最好，看着从壶嘴里冒出来的水丝，如细雨一般地洒向枝叶间，串串，滴滴，点点，闪着晶莹的光，而叶片经过了水的洗涤，如出浴的佳人似的，也闪着光，且含着羞，微风吹拂下又似T台上女模儿一样，袅袅婷婷的，那情景真是动人极了，美妙极了。

于是觉得，生活在人文情怀浓郁的环境中，可真好。

俺也说《聊斋》

学兄黄乔生先生,是当代知名学者,鲁迅研究专家,长期供职于北京鲁迅博物馆,担任常务副馆长之职,兼任中国人民大学教授、博士生导师。其人,忠厚朴讷,聪慧睿智,面庞白皙,身材中等,虽乏魁伟英拔之姿,然双目炯炯,天庭宽阔,谈吐儒雅,举止从容,到底不失士子学者的蕴藉与倜傥。春节前夕,其携妻将雏,从京城来琼度假,适逢我参加人大会议,虽属草民参政,人微言轻,然职责所在,未忘忧国,终日忙于听会讨论,建言献策,早出晚归,不暇他顾,因而对学兄多有怠慢,至今抱愧于心。黄兄莅琼时,携来清人蒲松龄手稿本《聊斋志异》馈赠于我,函装四册,竹纸影印,上海古籍出版社2012年12月第1版,杭州名典印务有限公司印制,因限量发行仅为五百部,所以每部定价之高令人望而生畏。如此厚重之礼,受之实在赧颜;更想当面致谢,而黄兄全家已去乐东黎族自治县作休闲游矣。念及此事,怅怅不已,唯有他日重逢,再作缺憾之弥补焉。

今日闲暇,书斋小憩,天蓝云白,阳光明灿。随手拆开缎面函套，摩挲蒲氏手稿，见墨字清雅俊逸，红笔圈点洒脱，更兼书香悠悠，扑鼻而来，兴奋得直令人一阵晕眩，恍惚之间，仿佛柳泉居士从云间翩然而至，悄然坐于面前，莞尔相对，勾画点拨，作倾心之交谈。待神清脑健之后，定睛细看该书之"出版说明"，则更觉其版本珍贵，不可多得矣。原来柳泉居士倾四十余年之光阴，撰成《聊斋志异》后，其后人将手稿藏于淄川蒲氏家祠中，咸丰年间蒲氏七世孙蒲介人携该手稿远走东北，定居盛京。光绪二十年，蒲介人之子蒲英灏于盛京将军依克唐阿幕府供职，依克唐阿闻讯便商请借阅该手稿，蒲英灏先予半部，俟其阅毕归还后再以另外半部相兑。孰料天不作美，依克唐阿猝然病逝于京师，半部手稿至此佚失矣。直至1950年，蒲英灏之子蒲文珊将家中所珍藏之另外半部手稿捐献于国家，并被辽宁省图书馆所庋藏，才保障此一文脉延续至今，不致因岁月之沧桑而湮没无闻。

蒲松龄手稿本《聊斋志异》，系原手稿全部八册之一、三、四、七册，共收录小说237篇，其中除《库官》《鄂都御史》《龙无目》《双灯》《捉鬼射狐》等31篇为他人代抄外，其余206篇均为蒲松龄手迹；书中眉栏上方与各篇正文后，间有蒲松龄手录之王士禛评语及佚名校语。蒲松龄手稿原为竹纸抄写，每页九行，每行27至30字不等，此次仿真影印，在纸质、颜色、版式、装帧等方面，均接近原著。众所周知，蒲松龄家境清贫，生前无力刊行《聊斋志异》一书，该书仅以传抄方式流传于世间，直到乾隆三十一年（1766年）始有赵起杲"青柯亭本"问世，此时蒲松龄已经故去五十多年矣。虽然这是《聊斋志异》最早的一次刻印，然其所依据的底本仍是传抄本，并非蒲松龄的手稿，在内容上与蒲松龄稿本也有了较大的差异，如稿本中《犬奸》《牛同人》《吴门画工》等25篇，"青柯亭本"均未收入。事实上，在《聊斋志异》问世三百多年间，流传于世的各种版本其所依据的底本，皆非蒲松龄稿本，传刻抄写中或有文字错讹，或有故事遗漏，或有内容篡改，或有篇目伪托，因此之故，这半部蒲松龄手稿对于补订、校正世间传本之讹误，就具有重要作用与非凡的意义了。

我之喜读《聊斋志异》亦有年矣。尝记三十年前，尚为"青青子衿"而求学于中州时，便被国文教材中所选录的《席方平》《促织》等篇章所倾倒；及长，不仅认真阅读了山东大学马瑞芳教授的系列研究专著，圈点了刘烈茂先生等主编的《新评聊斋志异三百篇》，还精心研读了张友鹤先生辑校的"会校、会注、会评"本《聊斋志异》（上海古籍出版社1962年7月第1版）、光绪同文书局石印本《详注聊斋志异图咏》（北京市中国书店1981年8月影印出版）、李伯齐先生校点本《聊斋志异》（浙江文艺出版社1979年10月第1版）以及朱一玄先生编辑的《聊斋志异资料汇编》（中州古籍出版社1985年2月第1版）等。含英咀华，默然心会，不仅增长学问不少，且在陶冶美善之性情、滋润人文之心田、累积富赡之语汇诸方面，受益良多。

犹记得，"写鬼写妖高人一等，刺贪刺虐入骨三分"，这是现代文豪郭沫若先生对《聊斋志异》的评价；"不外记神仙狐鬼精魅故事，然描写委曲，叙次井然，用传奇法，而以志怪，变幻之状，如在目前；又或易调改弦，别叙畸人异行，出于幻域，顿入人间；偶述琐闻，亦多简洁，故读者耳目，为之一新"（《中国小说史略》），这是文坛巨匠鲁迅先生对《聊斋志异》的盛誉；"姑妄言之姑听之，豆棚瓜架雨如丝；料应厌作人间语，爱听秋坟鬼唱诗"，这是清代渔洋山人王士祯对《聊斋志异》的赞辞。更记得，十年前的一个暑期，我随团到江西婺源旅行修学时，徘徊在思溪小镇的村里村外，看到绕村而过的一条溪水，色碧声柔，云影天光，垂柳倒映，潋滟妩媚，即便是心绪烦躁的游人，睹此情景，也会马上露出释怀展眉的浅笑。导游说，二十多年前，福建电视台在为电视剧《聊斋志异》选择外景地时，放弃了诸多山清水秀的地方，而毫不犹豫地进驻到了这里，可谓慧眼独具，这如梦似幻、幽邃缥缈的所在，也确实是那群浪漫的狐仙们逍遥与缠绵的好地方。也就是在这个小镇上，我向这位漂亮而妩媚的女导游学会了电视剧《聊斋志异》的主题歌，至今这首由乔羽先生作词、王立平先生作曲、彭丽媛女士演唱的歌曲，仍然是我每每在休闲场所炫耀于人的首爱："你也说聊斋，我也说聊斋，喜怒哀乐一起那个都到那心头来。鬼也不是那鬼，怪也不是那怪，牛鬼蛇神它倒比真人君子更可爱。笑中也有泪，乐中也有哀；几分庄严，几分诙谐，几分玩笑，几分那个感慨。此中滋味,谁能解得开……"

书至此,又突发奇想:春节过后,若黄乔生学兄度假归来,欢聚小酌时,微醺之际,不妨清唱此曲,既是表达对学兄千里馈书的感念,也是为了共爱《聊斋志异》的这种缘分。就这么办!

《笑我贩书》读后

伍立杨兄知余喜收藏题签本图书，向来多方搜觅，玉成雅事。有时佳兴飘来，豪情忽至，竟以自藏珍本图书相馈，令余常感激涕零。

乙未春日，立杨兄又馈余《笑我贩书》一册，嘉兴秀州书局主人范笑我先生著，江苏文艺出版社2002年第1版第1次印刷，简装，32开本，责任编辑张昌华，装帧设计速泰熙，图文并茂，古雅有趣，颇不俗也；且版权页前有范笑我先生亲笔题签，云："立杨兄惠存。范笑我，壬午春。"并钤"笑我"阳文印章一枚，则更为珍贵矣。

遥忆二十余年前，嘉兴市图书馆筹办秀州书局时，虽门面一间，逼仄简陋，然因定位准确。格调雅致，购书贩书，极其用心，一时遐迩闻名，美誉远播。主其事者，为仅有高中毕业学历的范笑我先生，其自办"简讯"一份，提供出版信息，追踪作家行迹，记录书人言谈，摹画购书情状，钩沉学界逸闻，联络书人情感……小小书局既已成为文化交流中心、著者与读者心灵沟通之桥梁，而所印行的"简讯"亦成为脍炙人口之文化妙品，虽不能与西洋大餐或满汉全席相比，亦不失为供高人雅士们佐配清酌的甜点凉拌也。笑我先生秉笔记录所见所闻时，纯用白描，不敷浓彩，间或勾勒点染，也是清水芙蓉，出乎天然；因是日记形式，行文简约，篇幅短小，所以言简意赅，意蕴丰富，咫尺千里，摇曳多姿，阅读之下，直令人心旌摇荡，启人无限遐思。此类文字，随手翻检，俯仰皆是，可谓咳唾生辉，碎金遍地焉。此节录数则如下：

（1994年）施蛰存9月13日从上海来信说："我坦白地告诉你们，我不喜欢《朱生豪情书集》，但欢迎《朱生豪书简集》。用'情书'二字，青年人会买，老年人不会买，而熟悉朱生豪的人，现在都老了。青年人会买的是《顾城情书集》。因此，这个书名是两边不讨好，反而给正派读者一个坏印象。如果来得及，我希望你们改书名，不要做迎合庸俗文化的事。"

（1997年）有读者12月16日问："董桥的书究竟怎么样？"《书城杂志》（1994年第7期）谈瀛洲的文章说："我觉得他（指董桥）的文章'不外是青楼上的姑娘，亲热一下也就完了，明天再看就不是那么回事了'。"《读书》（1989年第4期）柳苏的文章说："你一定要看董桥！"

（1999年）6月10日。雨天。淡黄色连衣裙乘三轮车来秀州书局买《金庸作品集》。三轮车夫说:"伊个阿妹长得趣,有个小青年为了看伊,自行车险些跌倒。"雨打芭蕉。连衣裙在花伞下抿嘴微笑。

(1999年)严先生6月27日在秀州书局说:"记得《嘉禾春秋(1)》上,一个叫陆费丙生的人写过民国时期嘉兴的娼妓分海陆空。'海'是指南湖船娘,'陆'指暗娼,'空'指空门中的尼姑。袁世凯的公子袁寒云曾经在嘉兴娶船娘于佩文为妾。"

(2000年)庄一拂10月24日说:"写不出诗了。人生不得意,散发弄扁舟。这是李太白的诗。朱培林写了五个字:淡泊显真趣。我跟他配了:无愧始安心。……我眼睛不行,力气也没有。看不成书,写不成字。冬至前后,买一碗羊肉面给我吃,倘使死了,就放在我的骨灰盒前。"

可见,《笑我贩书》之所记所述,并非书局之内门市交易的流水账目,实则涉及了人生百态、世间万象、书人剪影、文化批评、史料勾稽、人物品题、历史反思、思想烨炼等。率意阅读之后,极想于烟雨迷蒙时节,寻访嘉兴,船游南湖,拜谒秀州书局,享受淘书之乐。然路途遥遥,事务萦身,分身乏术,徒增叹息而已。慨叹之余,亦幸庆借立杨兄美意,得此书之馈赠,且又能够借助阅读,享受一番神游的清雅。

　　2015年7月5日午后,草于明斋。酷暑难熬之际,借此聊以消夏,亦觉适意称心耳。

大师首先是通才

正月初六下午，应洪兄邀约，携友人梁君、林君赴海甸岛囍屋咖啡馆雅集。洪兄博雅深沉，梁君睿智多识，林君娴静蕴藉，因彼此相熟，故毫无拘束；又因春节期间各自忙于事务，多日不见，节后重逢，格外亲切，交谈之下，更加倾心。聚谈先从洪兄访问香港大学说起，继而讲到岭南大学、中山大学之薪火延续以及大学教育问题；随后，话题又转到生活环境、海岛发展、出版学术、影视文化、民国要人、清华导师、港台图书以及着手建立阅读微信平台等诸多事情。屋内幽静清雅，谈兴渐次浓厚，好茶更助灵性，妙语满屋飘飞。

畅谈间，有文化大家伍兄过访，并携带旧书一函见赠，于是大家的兴致愈加高涨，声音也都约略提高了半度。趁着他们激扬文字的间隙，我审视了一番伍兄馈赠的书籍，确是不可多得之版本——《增批绘图左传句解》，上海锦章图书局印行，发行所是英界棋盘街，印刷所在法界白尔路，一函六册，内容起自"隐公元年，郑伯克段于鄢"，终于"襄公十九年，季武子如晋拜师"，32开本，石印线装，民国旧版，字迹清晰，品相尚佳。品评着古籍善本图书，不知何时，大家的话题又转到了基础教育方面，顺便也牵出了钱学森先生的世纪之问。于是，客观主观，环境体制，课程教材，师德师能，话题迭出，各抒己见。良久，或许众人见我紧抿嘴唇，侧耳聆听，不发一言，眉头紧蹙，均把目光倾洒了过来。我看推脱不掉，便喝了一口热茶，缓缓道："感谢伍兄馈我好书，趁此就讲一段涉及《左传》的故事。1986年暑期，人民教育出版社在太原举办高中语文教师教学研讨会，我有幸叨陪末座。会议期间，恰逢数学大师苏步青先生访问山西，下午便邀请其到会场讲学一个钟点。亲炙大师风采，确实机会难得。此时，苏步青先生已达八五高龄，担任着复旦大学名誉校长，桃李春风，名满天下，精神矍铄，步履稳健。讲学时毫无客套之语，开门见山，直奔主题，云：'老一辈学者和大师，之所以能够在学术上做出突出之贡献，全在于基础扎实，视野开阔。具体说来，中学时期应在两个方面奠定坚实之基础，一是国文，二是外语。国文基础扎实，上下五千年贯通无阻；外语根基深厚，纵横八万里畅行无碍。'又云：'据悉郭沫若先生能够背诵《史记》，这算不得本事，因为此太史公书多为《本纪》《世家》《列传》，有人物，有故事，有情节，剪裁得当，叙述生动，形象具体，语言清新，可作为经典散文来阅读；我能够背诵《左传》，其实背诵《左传》也算不得什么，诸如'十年春，齐师伐我，公将战，曹刿请见'，也可作为散文名篇来阅读。我还可以背诵孔子《春秋经》，而非左丘明所作之《传》。'话音甫落，便昂首背诵其《春秋经》来，其官话中略带浙江口音，声音洪亮，音调铿锵，抑扬顿挫，窾坎镗鞳，背诵时间长达十多分钟，待听众反应过来后，刹那之间，掌声雷鸣，欢声动地。从此，国学基础扎实能够贯通五千年，外语根基深厚可以纵横八万里，此一理念便牢牢地刻印在了我的脑海中，并播撒于一届又一届学生的心田里。"

"基础宽厚，学问扎实，博学多识，厚积薄发；只有建立在有效的通才教育的基础上，才能培养出大师级的专才来。"端坐一隅的洪兄慨然说道。此言可谓一语中的，言简意赅。

"是的，这样的典型事例数不胜数，不胜枚举，爱因斯坦一辈子都声称自己的第一专业是小提琴，华罗庚先生以诗词闻名世间，钱学森先生音乐修养深厚，鲁迅先生是美术大家，闻一多先生长于油画创作，丘成桐先生有诗词选集畅行于世……这些辉映史册的学术大师，哪一个不是罕遇的通才式人物？教育不能急功近利，人才培养要遵循规律，重视慢养、陶冶性情、培植兴趣、发掘潜质、奠定基础、博约相成……这些教育理念，均值得我们深思而践行之。"我补充说道。话至此，举目四望，则见在座者均颔首不已。

清晨,被庭院中的一阵鸟鸣声唤醒,闻其浏亮清脆之声,观其跳跃枝头之姿,心灵何其自由乃尔,不禁忆及前日友人雅聚一事,信笔记之。

淳厚而美好的人际关系

或问："世间最为淳厚而美好的人际关系是什么？"

答曰："在排除了一切的功利色彩之外，世间最为淳厚而美好的人际关系，应该是经过硝烟洗礼和战火淬炼之后的战友关系，经过品味选择和性情悦纳之后的同学关系，以及经过教学相长和人格砥砺之后的师生关系。"这是我在近期阅读齐邦媛教授的传记文学名著《巨流河》的过程中，结合着对社会人生思考之后的简单的结论。且不必说生死相依的战友情怀，也不必说清纯无瑕的同学缘分，就是亦师亦友亦父亦兄的宽厚真淳的师生情谊，在阴晴莫测的环境下，在乍暖还寒的日子里，足以给人以生活的信心和奋斗的勇气。

齐邦媛教授回忆说，抗战时期，天津南开中学在张伯苓校长的带领下，迁徙至战时陪都重庆沙坪坝异地办学，虽然条件简陋，生活清苦，设备奇缺，动辄跑警报，躲空袭，无有宁日，但师资优秀，教学严谨，学生学习自觉，士气高昂，校风整肃。每天清晨，张伯苓校长手都会持拐杖，在校园里漫步巡视，看到路旁有读书的学生，就会过去拍一拍肩，摸一摸头，问衣服够不够，吃得饱不饱，状极慈祥，亲切而和蔼；那一时期，有两句话经常挂在他的口头，作为师生的共勉之词，一句是："中国不亡，有我！"另一句是："你不戴校徽出去，也要让人看出你是南开的！"同学们真切地感受得到，在战火绵延的岁月里，张伯苓校长是在倾尽心血守护着这一方学习的净土，坚毅而勤勉地把一个个学生从稚气孩童培育成懂事的少年，让他们在恶劣的环境里端正地成长。

当然，在张伯苓校长的周围，还簇拥着一支师德高尚、师能精湛的优秀教师团队，其中，地理教师吴振芝女士就是这个团队里的一员。她不仅年轻漂亮，而且博学多识，教法灵活，总能把枯燥的知识讲述得生动有趣，把抽象的概念解释得具体形象。比如在讲到台湾的地理风貌时，说台北有基隆，台中有淡水，台南有高雄，简称为"鸡蛋糕"。于是，天真而顽皮的学生们在记住了这个含义丰蕴的名词时，也把这个名词作为绰号回敬给了吴振芝老师。后来，有一年初夏，吴振芝老师的未婚夫乘坐的小汽轮在嘉陵江翻覆，船破人亡，痛何如哉！噩耗传来，吴振芝老师痛彻心扉，便把自己关在房间里痛哭。班级里的几个女生得知此事后，含泪写了一封慰问信，塞进老师的单身宿舍里，上面写道："老师，我们和您一同哭……"从此，再也没有人称呼老师的绰号了，而老师也将自己满腔的爱全部倾洒给了学生们。课堂上，她不仅把丰富的课本内容讲解得清楚细致，而且还非常注意课本内容的延伸与课外知识的补充，注重历史与现实的发展,她边讲边在黑板上精准地绘着世界地图,希腊、罗马、迦太基等;她向学生们详细地讲述英国的伊丽莎白一世和西班牙无敌舰队、哥伦布航海路线、南北极的探测、印度和中东、非洲的落后与神秘等;她还常常携带着一些当时稀有的大部头"洋书"和图片到教室给学生们传阅。因为刚刚失去了人间至亲的缘故,她讲课的音调低沉,充满着沧桑之感。她的每一堂课都似瀛海传奇一般深深地吸引着学生们的目光,她走进了学生们的心灵,她赢得了学生们的敬重与爱戴,同时她也影响了学生们的一生。

半个多世纪之后,年逾八旬的齐邦媛教授在回忆这些往事时,依然情愫洋溢,满怀深情地说,正是因为自己在青春岁月中读了吴振芝老师的这门课程,使她"日后对于阅读、旅行都有适当的期待,借着少年时代的知识基础和渴望,可以探索别人文化的深度,而不甘于浮光掠影式地盲目赶路";对于张伯苓校长的春风雨露般的言传身教,齐邦媛教授更是吐露肺腑道:"他奋斗的心血都没有白费,他说的话,我们散居世界各地的数万学生都深深记得,在各自的领域传他的薪火,永恒不灭。"

是的,只要有人类存在,文化薪火就会传承不息,师生情谊必定绵恒永存。

新学年开学第一天,根据省教育厅通知,召开专题会议,推荐学校陈君等三位先生为"最美丽教师",

并回答学校某君提问后,因而联想到中国台湾齐邦媛教授著《巨流河》(北京三联出版社2011年2月第1版第3次印刷)所述之情事,心有所动,聊记数言。时夕阳散乱,窗前的棕榈树于风中婆娑不已。

懂教育的"军阀"

流沙河先生在《故乡异人录》中,写有川军旅长杨秀春的一则故事,颇有意思,节略如下,云:

20世纪初期,大小军阀分治四川,割据地区,以军代政,谓之防区制。流沙河故乡金堂县,由邓锡侯所属的混成旅旅长杨秀春管辖。杨秀春霸气十足,我行我素,县城公园本是幽静所在,他竟然陪着姨太太打网球,骑摩托,戏谑啸傲,如入无人之境,典型的军阀派头。混成旅的兵员相当于一个正规师,食者甚众,全靠征收防区内民众的公粮来养活,当年所征不能自给,便提前预征次年的公粮,寅吃卯粮,如此顺延,民国二十年竟然把后二十年的粮食都提前预征了,天下丑闻,遂成笑话。当时流沙河家虽属士绅范畴,但家道式微,实在无力承担超额预征之公粮,从此兵丁轮催,登门叫骂,父逃母哭,日日惊恐。多少年后其母亲一说起杨秀春来,尚满腹怨恨,直接将他斥为"凶人"。然而,就是在如此窘迫环境之中,杨秀春依然不忘职责所在,想到既然管辖一方,就要泽惠百代。于是,他断然没收庙产,多方筹措资金,先后创办了县立初级中学、县立女子初级中学、县立金渊小学。所创办的三所学校，校园宽敞，教室明亮，坚固耐用，遗惠至今。因建房所用青砖数量巨大，不惜顶着压力，冒着骂名，拆掉了号为金堂八景之一的临江宝塔。另外重金延聘教师，补助家庭贫寒学生，嘉奖品学优秀学生。有初中毕业考入省城高中者，全额支付学费杂费书本费膳食费，额度之大，超出想象，有学生颇能将其节省的钱两以侍养双亲者。

一军阀旅长，竟能重视教育若此，怪哉。细考其原因，一是该旅长本身并非一介赳赳武夫，而是教师出身，曾执教鞭于犍为县某盐商之私塾数年，后投笔从戎，叙功做到旅长职衔，心中自有教育情怀在焉。二是受民国以还时代风云所激荡，教育救国，最为深入民心。当时社会动乱，民不聊生，外贼窥伺，虎视眈眈，国土沦陷，天崩地坼，唯有发展教育一途，可以启迪民智，激奋民情，薪火承传，救亡图存，延续华夏血脉，不至亡国灭种耳。以一川西偏僻闭塞之区区小县，尚有如此作为，可见民国时期之教育，自上而下，是真正地在做教育啊。

民国教育的魅力

——读齐邦媛教授《巨流河》随感

"追忆民国""走进民国""怀想民国"……近几年来,关于民国问题的研究,尤其是关于民国教育问题研究的著述悄然走俏,并获得了诸多读者朋友的青睐,是一个不争的事实。

何以如此?最近一个时期,我一边阅读着此类书籍,一边反复地追问着自己,并就这个话题多次和师友们进行了深入的探讨。与当今教育的对比是其原因之一,而民国时期卓越的教育理念、成功的实践活动与富有实绩的探索,其本身就散发着迷人的魅力,吸引着诸多的学人们去执着寻觅,回眸观望,细细品味,反思借鉴。

民国教育的魅力何在?一言以蔽之,曰"人文情怀"。摈弃了学术领域中概念的探讨与纯粹的理性分析,仅从感性的角度来认识,这里所说的"人文情怀",具体指向就是敬重生命,弘扬人性。那一时期,军阀割据,异族入侵,烽火连绵,邦国多难,真正是多难之秋。但是,多难兴邦,民心凝聚,毁家纾难,愈挫愈勇。"楚虽三户,亡秦必楚"之信念深入人心,"教育救国,科学救国"之理念付诸行动。于是,经历了欧风美雨的学术大师们，踊跃归来，报效故国；沉潜于乡泽僻野的硕儒俊彦们，争先恐后，荐血轩辕。斯时也，战火间隙，弦歌不辍；迁徙途中，歌咏动天；警报声里，实验照常进行；空袭之时，不废哲学思辨……于是，华夏族裔得以保全，文明薪火能够承继。

台湾大学齐邦媛教授在其传记文学名著《巨流河》中记载了这样的一则故事：1944年，她考上武汉大学哲学系的第一个学期期末，其英语统考成绩获得全校第一，第二天便突然接到教务处一份毛笔写的通知，让她去见教务长朱光潜先生。当时，朱光潜先生已经名满天下，雷鸣贯耳，而齐邦媛还是一个未谙世事的青涩少女，她实在不明白朱先生为什么会召见她这个普通学生。见面后，朱先生问她为什么不转外文系，齐邦媛说一年前第一志愿报考的是哲学系，没有填武汉大学的外文系，父母则希望自己上中文系。朱先生又问她为什么要读哲学系，已经念了哪些哲学书。听齐邦媛一一回答完毕，朱先生很诚恳地说："现在武大搬迁到这么僻远的地方，老师很难请来，哲学系有一些课都开不出来。我已由国文老师处看到你的作文，你太多愁善感，似乎没有钻研哲学的慧根。中文系的课你可以旁听，也可以一生自修。但是外文系的课程必须有老师带领，加上好的英文基础才可以认路入门。暑假回去你可以多想想再决定。你如果转入外文系，我可以做你的导师，有问题可以随时问我。"暑假里，齐邦媛经过认真咨询与仔细考虑，开学后即转入了外文系。事实也证明了朱光潜先生慧眼识人的能力，多年之后，齐邦媛在台湾地区的外国文学教育与翻译方面，均取得了卓越的成就，最终成为扬名宇内的大师级人物。一代学术宗师，能够如此关爱学生，关注学生的个性与潜质，并设身处地地为学生的终身发展考虑，放眼今日之中国大学，几人能够做到？

1946年，外国文学研究名家田德望博士从欧洲学成归国，受聘于武汉大学外文系，为学生开设选修课"但丁《神曲》研究"，由于课程内容深奥，一时门前冷落，报名登记者仅有3名学生，而最后前去听课者只有齐邦媛一人而已。但是，只要有一名学生选修，校方也慨然派出了这位学术大鳄前去授课。后来由于课室紧张，便把授课地点搬到了田德望博士的家里，于是，一师一徒，各自尽着职业的本分，授课者端肃认真，从"地狱"到"炼狱"，直至"天堂"，逐章讲解，耐心指导，力求课业内容的充实；听讲者全神贯注，悉心领会，质疑释惑，直至求得真解。每天下午五点钟，煮饭的时间到了，齐邦媛便会从师母手里接过七八个月大的孩子，抱在自己的怀里，一边哄着孩子，一边听课，好让师母为田先生烧一桌可口的饭菜。一次，这样的温馨场景被一位路过的同学看到了，便回去向同学们报告说，齐邦媛坐在田先生的家里，手里抱着个小孩，师母在扇炉子，先生仍在一个人讲着《地狱篇》中不知描述哪一层地狱的诗文，实在美妙极了。一时传为笑谈，当然也是美谈。一位顶级的学术专家，仅为一名普通学生开设专题研究课程，而毫无敷衍塞责之举，且师生关系融洽，学术氛围浓郁，放眼现代大学校园，几家可以做到？

更为可贵的是，这些大师们在课堂上激情四射，倾心讲授，有时感怀伤世，以至达到了忘我的程度。当时，朱光潜先生在为武汉大学外文系学生上"英国诗歌"课程，他亲自审定教材，反复修订教案，华兹华斯、济慈、雪莱、拜伦……引领学生阅读原著，启发学生体悟思辨，所传授的学问令学生们终生受用不尽。一次，朱光潜先生讲授华兹华斯的长诗《玛格丽特的悲苦》，诗中写一妇人，其独子出外谋生，七年无有音讯，诗人隔着沼泽，每夜都能听到妇人呼唤儿子的声音："你在哪儿，我亲爱的儿啊……"不禁悲从中来，语带哽咽；当读到诗篇的最后两行："If any chance to heave a sigh, they pity me, and not my grief."（"若有人为我叹息，他们怜悯的是我，不是我的悲苦。"）学生们看到，朱先生"取下了眼镜，眼泪流下双颊，突然把书合上，快步走出教室，留下满室愕然，却无人开口说话"。这真诚热切的至情之泪，就永远地铭刻在了一代学子的心头；那寂静黯然的教室，孕育着的当是无声的惊雷。这不仅仅是文学的力量，也是人性的力量，是文化大师的伟大人格的力量。放眼当今无数的讲堂讲座，还有几人能够在动情之处，面对清纯的学子，一任热泪长流？

人的一生中，能够有着这样的博学多识、真情贯注、爱生如子、尊重个性的学术大师们陪伴一段路程，亲炙其慈颜，聆听其宏论，使心灵得到充分发育，使性情得到有益滋养，该是多么幸运且幸福的事情啊。人们怀想民国时期的教育，其实，怀想的当是民国时期宽松自由的学术环境，是一代大师们充满着人文情怀的教育理念与教育实践活动。

  时值周末，谢绝应酬，意在读书寻趣，岂料被齐邦媛教授所著《巨流河》所吸引，阅读既毕，在书斋低回徘徊，难遣愁绪。推窗远眺，但见明月东上，悬挂半空，大地清朗，表里澄澈。皎洁之月华，竟能减却清愁几许。

考试与人性完善

三十年前，大学毕业后是由国家统一分配工作的。记得毕业前夕，班里在征求各人的分配意愿时，有学兄者张君圆睁双眸，愤愤然说："当老师，教高中，期中期末考试，将试卷命得难难的，怪怪的，考死那些个毛蛋孩子！"原来这位仁兄平时就是个无事忙，公子多情，倜傥风流，大把的时间都花在了女孩儿身上，故每次考试前均临时抱佛脚，结果补考次数最多，饱受考试煎熬之后，才有此念头。光阴荏苒，白驹过隙，卅载以还，虽已是电邮信息时代，通信多有便捷之举，但终不能得知这位仁兄当年的"壮志"得以实现否。尽管如此，这位仁兄的豪言壮语，还是深深地烙印在了我的脑海里，始终拂之不去。

俗谚："考考，老师的法宝；分分，学生的命根。"考试一事，从来都是和学生的命途密切地联系在一起的。据梁实秋先生记述，民国年间闻一多先生就读清华学堂时，别人在校就读的时间均为八年，唯有他一读就是十年之久。因为，他入学第一年因英文课程不及格，必须重新修习；另外，1919年春夏之交，他热衷于参加五四运动，耽误了一些功课，也需要补习一年，直至各门功课均合格之后方准予毕业。可见清华学堂其学风多么严谨，其校风何等端肃！

钱穆先生不仅是一位大学问家，也是一位循循善诱的名教授。据燕京大学的学生回忆说，当年钱穆先生受聘到燕大讲授中国通史课程时，尚为青年俊彦，虽中等身材，缺乏魁梧伟岸之姿，然其气宇轩昂，步态从容，神采奕奕，面色红润。尤其是在课堂之上，总是激情洋溢，兴致勃勃，左手执书本，右手握粉笔，一边讲解着学术上的问题，一边在黑板上板书着章节要义与关键词语，动情时往往会从讲台的这端一下子跃到讲台的那端，如键盘上跳动的音符一般，铿锵而和谐；他出口成章，谈吐幽默，机智风趣，妙语连珠；面对听众时，眼光四射，顾盼神飞，仿佛流星在闪烁，好像有什么魔力似的能够紧紧地攫住学生的心理，课堂气氛热烈，深得学生的喜爱。不过，他对学生的要求却出奇地严格，表现在考试与评卷上尤其如此，通常得六七十分已属不易，优秀者往往只有八十分，得八十五分者属于凤毛麟角。初到燕京大学时，他以为考试挂科者还有机会补考，谁知燕大的校规是一次挂科就予以除名，为此他相当懊恼，还曾到教务处据理力争，要求重新评卷，给学生以继续修学的机会。尽管校方最终满足了他重新评卷的要求，但他也因此深深体悟到了作为师者的仁爱心怀与严格要求之间的这种矛盾的情感纠结。从此，怎样让学生学好、学会以及好学、会学，并能够举一反三，融会贯通，而不是斤斤计较于得分多少，才成为他终身追寻的教育目标。

凡做学生者，哪个没遇到过考试的尴尬。事实上，钱穆先生年少时也曾遭遇过类似的事情。1907年，钱穆在常州府中学堂读书期间，其史地教师是吕思勉先生。某次考试时，试卷共有四题，每题二十五分。钱穆拿到试卷，展读之下，对第三题关于论述东北长白山地势军情的问题最感兴趣，不假思索，先答此题，谁知拿起笔来，思路阔达，下笔不能自休，直至交卷的铃声响起，才勉强将此题答完。按理说教师评卷只给分数，不加批语，而吕思勉先生批改到钱穆的这份答卷时，看到论点新颖，论证严密，引述翔实，语言条畅，气势贯通，书法优美，便也情不自禁地加圈加点起来，详加批注之下，密密麻麻地竟写满了试卷的天头与地脚，且高兴之余，大笔一挥，虽只做一题，得分七十又五，列为良好等级。可见良骥得遇伯乐，才能奋蹄驰骋，然后可在风云际会之时代舞台上一展身手；而惺惺相惜、英雄相重之说，亦不为虚言。最后，吕思勉与钱穆师徒二人，都成了我国著名的国学大师。

卷帙浩繁的南开中学校史中，记述有在重庆办学期间的一则逸事，也颇为动人。抗战时期，南开中学迁徙重庆，炮火硝烟之中，仍弦歌不辍。其第四十一班有一位名叫谢邦敏的同学，唯文学造诣颇为高深，于物理学科则一筹莫展，毕业考试时物理学科只好交了白卷，但又出于愧疚、委曲、不甘等复杂心理，其在试卷上便信笔填了一首《鹧鸪天》词，以表达此时的心情。

词云:"晓号悠扬枕上闻,余魂迷入考场门。平时放荡几折齿,数度迷茫欲断魂。题未算,意已昏,下周再把电磁温。今朝纵是交白卷,柳耆原非理组人。"交卷之后,他想到肯定是毕不了业了,不免黯然神伤。谁知讲授物理学科的魏荣爵先生不仅学术高明,博学多识,而且才思敏捷,幽默智慧,又极富人文情怀,阅卷时看到谢邦敏同学才华恣肆,格调高雅,不媚不俗,堪可造就,便提笔在试卷上写道:"卷虽白卷,词却好词;人各有志,给分六十。"让其顺利地毕了业。后来,谢邦敏同学考上了西南联合大学,攻读法律专业,毕业后即任教于北京大学法律系,又受中共地下党组织派遣进入当时的北平法院做书记员,中华人民共和国成立后被任命为北京市法院第一刑庭庭长,成就斐然,终为一代法学名家。

有教育就一定会有考试与评卷。考试的目的是什么?不仅有着划出分数、排定名次、列出等级这种最为基本的评价功能,还有着对教师的教与学生的学的具体情况的诊断功能,更有着对学生的情感激励与人生成全的功能。有人说,"没有爱就没有教育"。何谓爱?对于一位教育家来说,爱不仅是对学生的关心与呵护,还是一种宽容与尊重;从更高的层面上来理解,爱更是一位教育家在具体施教的过程中所表现出来的学术自信、道德自觉与人性完善。不知当下为人师者以为然否?

读书至深宵,草于明斋。时夜色已浓,霓虹闪烁,有暖风掠过窗口,吹拂于身上,温润惬心;而腹中一阵翻腾,才发觉未进晚餐,饥肠辘辘,真的有些饿了。

贵在持恒

古今凡能够成就大事业大学问者，必有坚不可摧之意志、矢志不移之精神；否则，心性浮躁，反复无常，朝三暮四，浅尝辄止，必定一事无成，庸碌终生焉。

夫坚定之意志、顽强之精神从何而来？须从细小处磨砺，须从少小时铸炼也。坚持既久，则持之以恒；形成习惯，则受益终身。近读钱穆先生《师友杂忆》，颇多启发，深得教益焉。其中记述一则故事云：在他就读南京私立钟英中学时，课外尝阅读曾文正公《求阙斋记》，自念曾文正公"多活动，少果决"，即志趣多变，不够持恒，便刻意砥砺意志，"因此每晨起，必预立一意，竟日不违。日必如此，以资练习"。这年暑期，他自南京返回家乡无锡途中，顺便到常州府中学堂拜访同学，决定与故旧畅谈终日，但不留宿。"及到校，晚餐后，自修时间过，寝室门已开放。余急欲行，同学坚留弗舍，云：今晚周末，宿舍多空床。但余坚不留。忽而风雨骤来，余意仍不变。出校门，沿围墙一石路，过玉梅桥转弯，成一直角形，直至市区。路边旷野，另一草径穿越斜向，如三角形之一弦，可省路。余径趋草径,风益横,雨益厉。一手持伞,一手持灯笼。伞不能撑,灯亦熄,面前漆黑。时离校门尚不远,意欲折回,又念清晨立志不可违,乃坚意向前。而草径已迷失,石块树根遍脚下。危险万状,只得爬行,重得上石路。满身尽湿,淋漓不已。入市区,进一旅店,急作一束,嘱旅店派人去一同学费子彬家借衣。余拥被卧床以待。是夜,苦头吃尽,而别有一番滋味在心头。此后余遇一决定,即不肯轻易转变,每念及此夜事。"从钱穆先生《师友杂记·序》中可知,撰述该篇时,先生已经八十多岁,耄耋之年,沧桑历尽,关河寥落,风霜浸染,嚼透黄连,滋味尝遍,可书可忆之事何啻千百,而独将此区区琐屑记述详尽,摹写精细,可见其在先生心目中的位置何等重要,对于先生一生的影响何其重大。立此一念,守恒于心,坚如磐石,绝不易改,唯有如此,才能于己于人于事,一以贯之,克信克诚,坚持不懈,直至成功。

先贤云:"靡不有初,鲜克有终。"又云:"目标宏远,须毅力继之也。"皆阅历有得之谈,催人奋发之语。尝忆去年初夏时节,誓言于事务之暇,摈弃酬应,远离饭局,清心自持,读书消夏,阅读所得,随笔录之,长短不拘,贵在坚持。初始几日,颇有兴致,佳思叠涌,多有清丽文字汩汩然从笔底流淌而出。月余便觉倦怠之意不时袭扰,贪图安逸之心亦随之潜滋暗长起来,然每当此时,便持恒以自励,咬紧牙关,绝不松懈,有不可推脱之公务活动而影响了当日的阅读,必夜以继日,以作弥补。直至九月初旬，秋风乍起，暑气顿消，方停止读书消夏一事，检点笔墨之后，竟得百篇短文，且言之有物，情感充沛，文字亦脱俗就雅，蔚然可观焉。目标既明而贵在持恒一说，不余欺也。

钱穆笔下的瞿秋白

今年7月1日,是中国共产党九十四周岁华诞。是日,街巷之中歌鼓喧天,荧屏之上喜气洋溢,红色记忆充盈报刊,追梦圆梦者雀跃舞台。遂忆昔十五年前之今日,余出差江苏常州时,亦曾着意寻访过20世纪初期"常州三杰"之遗踪。三杰者何?曰瞿秋白、张太雷、恽代英,均为共产党初创时期有所建树者也。三杰之中,以瞿秋白最为特出,其影响也最为巨大。

瞿氏名双,又名霜,字秋白,后以字行。其先世为江南望族,后家道中落,以致生计艰难,窘迫度日。其为人也,体弱清癯,面色白净,双眸清澈,举止娴雅,文质彬彬,仪态洒脱,有闲云野鹤之姿,而又聪慧灵秀,机警颖悟,性格刚强,善于酬对,其恣肆之才情,在常州府中学堂读书时期便已颖锐而出。后因家贫休学,便北上京华,涉足社会,远赴赤俄,学习考察,加入中共组织,参与国际运动,回国之后又转赴沪上隐蔽作战,领导地下斗争,指导文化工作,最后奔赴苏区,参与武装革命,直至身陷囹圄,壮烈殉难。终其一生,虽仅存三十六年于世间,但在建党理论、文学创作、文化翻译以及参与革命实践、组织武装斗争等方面，均有突出贡献，更有丰厚之文化遗产留于后人；其高洁之人品，光辉之人格，可与日月相映照，被鲁迅推许为唯一知己，良有以也。

国学大师钱穆先生，江南无锡人士，且与瞿氏同时代者也。近读钱穆著《师友杂忆》一书，见其中有记述瞿氏少时读书于常州府中学堂期间之生活片段，颇有趣味，此节录如下，云："时全校皆寄宿生，家在城中者，周末得离校。一日，舍监室又出示，周末须告假，乃得离校。时低余两级有一同学名瞿双，因其发顶有两结故名。后易名霜，遂字秋白。其人矮小文弱，而以聪慧得群誉。周末晚餐后，瞿双独自一人直入舍监室，室内壁上有一木板，悬家在城中诸生之名牌。瞿双一人肩之出室，大声言，今晚全体告假。户外数十人呼哗为助。士辛师（陈士辛，舍监）一人在室，竟无奈何。遂大群出至门房，放下此木板，扬长离校。瞿双星期一返校，是否特有训诫，则未之知。瞿双以家贫，未在府中学堂毕业。民国后进北平俄文专修馆，可免费，乃留学俄国。后为共产党党魁。"

此段所述内容，绾合瞿氏生平加以研判，大概不虚。盖瞿氏以幼小之龄，文弱之质，竟有如此剧烈反抗之举，可见疾风骤雨式的暴力情结实已蕴含于心中矣，后来毅然走上共产革命路途，确有坚实之基础。否则，若其家道殷实，能够助其继续求学，以其聪慧之资质，顽强之性格，得以邃密群科，完成学业，庶几能比肩钱穆，成为一代学术宗师，亦未为不可也。

只是，风云际会，世事弄人，各人自有其人生发展之轨迹，非后生小子所能够假设者。念之颇怅怅，且难以释怀耳。

读《秋风背影》

《秋风背影》，袁鹰先生著，河南人民出版社1999年1月第1版第1次印刷，32开本，定价22元。该书列为"沧桑文丛"第二辑，该文丛由李辉先生主编，编辑意图就是要为后人"留下世纪的影子和声音，提供真实的记录和思考"（封面语）。全书按照内容分为四辑，均为忆旧怀人之作，若将三四两辑的顺序略作调整，则分别为"玉碎珠沉不记年"，"彩笔江湖焰黯然"，"落红不是无情物"，"沧海一勺写夏衍"。——恰是一首七言绝句，多么富有诗意。

翻检该书，见所怀念之人物皆为20世纪之文坛耆老、艺苑宿将、学术名流、报界精英，诸如邓拓先生、闻捷先生、巴金先生、李季先生、赵丹先生、金近先生、彭子冈先生、周扬先生、于伶先生、胡乔木先生、冯牧先生、陈荒煤先生、徐迟先生、张光年先生、冯亦代先生、夏衍先生等。他们这些人中，有小说家，有诗人，有学者，有剧作家，有评论家，有知名的报人，有表演艺术家，还有国家文化艺术部门的高层领导，无论在哪一个方面，他们均为国家文化事业的繁荣与进步做出了不可磨灭的贡献，彪炳千秋，泽被后世。然而，就是这样的一群人，在新中国成立之后的屡次运动中，特别是在十年浩劫"文革"时期，尝够政治迫害之苦，历尽人格侮辱之痛，饱受身心摧残之折磨，或不堪凌辱而决绝人世，或隐忍苟活以聊度残年，或咬紧牙关拼命抗争，或蛰伏地下偷偷创作。更有个性张扬而特立独行者，或期望紧跟舵手跑步以进，到头来不仅求荣不成，反而身陷囹圄，面壁多年之后，才悟得人生真谛，从此彻底忏悔，真诚做人；或平生就对旁行邪类者怒目相向，骨骼耿直，宁折不弯，从不卑躬屈膝，媚态以逞；或饱读诗书，满腹经纶，然天不嘉人，报国无路，最终老死户牖，落拓而殁；或生性豪放，英气逼人，侠肝义胆，表里澄澈，其人格之光辉，如同光风霁月，朗照天地；或自己早已沦落尘埃，饱受煎熬，鲜少取暖之火，而对于罹难之友朋与聪慧之后学，则不惜敞开温厚心扉，赤诚暖身，热切关爱，奖掖提携，呵护之情意犹如舐犊之老牛，令人感佩于怀。

该书著者袁鹰先生，为资深报人，知名作家，其散文《青山翠竹》早年已收入中学语文教材（选入课本时改为《井冈翠竹》），其深邃隽美之意境和清丽高雅之文字，滋润过亿万青少年的心田。他曾长期担任《人民日报》文艺部负责人，是《人民文学》《报告文学》《儿童文学》杂志编委，《散文世界》主编，还是中国作家协会书记处书记，不仅与20世纪这些文化艺术界的大师们多有交往，过从密切，有些更是知己知心，莫逆契友，再加上他本人也在"文革"浩劫时期饱经磨难，同病相怜，其痛切肤，因此，行诸文字，则在尊重事实的基础之上，常常在非凡时代对具体人物的挤压上落墨，反映出一个个具体的人物命运的起伏与跌宕，揭示出悲剧的深层原因，见微知著，从细节中见真实，见人物性情，见历史面貌，见世事沧桑。

该书为知名作家、文史专家伍立杨先生所馈赠，是著者袁鹰先生的题签本。翻开书的扉页，见上面赫然题写道："立杨同志惠正。袁鹰，九九年夏。"并在旁侧题诗一首，云："秋风送背影，泉下故人多。劫后幸存者，怆然感逝波。"无疑，这是著者从肺腑中流淌出的滚烫之语，尤其能够触动读者的情怀。

> 周末，夜深沉。室外雨疏风骤，书斋融融如春，披阅该书毕，尤令人情感起伏，感到血脉贲张不已也。

读《失乐园》(附记一则)

《失乐园》,长篇小说,日本人渡边淳一著,竺家荣先生翻译,北京联合出版公司 2014 年 6 月第 1 版第 1 次印刷,精装带护封,定价 39 元。2014 年 10 月 7 日下午,夫人探亲自豫返琼,余至海口美兰机场接机时,因飞机延误,遂到机场附设之书店打发时间,见有该书出售,且是全译本,首次授权出版,便购之以归。对于该书,虽心仪已久,然寻觅无着,偶然邂逅,亦"无心插柳""得来全不费功夫"之谓也。10 月 9 日,余赴京参加会议,随手带上该书,以供闲暇披阅;北京会议结束后,余又乘高铁到上海师范大学参加研修活动,其间,每日饭后睡前,均阅读十数页,至 10 月 17 日晚间阅读完毕。

该书是渡边淳一的成名之作,亦是其代表之作,更是一部颇受争议的文学名著。作品叙述的是一对因无爱的婚姻而相互吸引的中年男女——久木祥一郎先生和松原凛子女士——逐渐沉溺于激情荡漾的性爱之中而无法自拔,最后相拥服毒自尽的故事。概括言之,即不伦之恋与情死结局。故事凄美绝俗,风格激情冷艳,火焰与冰山相伴,热风与苦雨交融,于决绝与凄冷之中饱含着对生命的挚爱和对性爱的礼赞。"这是一部描写成熟的男人和女人追求终极之爱的杰作。"2009年中文全译本《失乐园》出版时，渡边淳一给中国读者写下了上面的话语，可以看作是著者亲自诠释的关于该书之真髓所在。

该书在写作的过程中，渗透着著者本人许多生活的乃至生命的体验。于此，著者亦曾亲自认可。1977年《失乐园》在日本东京出版时，渡边淳一为日本读者写下了如下一段话，云："我是一边写这部小说一边在谈恋爱。是完全沉浸在恋爱状态中写出来的，我从未如此深深地化作主人公来写作。我不是用头脑和知识来写作，是以全副身心为创作而搏斗的。"唯其如此，尽管书中有大量的性爱描写，且细致细腻，然由于著者出于一片赤诚，对生命之美始终饱以礼颂，故不荒唐，不淫靡，不低俗，具有"描写性爱而不觉龌龊，沉溺情欲而不觉颓废的审美特性"（竺家荣《失乐园·译序》），是情爱文学中之精纯而精粹者。该书文笔（译笔）清新流畅，描绘细腻生动，环境描写、心理刻画与故事情节的发展、人物心路历程的递进，紧密绾合，且构思精巧，剪裁得体，诚为不可多得之优秀作品。

某日茶叙，吾友于君在谈其阅读感受时，云："距离太近，爱也会变成一种消极的东西。爱犹如炙热的火焰，维持燃烧需要不停地添柴，但终将会熄灭。死亡或许是另一种拒绝爱熄灭的方式。"到底是京城某知名大学哲学系的高才生，看问题的高度确实超出凡庸之辈多多，说的全是洞彻人生的哲理之言，愚钝如余者只能仰视而已。记得，余读毕最后一行文字时，不禁凄然泪下，刹那间，心脏仿佛不堪情感之重击而骤然窒息一般。我知道，这是凄美冷艳之文学效果所致也。

周日下午，理书于明斋时，睹物惹情，匆匆写了以上文字。

附记一则：
晚间，余兴之所至，便将上文转发到了朋友圈中，一时圈内的朋友点赞者多多，余也并未在意，因为当下微信群里活跃着一群"点赞族"，就是说一有微信上传，绝不看其内容如何，所说为甚，辄猛加点赞，以图不甘寂寞，或混个脸熟。后来，倒是有一位友人的留言出乎俗类，令余刮目，此引述于下，以便与诸友人相赏相析。云："阅君品书短文，颇有感慨。渡边淳一的小说，不仅以凄美冷艳著称，也以人文关怀见长。描写两性之爱，既惊世骇俗，又情致谐美，激情洋溢。尊重生命，礼赞性爱，探索人生奥秘，描述悖伦情爱，在此方面，渡边淳一多有建树，世间鲜有匹俦。渡边活着时，对其作品阅读甚少；渡边驾鹤后，开始予以关注。感到愧对渡边，决心多读几部。"余浏览之后，还未来得及回复，该友人又发来一则留言，云："君尽可免俗，不必回复。一直艳羡君能够在紧张的工作之余，挤出一些属于自己的时间，弛放身心，率性而诗意地生活着。觉得如君一般，能够读书读人，品茗品世，恬静自适，于斯终老。

吾愿足矣。"看来，此老绝非酒囊饭袋之辈，应是一位清雅脱俗之人。有这样的友人时常在身后盯着，既是一种压力，又何尝不是一件幸事！

周一午后，补记于明斋，时晴空万里，白云飘浮，清风送爽，无忧花树婆娑不已。

读《行囊有书》

《行囊有书》，李广宇先生著，法律出版社2014年9月第1版第1次印刷，32开本，15万言，正文中附有插图若干，精装带护封，印制颇为清雅，定价49元。此书于2014年11月3日得之于北京鲁博书屋董玉铭老师处，是其亲自请著者题签的本子，然后由快递公司送至余处。一本小书，辗转多地，经手数人，倾注了著者、售者、读者的诸多心血与情谊，已弥足珍贵。然该书之珍贵，除却题签之外，它还是一部毛边本。受迅翁、弢公诸位先辈的影响，余加入"毛边党"已有多年，每次相逢，总是爱不释手，若得知何处有售，总不忘麻烦友人代为求购。抚摸着一部书边儿未经裁切的毛茸茸的小书，边阅读边用特制的书签将其逐页裁开，品赏着书册中美好的内容与清丽的文字，感受着纸张的质感与油墨的馨香，倾听着裁切书页时沙沙的乐音，真是赏心悦目的事情。

将该书匆匆阅览一过，方知该书是著者多年以来寻书、访书、淘书、购书、读书的随笔小品，其足迹不仅遍布我国许多大中城市包括海峡两岸和港澳地区，而且还有欧美和东亚邻国。

由书事儿涉及人事儿，则对著书者、售书者、藏书者、访书者、读书者等，多有记述。其中不乏硕儒大师、浪漫诗人，也有草莽精英、民间高士；既有书肆老板、精明商贾，更有知心书友、道中知己。著者驾驭语言的功力实在高妙，三言两语之间，叙事清晰明了，不枝不蔓，写人则抓住特征，突出细节，口吻毕肖，栩栩如生。记访书过程，谈阅读之快，品版本优劣，悟世道沧桑，文章虽为短制，然内容丰厚，寸长尺短，文字灵光，涉笔成趣。如写淳安方朴山先生病革时，弟子环侍左右，时有二人窃窃私语道："'水如碧玉山如黛'，以何为对？"方朴山先生于枕上闻之，云："可对'云想衣裳花想容'。"言讫而逝。著者感叹道："似这样雅到死的，今已绝迹。"如记藏书家黄裳先生之名字由来，是其年轻时因苦恋号称"甜姐儿"的女同学黄宗英而不得，而甘作"黄的衣裳"之故，并举钱锺书戏赠黄裳联语为证，云："遍求善本痴婆子，难得佳人甜姐儿。"绾合黄裳身份，且言之凿凿，不由得你不信。说黄裳书斋冠名"来燕"，实与其夫人名小燕有关，并引述其《来燕榭书跋》后记中文字，曰："湖上吴下访书，多与小燕同游，扎尾书头，历历可见。去夏小燕卧病，侍疾之余，以写此书跋自遣。每于病榻前回忆往事，重温昔梦，相与唏嘘。今小燕长逝，念更无人同读故书，只此书跋在尔。回首前尘，怆痛何已。即以此卷，留为永念，以代椒浆之奠云尔。"伉俪情深，感人心怀。又如记董桥先生侨居英伦时，与一位名唤夏甲的懂书爱书的美丽女子常相伴访书，最为惬意。夏甲专门收集英美古典闺秀作家的小说，甚至拥有《简·爱》的初版本。然而天妒其才，红颜薄命，不幸英年早逝。著者叙写至此处，遂将一腔深情凝聚于笔端，只轻轻一提，说道："夏甲喜爱的初版《简·爱》，妹妹是不是也记着给她放在枕边儿了。"淡淡一语，情意悠长，惹人无数清泪。此种文字，看似质朴浅近，淡然寡情，实则笔底波澜，激情澎湃，最为难得。

行囊有书，幸福相随。闲暇时间，摩挲书册，随意浏览，率性阅读，确实能够得到不少把玩与品评的雅趣呀。

> 周日观书，信手记于明斋。天气阴晴不定，时而细雨飘窗，溽暑渐远，秋凉已至，此时之海岛，最为可人。

再读《行囊有书》

今日偷闲,再次披阅李广宇先生的《行囊有书》。

李广宇先生平生喜访书淘书,其足迹遍布欧美东瀛,尤其行走在国内外诸多名城时,常一头扎进书肆,瞪着一双痴迷的眼睛,挑拣搜罗,每每斩获多多,这有其《行囊有书》中诸多文字记载为证。

对于读书人来说,每一次对书籍的寻访,都是一次精神的享受,一次情感的愉悦。走进书肆,不暇他顾,专注书册,心境沉静,瞻望一下"最新排榜",浏览一番"店长推荐",都是很惬意的事情;幸运的话,或许能够得到书商的允诺,闪进侧门之中,审视库存,翻箱倒柜,临走时则典籍盈怀,闪烁于阳光之下的净是红绿黄白的书衣,宛如风姿绰约的闺秀和气宇轩昂的绅士,或着艳丽俏美的旗袍,或穿典雅板正的西装,或披潇洒不羁的风衣,或着飘逸洒脱的长衫儿,时时处处地在招惹着行人的眼睛。有时,热情的书商竟也不由分说地把你所购置的书籍扎成一捆,武断地就将杨绛、萨特、吴宓、门罗、奥斯汀、季羡林、杜拉斯、艾略特、马尔克斯、托尔斯泰等簇拥在了一起，令其肌肤相亲，近似乱点鸳鸯，让他们尽情地摇摆在春风里，逗人无限遐思……呵呵，这种境界，何其温馨幸福乃尔。

不过，世事无常，生活万态，人事如此，访书亦然，并非时时顺心，处处适意。某次，李广宇先生到三亚出差，闲暇时光，兴致忽来，便乘兴到三亚市图书馆去访书。坐上公交车，"一路前行，中间疏疏朗朗的总碰上些充满野趣的地段，却是密不透风的大都市所没有的风景。还过了一条三亚河的支流，明镜般的水面，两岸全被红树林掩映，河水都给染成了绿色。到了终点，一路小跑进到图书馆，跟一位女职员打听书店，她不无嘲笑地说：你觉得图书馆会有书店吗？我想说图书馆怎么不会有书店，但咽了口唾沫，终究啥都没说。出来端详四周，除了对面的苏杭丝绸展略微有些人气，几乎都是乡野情趣。看看不会有什么书店了，索性沿小河慢走，但见杂花生树，远山隐隐，鸟鸣啁啾，顿时觉得，不分地点地找书店，未免太迂，似当下这种境况，也可算得一本书页的留白罢"（《行囊有书》，法律出版社2014年9月第1版第1次印刷）。此处，话语说得很是得体，也很是客气，但是，反复阅读玩味，我总觉得话语里还是隐含着一些言外之意的。事实上，三亚作为闻名中外的旅游度假胜地与观光休闲的天堂，缺少书香气息，应该是它的缺失与遗憾吧。这不仅是三亚人民的遗憾，更是三亚政府的遗憾。但愿这本"书页的留白"，不要留得太大，更不要留得时间太久、太长。

读书正得其佳趣处，忽然间手机叮咚作响，喧闹不已，翻开一看，是友人斐哥的未接电话，随之又有微信一则，云："朱自清大师说过，缓缓地咀嚼一番，便会有浓密的滋味从口角流出。这'浓密的滋味'就是读书之味。所以找本好书，觅一良地，静静地任岁月流淌，是人生一幸事。"接着，斐哥就热情洋溢地介绍起了海口刚刚开业不久的某某书局，并将其与台北的"诚品"、上海的"大众"、香港的"中华"相提并论，"无不承载着一座城市阅读人的文化沉淀"。经受不住诱惑，急忙驱车前往，结果看到的是巴掌大的一块空间，零零散散地摆放着些励志类、商务类或劝人行善超脱的宗教类的花花绿绿的书，而出售咖啡与饮料的柜台却占据着要津，一群红男绿女，各据形胜之地，影影绰绰，人声鼎沸，还有几个瘾君子在潇洒地作吞云吐雾状。怀抱欣悦而来，满载失望离去。失望之余，唯恐此则微信误导了善良如我辈的读书人，便在下面留言道："不值得一去的呀。主要是卖咖啡与饮料的，没有几本书，且低俗。"

记得，著名书人钟芳玲女士曾说："品位高雅的书店，往往是一座城市的文化名片。"冀望着这样的文化名片，多多地散落在我们所居住与生活的空间里。

十一月三日中午，细雨时而飘窗，天空晦明不定，清风致爽，树木葱绿，红湿之处，色泽愈加浓艳。

读《香港寻书》

李广宇先生的职业是法官,据了解他的朋友们说,他在法律界颇有建树,盛名远播。我的职业与法律界距离甚远,其建树若何,不得而知,私下揣度,套用明清词话中的语言,那应该就是"威风八面,十分了得"吧。不过,我所了解到的广宇先生,于法律职业之外,喜欢寻书、购书、读书、藏书,以至于到了痴迷的程度,这倒是真的。不仅如此,他还勤于笔耕,终年不辍,尤其将他的寻书之乐、购书之趣、读书之悟等,行诸文字,虽为短制,但持之以恒,便集腋成裘,蔚为大观。于是,《书文化大观》《叶灵凤传》《行囊有书》《纽约寻书》《香港寻书》等,相继出版,颇得书界友朋的青睐,一时洛阳纸贵,海内传诵,大有以识荆为荣之势。

去年十二月下旬,我在京华学习期间,课余到鲁博书屋小憩,见书柜上摆放有《香港寻书》一册,法律出版社2014年5月第1版第2次印刷,32开本,精装带护封,版式以及印制颇为不俗,定价39元,当时就心动了一下;翻开一看,竟然还是毛边本,扉页上赫然留有著者的亲笔签名,实在难得,当即就买了下来。细读该书，原来是广宇先生于2013年秋冬时节，赴香港城市大学法学院研修期间，课暇寻书购书之笔录的结集。著者据实写来，文笔晓畅，图文并茂，清雅可喜。香港很小，而其市场很大，此人人之所共识，于读书界亦然。于是，嗜书瘾君子如广宇先生者，于课余时间，或乘地铁，或坐巴士，或安步以当车，负手逍遥独行，数月之内，走遍了香港的通衢大道和偏僻幽径。有时是慕名而往；有时是顺道寻觅；有时满怀一腔豪情和诸多期望而去，到头来却空手而归，归途中不免心凉如水；有时是随意踱进书铺之中，任性任情，聊作消遣而已，无意间竟邂逅了心仪已久之作，于是大喜过望，怀揣书册雀跃而回，怒放之心花大有抱得美人归一般。此等寻书购书之体验，在他人看来不过尔尔，或许无甚可称道处，而对于一位书虫书痴来说，读着人家的文字，随时在唤醒着自己早年的访书阅历，心境随着文章的跌宕而跌宕，情感和着文字中所流露出来的意绪的起伏而起伏，懊恼时眉峰紧蹙，会心处悄然抿嘴而乐，如圣人所云"与我心有戚戚焉"，真是美妙的精神享受。

笔者之于香港，也有着类似的寻书访书的经历，其香港城市大学之书肆、中环之诚品书店、油麻地之中华书局以及尖沙咀、铜锣湾、弥敦道一带的二手书铺等，都曾留下过我的足迹。至今，牛津大学版的"董桥散文书系"凡二十余册，还赳赳然站立在我的书架的最为显赫的位置上，工作之暇，供我随手把玩与品鉴，晨昏灯下，消磨掉了我不少的大好时光，当然也销蚀去了诸多的烦忧与寂寞。只是,当时没有及时地把访书购书的事实经过与情感波动记述下来,时过境迁之后,再想追寻那一份情感的微澜,只是痴人说梦,徒添浩叹而已。记得某年春节晚会上有一句台词:"同样是人,差别咋这么大呢!"可见说的也是实在话。

　　晚间笔于明斋,时寒流南下,北风呼号,唯斋内温暖如春,惬人心意。

购《徐懋庸杂文集》随记

乙未年十一月五日,在沪学习期间,偶得闲暇,携友人郑君访鹿鸣书店。辗转而入,见有广厦数楹,境界清幽,书架环列,典籍宏富,徘徊其间,满目琳琅,心旷而神怡也。比勘之,阅览之,久久不忍离去。时天色向晚,灯火万家,窗外秋凉蚀骨,唯室内温馨如故耳。逡巡间,见陈列旧书之木架上,有《徐懋庸杂文集》一册出售,三联书店1983年2月第1版第1次印刷,品相尚佳,价格合理,便购置而归。

余之知徐懋庸先生者,当在卅年以前。彼时青春年少,求学中原,读迅翁《答徐懋庸并关于抗日统一战线问题》,因对该文写作背景多有不解,询问恩师之后,才知徐懋庸先生出身清寒,少负才名,只身一人闯荡上海,涉足文坛,几番奋斗,终于颖锐而出,因其所著杂文颇得迅翁神髓,亦被迅翁赏识,多有提携褒奖。后因抗战军兴,"左联"解散,关于文艺路线问题,纷争扰扰,徐氏偏袒于周扬之"国防文学"一途,于迅翁所号召之"民族革命战争的大众文学"有所龃龉,迅翁盛怒之下,抱病著文,予以棒喝。后此事虽得中共领袖谅解,不再过分追究，然"文革"时期，人妖颠倒，是非难辨，徐氏亦因此含恨而终。徐氏一生虽然坎坷不平，然其所著杂文确乎犀利睿智，刺人刺鬼，入木三分，深刻脱俗，卓然大家。其生前既得迅翁并同时代人所激赏，仙逝后更得后来人赞许褒扬，其杂文能够结集出版，精装印制，便是明证。尤为可喜者，摩挲此书时，见该书之扉页处，有原书主人钤藏书印章一枚，曰"平屋藏书"，朱文细线，清丽脱俗；再检视内页，又有原书主人披阅时雪泥印痕多处，均为红笔圈点勾画所致，煞是好看，从中可见原书主人之精研邃密之学风焉。故大为钦佩之。

细考"平屋"二字，其作为书斋名，有民国学人夏丏尊先生曾用之，但夏丏尊已于1946年驾鹤西去，于当代学者中则不知何人用之也。或曰：鹿鸣书店紧邻复旦大学，当是大学中某位学者有追慕先贤之心，遂用作自己之书斋名号，亦未可知。此言颇有道理，唯缺乏实证，不敢定断也。

有确知"平屋"主人之生平行踪者，可告余乎？如此，则幸甚焉。乙未深秋，寂寂人定时分，匆匆笔于明斋。

题台湾版《中国历代战争史》书后

遥记三十年前，当时，我还生活并供职于豫北平原古城。此地也，北依太行，南瞰黄河，东临卫水，西傍云台，是武王伐纣之牧野大地，是中原文化之滥觞所在，《诗经》十五国风中卫、邶、鄘三风即源于此处，传诵而至今日。可谓人杰地灵，山川形胜，物产丰茂，风光秀美。所以，《史记·货殖列传》中说，崤山、太行山以东地区，盛产鱼、盐、漆、丝、音乐、美女。可见，自古以来就是富庶之区，是温柔之乡，是浪漫之地。在此工作期间，躬耕苗圃，甘做园丁，滋兰树蕙，春华秋实。然而，夏日漫长无聊，冬夜枯寂难耐，既是出于对故土的挚爱，也是出于对绵渺悠长的远古时代先人们生活状况的遐想，更是为了消耗掉一些青春洋溢的激情与热能，于是，不知从哪一个黄昏或黎明开始，便着手创作起以春秋时期卫国兴衰更替为题材的历史小说《卫水汤汤》来。

好的历史小说，不仅要有生动的故事和丰满的人物，更要有准确的史实以及当时历史风貌与风情的准确还原。果然，在写作的过程中，既为春秋时期中原一带地理风物和民情物望的实际状况所困扰,尤其缺乏卫、狄双方荥泽之战的攻防态势与军事常识。解决前一困惑,除研读文献之外,在友人的陪伴下,我亲赴淇县、鹤壁、辉县、卫辉、濮阳一带考察,桑中濮上,云梦山麓,街谈巷议,寻民间遗存,眼摄笔录,收获盈箧;解决后一难题时,除却抱恨读书太少之外,唯有扼腕浩叹而已。某日赴郑州大学访学,古典文学专家翟相君教授提醒我说:"不妨参阅一下《中国历代战争史》。"回去之后,遍查馆藏典籍,终于检出该套图书,台湾三军大学编著,军事译文出版社1983年10月翻印,精装,32开本,限内部发行,无定价。该套书籍共十八册,依据历史朝代顺序,上起黄帝时期,下至清朝末年,前后四千六百余年,对每一朝代,首先综合论述,包括地理位置、政治概况、社会状况、国防措施、外交谋略、军事决策、战略战术、主要人物、事件影响等;然后对每一朝代之战役战争,均以专章论述,包括战前一般形势、战争起因、战场地形、交战双方战略指导、作战经过、战术运用、战后情况等。书后所附录之战争态势略图,尤其精要明晰。阅读之后,感到叙事简洁,语言典雅,用词精准,要言不烦,深为叹服。阅读此书,为顺利完成《卫水汤汤》的写作,着实有助推之功。然而,深以为遗憾者,该套书籍其实是一部公开的官方盗版之物,皇皇巨制,其主编者何许人,何人参与其事,何人撰述某个章节,出版说明中均含混模棱,语焉不详。吾人亦终不能得其果而知。此后二十余年间,访学访书,足迹遍及国内,也曾游历港台,多次徘徊于中华书局、三联书店、上海书城、诚品书店之内，苦苦寻觅，望眼欲穿，竟觌面无缘，踪迹杳然，念之怅怅。

甲午年秋日，出差京华，偶遇校友朱雨腾先生，其供职于某出版公司。晚间餐叙，畅谈甚欢，由教育发展、学校变化、师生情谊、全民阅读谈起，随着话题的不断拓展与深入，逐步涉及学校文化建设、学生读书趋势、个人阅读兴趣，以及访书、淘书、藏书、版本等方面。因为在座者都是喜爱读书之人，兴致也就浓厚了许多，再加上不断地推杯换盏，觥筹交错，不知不觉间，人人都到了微醺的状态。记得当时在谈到访书不遇而终至遗憾一事时，我随口讲了多年来遍寻《中国历代战争史》而不可得的故事。雨腾先生闻听，端起满杯的白酒，站了起来，说："这事儿包在我身上！"言讫，一饮而尽。颀长而略显单薄的身材仿佛不胜酒力似的，摇晃了一下，到底还是站稳了脚步，稳稳地坐了下去；而两只炯炯的眼睛则格外清澈透亮，饱含着深情和力量。古人云，物以类聚，人以群分。秉性相契，虽一见而如故；气味不投，既对面如不识。尽管与雨腾先生初次晤谈，但彼此引以为知己。更令我感佩的是，雨腾先生平日远离酒肆，不胜酒力，而此次竟开怀畅饮，连连举杯，最终把自己撂倒在了酒桌之上。其人虽然貌似羸弱，但到底不失文人气质、豪杰气概与名士风度。相交以诚，必推心置腹；倾心之交，则引为同调。可见传统文化之浸润，由来有自，信不虚传。从此，对雨腾先生更添了几许尊重与敬仰。

光阴荏苒，冬去春来，转眼之间就到了乙未年的仲春时节，校园里火红的木棉花虽然盛极渐衰，葱茏的凤凰树的枝头上却早已绽放出了同样火红的花蕊，换上了新装的老枇杷树将枝丫伸向了云端招摇，而新栽的无忧花树也冒出了油绿的叶片。一个生机盎然的早晨，我照例在校园里巡视漫步时，同事李发贞先生告诉我说："雨腾先生将《中国历代战争史》邮寄过来了，十八册，整整一书箱。"喜出望外，急忙拆箱，一看十八册图书排列整齐，红彤彤的封面犹如十八位红颜知己的俏脸，仰面在等待着我来检阅呢。随手拉过排列于首位的"知己"，衣饰之上赫然印着："三军大学编著，黎明文化事业公司印行"两排文字，宛如当代青年男女身着的文化衫似的，醒目而透亮。翻开扉页，则是蒋公中正先生题写的书名，楷体正书，端庄隽秀，遒劲之中蕴含着灵动之气，尤其是名字下方所钤的一方篆体印章，凝重古朴，红艳夺目，煞是好看。再翻开下一页，则是该书的编纂委员会名单，从第一册至第十八册，主任委员和副主任委员分别是国民党陆军上将徐培根、国民党陆军中将皮宗敢、国民党陆军上将罗列、国民党陆军上将刘安琪、国民党陆军上将余伯泉、国民党陆军上将蒋纬国等；审查委员均是台湾地区乃至学术成就享誉全国的著名的史学名家，诸如姚从吾、徐道邻、陈致平、蒋复璁、方豪、萧一山、夏德仪、张傧生、杨家骆、赵铁寒、宋晞、黎东方、黄大受、许朗轩、刘光等教授；总编纂李震先生不仅是儒雅的国民党高级将领，而且是经纶满腹的军事奇才。该书于1963年1月出版,1976年修订再版,修订委员会主任就是原国民党三军大学校长、国民党陆军上将蒋纬国先生。修订委员会指导委员中,还有史学大家王云五教授、方豪教授、宋晞教授、屈万里教授、陶希圣教授、黄季陆教授、蒋复璁教授、钱穆教授等;修订委员则是该书的总编纂李震教授,执行秘书是国民党陆军少将陈廷元教授。可谓名流荟萃,大师云集,满天星斗,灼灼其华。此后,该书一版再版,一印再印,至2014年至少已有十余次印刷。该套图书是凝聚着蒋氏父子两代、台湾诸多将领、史学界数十位方家心智的不朽的历史军事著作。

抚摸着每一册书的封面、封底,如同触摸到了华夏民族的广袤辽阔的土地一样,血沃万里,江河奔流,烟云弥散,群英辈出。翻阅着每一册书的版权页,崇敬之意,心底涌起;肃穆之感,油然而生。然而,对着版权页再三研判之后,则又发现十八册图书中,竟有1992年1月修订第2版、1994年5月修订第3版、1994年12月修订第3版第2次印刷、1998年1月修订再版、1998年4月修订第3版、2013年1月第2次印刷、2014年2月第2次印刷——共计七次印刷所汇聚而成的一套图书。急忙通过微信询问雨腾先生,答曰:"一时难以觅到整套图书,为聚齐此十八册,动用了海峡两岸和港澳地区的数位好友。"得知详情,不禁感叹唏嘘,其殷殷深情,绵绵厚意,真令我感动异常。情动之下,又急忙回复微信一则,道:"雨腾大鉴：台湾版《中国历代战争史》收悉。为寻觅该套图书，兄颇费周折，辗转海峡两岸和港澳地区，动用诸多友朋关系，用心可谓良苦。此种深厚情谊，当感铭于心，日后每一念及，当温暖如春日焉。"不多时，便收到雨腾先生的回复，云："老师过于客气。此书因出版年月久远，力有不逮，只寻到现有品相，还恐影响老师阅读。您的爱书的学生——朱雨腾敬上。"

捧读微信，更觉得春风拂面而来，花树婆娑起舞，艳阳暖心，肺腑俱热矣。

2016年11月19日清晨至午间，补记于明斋。时在周末，起卧任意，随心翻书。清香一缕，袅袅荡荡，惹得人思绪翩然，情怀悠悠。

题魏明伦《巴山鬼话》扉页

四川当代作家群中，吾至为佩服者，一为流沙河先生，二为魏明伦先生。流沙河先生工诗，能文，善做学问，三者得兼，大不易也。魏明伦先生长于戏剧，善做文章，涉足影视，且妙于歌词、楹联、碑赋，是多面手，真全才罕遇之怪才也。

因钦佩著者人品，故喜读其作品，此当为通例。约略算之，购置魏明伦先生著作并精心阅读之者，计有《潘金莲》剧本与剧评，生活·读书·新知三联书店（以下简称三联书店）1988年8月第1版；魏明伦文集A卷《巴山夜话》，四川文艺出版社1996年11月第1版；《魏明伦随笔选》，陕西师范大学出版社2009年1月第1版。近日又获香舍主人美意，托川陕两地朋友玉成雅事，得到魏明伦先生杂文结集《巴山鬼话》一部，上海文艺出版社2012年5月第1版，且为先生亲笔题签本，其幸何如哉！

魏明伦先生的杂文，尖锐泼辣，思想深刻，对于社会人生有独立之见解，又因其古典文学修养深厚，故辞采秀美，英气逼人。台湾柏杨先生赞誉道："《潘金莲》是用杂文手法写的戏剧，《巴山鬼话》是用戏剧手法写的杂文。"范曾先生评论道："魏明伦于诙谐之外，有朴厚庄严在；是其人之文有风骨、有品节、有气势之内因也。"

感谢香舍主人倾情相助，感谢西安看剑堂主王锋先生雅意玉成。魏氏奇书，吾当贵之；友人厚谊，吾定珍之也。

明斋识之。

附一：致西安看剑堂主

看剑堂主仁兄：

弟平生无他爱好，惟酷爱访书读书耳。川人魏明伦先生，人品清贵，格调高雅，戏剧散文，均称妙手。弟于上世纪八十年代中期，即喜读魏先生宏著，于《潘金莲》戏文，曾拍案叫绝；于《答姚雪垠》诸篇，亦熟读成诵。虽高山仰止，然觌面无缘，诚憾事也。今兄玉成美事，实有惠于弟者多多，不啻兄弟私谊也，故感铭于心。欢迎兄拨冗莅琼，弟当殷勤左右，以示谢意，至盼。

明斋　谨

附二：西安看剑堂主回信

明斋兄：

顷阅兄旧日微信，知雅意高致，由来久矣。兄确是真爱书人、真读书人、真藏书人也，弟以后当继续为兄留意。兄微信内容，已短信转魏公本人，其中扉页所题文字，先前曾转其长子魏来先生。意在告知魏公,如今炎凉社会中,虽有蝇营狗苟者不少,然亦大有人能够专注阅读,尤喜读经典宏论也。窃以为魏公签书事,于公属举手之劳,于弟亦不过托邮传之便,不意兄竟再再示谢,君子之风,如是如是。欢迎兄莅陕一游,茶叙畅谈为快。

看剑堂主　即日

伍立杨先生馈书略记

在文化界诸多友人中，伍立杨先生是我等所钦敬之人，尽管平日里各自忙于事务，鲜于联系，哪怕数月不通电话，或经年难谋一面，但是心灵之契合，情感之融洽，关注之热切，绝非时空所能隔阻者。在社会风气如同秋冬交替时节阴晴不定、寒流暗袭之症候下，这种默契于心、冷暖与共的友情，则更为值得珍视。

当今社会，多戾气、俗气、邪气、铜臭气、官宦气、酸腐气，而立杨先生身上则时时散发着正气、静气、英气、阳刚气、祥和气、才子气、书卷气，且气场特别宏大。立杨先生是知名的学者，散文作家，文史专家，尤其在清末民初史学的研究领域，有开山之功，成就卓著，著作斐然可观。亦有谓立杨先生清高孤傲，难以亲近者，此真不知立杨先生也。夫立杨先生之为人也，若从外观上看，其身材颀长，面容清癯，隆准俊眉，棱角分明，乍见之下，恍如遇到古希腊美男子之全身雕像，令人眼前陡然一亮；交往久了，其赤子情怀、火热心肠、善良心地、真诚态度等，则使人感怀于心，难以忘却。朋友聚会时，立杨先生的话语并不多,常微眯着双眼,坐于一隅,默然倾听,然偶一发声,多有警策精辟之语,妙言感人,耸动四座,此时隐藏在他的厚厚的眼镜片后的双眸,也如电光火花一般,豁然明亮了起来,照彻着友朋们的周身,使人顿感暖流涌现,温馨融融,犹如沐于春风之中。《诗经》云:"莺其鸣矣,求其友声。"细究之,这也正是我等钦敬立杨先生的深层原因。

元旦前夕,处理毕单位里的诸多事宜,忽然想起久违了的立杨先生来,"三日小休,不知立杨兄做何安排?"静思间,忽觉手机一阵响动,打开一看正是立杨先生的短信,云:"近日理书,有几十本闲书已无大用,存于我处,徒占空间,想赠送兄台,不知有意否?"心中一阵惊喜,急忙回复,略致谢忱问候之语,并约定好取书的时间。三天之后,从立杨先生处取回图书八十三册,粗略整理之下,留存文史及艺术类图书凡四十七册,余下者便转送给了另外一位耽于读书之乐的书痴。晚间,月色似水,风清致爽,灯下慢慢理书,率先将题签本图书抽取出来,置放于书桌一侧,清点之后竟有十六册之多,且多为文坛翘楚、学术精英及报界名流们的大著,如冯亦代先生、来新夏先生、陈四益先生、余世存先生、范笑我先生、王稼句先生、张建智先生、袁鹰先生、牧惠先生、李辉先生等。摩挲着册册图书,且一一翻开扉页,辨识着书写风格迥异的一幅幅墨存,其音容笑貌宛在眼前,仿佛得以亲炙大师,聆其金玉之音,则欢忭愉悦之心情何如哉!

忻悦之下，忙取出笔墨，在每册图书后面的留白处，一一题上"伍立杨先生赠书，明斋志之"等文字，并取出自己所喜爱的闲章数枚，在书之前后之环衬处，分别钤上"明斋""云水风度""放眼天地宽""书痴""涛声依旧""读书随处净土"等藏书闲章，借此纪念这一饱含着人文情怀的契友交往的佳话。

沪上访书随记：《孤灯夜话》

一

常常幻想着能够在冗碌繁忙的工作之暇，漫步在深秋的风里，可见阳光娇媚，黄叶翻飞，可听沙沙落英，可观笃笃行人，一任时间欢畅地溜过——这是多么惬意而浪漫的境界；或者寻一个漫长的下午，携友人一二，悠悠然踱进书铺一隅，漫卷诗书，肆意品鉴，见有中意者数卷，付款购之，时华灯初上，倦鸟知还，颇觉饥肠辘辘，馋虫闹心，随便趄进一家酒肆，点上时鲜四样，老酒一壶，举杯畅饮，扶醉而归——这又是多么可人而适意的事情。

乙未年一个秋日的午后，在风华恣肆、洋味十足的沪上，我终于有了一次这样美丽的邂逅。在沪学习期间，偶得半日闲暇，携友人某君作访书之游，过隧道，坐地铁，徒步于梧桐树下，穿行于林荫道中，或观行人匆匆如过江之鲫，或赏枫叶翩然辉耀眼前，或闻翠鸟啁啾吵闹一片，或听风吹竹林秋声瑟瑟，不知不觉之间，举首望去，竟然来到了久负盛名的鹿鸣书店的近旁。走进店里，仰见书架排排，高耸屋顶，典籍繁富，序列于上；而俯瞰南窗一侧，则桌椅环侍，悄然以待，绿女红男，静若处子，均作认真阅读之状。于是大喜，便也加入到了观书的阵营，逐架扫视，一书不落，再三比对，掂量思忖，直到暮色四合时分，才抱起心仪久之的数册图书，向收银处走去。待走在返回驻地的路途之上，执意地穿幽巷，跨短桥，心情畅然，雀跃一般。恰此时，忽闻菜香迎面飘来，随手拉起友人，直奔饭馆而去，点上一品特色佳肴，不暇他顾，埋头苦干一番，真可谓大快朵颐矣。

吴藕汀先生所著之随笔集《孤灯夜话》，就是此次沪上访书的收获之一。

二

民国耆老吴藕汀先生，在尘封了半个多世纪之后，于世纪之交时竟爆得紫红，可见明珠纵使暗投，终能熠熠生辉；真金杂处尘沙，自可卓然不群。

考藕老行状，盖生于民国2年，浙江嘉兴人氏，诗书世家，殷实富庶，自幼时起就浸润经典，游弋翰墨，耳濡目染，气韵脱俗。据载，其家有红霞楼一幢，在嘉兴鸳鸯湖畔，与烟雨楼遥遥相映。斯楼为其庶母朱媚川夫人所居，朱夫人擅诗画，为"毗陵画派"法嗣，楼中书画鼎彝，收藏宏富。藕老幼时便经常涉足其间，摩挲玩赏，得益良多。当时，他深受书画大家金蓉镜诸前辈影响，酷爱书画与昆曲；弱冠又拜书画大家郭似勋为师，郭氏为绘画世家，一门风雅，凡山水、人物、花卉，无不精能。郭氏授业时，先从国学入门，命其读书习字，摹帖临池，而后方授之以绘画之道，意在打下坚实基础，铸就鲜明个性。及长，学业精进，除却书画专长外，喜填词，善拍曲，旁及金石篆刻，学识渊雅，才艺越人，且又精通版本目录之学。日寇沦陷时期，生灵涂炭，世道艰危，藕老亦饱受战祸之苦，拍曲固已偃板息鼓，绘事则未敢释然去怀，然国破家亡，临风悲秋，涉笔伤心，落墨含愁，一段伤心往事，至晚年依然铭心刻骨。新中国成立之后，藕老以版本学专家身份，受浙江省嘉兴图书馆委派，去南浔著名藏书楼刘氏嘉业堂整理古籍，其间与画界泰斗黄宾虹先生过从甚密，邀约雅会，相为友善，切磋砥砺，眼界大开。后至"文革"期间，厄运也随之接连而来，先是失子，后是丧妻，悲愤欲绝，蹉瘵不堪，贫困中便以变卖家什度日，作为一位文化名人，竟然过着无笔无砚无纸无墨的生活。直至"文革"结束，清明氛围渐开，经艺坛故旧携送笔砚，方能重修旧缘，以笔管数枚，纵情抒写山川灵逸之气，所画蔬菜瓜果，亦常带露飘香，为世人所推重。20世纪末，藕老得从南浔迁返故里嘉兴，结束了五十年客居他乡的生涯。

　　藕老于绘事之余，随笔著文，凡涉及史实、掌故、品鉴、风物、民俗等，无不考订翔实，秉笔直录，率真率性；至于书画、诗词、戏曲、金石等，其见解之深刻，亦迥于常人。藕老于2005年仙逝，逝前为浙江文史馆馆员，有《烟雨楼史话》《嘉兴三百年艺林志》《药窗杂谈》《十年鸿迹》《鸳湖烟雨》《孤灯夜话》等著作传世。

三

当我在鹿鸣书店看到藕老《孤灯夜话》这部随笔集时，是一把抓在手里，且紧紧地拥在了胸前的。该书由中华书局出版发行，32开本，2013年4月北京第1版第1次印刷，版式美观，印制精良，尤其是在素色的封面上饰有藕老所绘菊花图一帧，水墨着色，黄花灿然，素朴淡雅，目之忘俗。约略翻看"夜话"之后，可知其内容多涉及金石书画、版本考据、填词赋诗、种药养虫、京昆弹曲、人物掌故、世事变迁、风物民俗等，可谓诸体兼备，蔚为大观，随手披阅，珍珠成串。

如，卷一"十年浩劫"标题下，著者写道："一九六六年至一九七六年之'文化大革命'，已经定为十年浩劫，浩劫之初，'秦火'烧来，因为我已年久困苦，已无值钱之古玩书画可以'破旧'，只得将我之未成之稿本《两浙神祇考》《嘉兴词录》《南堰志》《西湖名胜辞典》《怡斋自传》《吴三桂大传》《大顺军年谱》等以及历年所抄之文献资料，一并付之丙丁。大风暴袭来，小麻烦在所难免。但我却未尝举'红宝书'呼'万寿无疆'，开过所谓什么'会'，为人所难以想象。这大概是由于'不怕凶''只怕穷'在起作用。未受大罪，而且还栽药草以代花葩，招友朋以消昼永。如此含辛忍苦，渡此难关，非冥冥中有人庇护，安能得哉。"古语云：痛定思痛，痛何如哉。"文革"浩劫，藕老九死一生，晚年偶一回首，定然不寒而栗。但是，此处所记之凄苦难耐情事，竟出之于豁达淡定之语，直令人有不忍卒读之慨。

关于"读书"一事，藕老更畅言道："古书云'修身齐家治国平天下'，乃是做人之道，金玉良言。后世为霸道者所曲解占用，更有俗儒为之张目，为害匪浅。读书乃是做人，故云：'万般皆下品，惟有读书高。'近来所谓读书，不知做人，以致道德沦亡。台湾小女人三毛犹曰：'念了一大堆书，仍不懂做人，那个书，就是白读了。'"读书以明理，读书以做人，读书以立德树人，如此方是读书之本根。俗人不明事理，竟然本末倒置，遂将读书作为谋财谋利之手段，奔竞于"匠""术"之小技，而忽视"道""德"之大器，岂不害己殃人误国哉！

四

晚饭之后，月色映窗，拧亮台灯，端坐书斋，抽出"夜话"，信手披览，但见隽言妙语，映入眼帘，字字如贝，满目生辉，诵读之下，余香盈腮。

  从前言中可知，"夜话"的整理者，是藕老的哲嗣吴小汀先生。据云，藕老原作多随手书写于纸烟盒上，或小学生的作业簿上，字体大小不一，又因年代久远，字迹漫漶，整理出来，着实不易。但藕老学问渊博，考证据实，文字精粹，语言流畅，阅读之下处处见性情，时时露神采，恰如启正先生在《写在前面的话》中所云："面对这样一位知识渊博又有真知灼见的文化老人，就如同坐拥一座格调不俗、藏品丰富的图书馆，我们所能做的，也许就是打开这本书，安安静静地读下去。"如此佳构美文，就应该挤出大把的时间来，去好好地阅读与体味呀。

访书不遇随记

出差外地，偶得闲暇，最爱到驻地附近的书铺逗留片刻，观书品书，见有中意者购置一二，回来置于枕侧，夜半宁静，随手翻阅，使孤寂单调的旅途变得丰富且生动起来，这样的事情虽属寻常，但也最为温暖情怀。

十月中旬，金秋致爽，适逢澳门中华教育会成立九十五周年，应邀参与庆典活动，并随访澳门大学、澳门科技大学、澳门教育暨青年局、中央人民政府驻澳门联络办公室、澳门海南总商会等。行旅匆忙，风尘仆仆，虽然疲劳，而收获丰富，心情始终是愉悦的。晚餐之后，回到宾馆，见天气尚早，探知宾馆对面的马路边上有一家书铺，名曰星光书店，历史悠久，品位高雅，图书丰盈，颇有影响，不免心动起来。于是，便约上友人二三，徒步奔向"星光"，观书以养神，品书以养心，欲在此逍遥半个晚上。待我们一行人过天桥，穿幽巷，来到"星光"门口时，却见大门紧闭，唯有一块白地黑字的告示格外醒目，大意是说周六周日，营业至晚饭时分，不再延长时间，此为劳动法所规定云云。原来，书铺里的老板与伙计们早已下班回家,享受美妙的周末时光去了。如此,唯有尊重与理解。然而,隔着透明的玻璃门窗,望着一摞摞、一柜柜、一册册摆放整齐、装帧精致的图书,咫尺之间,只可眼观而竟不能亲炙,犹如"盈盈一水间,脉脉不得语"之有情人横遭摧折状,大为遗憾且懊恼也。

　　无奈,只得踯躅而归。回到房间,拧亮床前的阅读灯,翻开随身携带的钱穆先生的《师友杂忆》披阅起来,借此聊以平复访书不遇的起伏心情。随着阅读的渐次深入,便沉浸于著者所描绘的情境之中,待读到钱穆先生回忆其少时购书奇遇一节文字时,不免拊掌而叹。心里默诵着精妙奇绝之语,确实享受到了阅读的愉悦与快感。钱穆先生回忆道:

　　有一事当附记,约计余在(常州府中学堂)三年级时,星期六下午上唱歌课,教室中无桌椅,长凳数条,同学骈坐。余身旁一同学携一小书,余取阅,大喜不忍释手,遂觅机溜出室外,去另一室读之终卷,以回书主。然是夜竟不能寐,翌晨,早餐前,竟出校门上街至一书肆。时店肆皆排列长木板为门,方逐一拆卸。余自板缝中侧身窜入,见书店主人,急问有《曾文正公家训》否。盖即余昨晚所读也。店主人谓有之,惟当连家书同买。余问价付款,取书,即欲行。店主人握余臂,问从何处来。余答府中学堂。店主人谓,今方清晨,汝必尚未早餐,可留此同进餐，亦得片刻谈。余留，店主人大赞余，曰，汝年尚幼，能知读曾文正家训，此大佳事。此后可常来，店中书可任意翻阅，并可借汝携返校阅后归回。自后余乃常去。一日，店主人取一书，小字石印本，可二十册，曰，汝当爱读此书，可携去试读之。今已忘此书名，大体是史籍汇抄之类。余果爱之，往问价，但不能付现款。店主人言，可暂记账，俟假后归家，再决购买或退回。店主人情厚又通解书籍，视余若亲族后辈。余此后屡与书肆往返，然如此店主终少遇。惜已忘其名字，而当日情景则仍依稀如在目前也。

因购书而偶识"情厚又通解书籍"之店主人，书铺温馨，店主清雅，其惜才爱才之人文情怀，最为感人肺腑。而今社会快速发展，经济高度繁荣，生活节奏加快，个人意识增强，仿佛一切都在朝着美好的方面进步，只是那一缕温馨的旧时光再也难以追寻，如同深冬里随风飘下的一瓣儿梅花似的，早晚会零落成泥而碾作尘埃，归于自然一途。说是即便化作泥土尘埃之后仍然暗香如故，只不过是浪漫诗人的一厢情愿而已。著名学者、藏书家郑振铎先生说："夕阳西下，微飔吹衣，访得久觅方得之书，挟之而归，是人生一乐也。"恐怕这样的乐趣，现在是很少有人能够体味且享受了。话虽如此说，对于一位嗜书者来说，于心亦略有不甘，期待着明日访问香港，公务闲暇，若有机会到诚品书店、商务印书馆、中华书局等徜徉片刻,以弥补"星光"访书不遇的缺憾,也是很惬意的事情呀。

补记于香港珀丽酒店,2015年10月26日凌晨。

行走是阅读的延伸

国家主席习近平是一位热爱阅读的领导人，2015年9月22日他在美国西雅图演讲时说：

我青年时代就读过《联邦党人文集》、托马斯·潘恩的《常识》等著作，也喜欢了解华盛顿、林肯、罗斯福等美国政治家的生平和思想，我还读过梭罗、惠特曼、马克·吐温、杰克·伦敦等人的作品。海明威《老人与海》对狂风和暴雨、巨浪和小船、老人和鲨鱼的描写给我留下了深刻印象。我第一次去古巴，专程去了海明威当年写《老人与海》的栈桥边。第二次去古巴，我去了海明威经常去的酒吧，点了海明威爱喝的朗姆酒配薄荷叶加冰块。我想体验一下当年海明威写下那些故事时的精神世界和实地氛围。我认为，对不同的文化和文明，我们需要去深入了解。

可见，他不仅钟情于阅读，而且还喜爱行走。因为，和阅读相关联的有目的有意义的行走，其本质上就是阅读的延伸，也是一种深层次的阅读。

其实，凡是热爱阅读的人，以及在自己感兴趣的领域里想有所建树的人，无不具有这样的情怀。中国著名建筑学家梁思成先生及其夫人林徽因女士，在研究中国古代建筑的过程中，不仅重视文献资料的阅读与查证，更重视对古代建筑的现场测量与考察，为此，夫妇二人在战乱频仍甚至人身安全都堪忧的民国时期，竟行走了小半个中国，实地考察了近千座古建筑。其间，可谓喜忧交集，甘苦自知，有苦趣，也有乐趣。比如梁思成先生在《平郊建筑杂录》里，记述他和夫人林徽因1923年在赴香山途中发现杏子口山沟南北两崖上的三座小小石佛龛时，曾动情地说：几块青石板经历了七百多年的风霜，石雕的南宋风神依稀可辨，石佛龛"虽然很小，却顶着一种超然的庄严，镶在碧澄澄的天空里，给辛苦的行人一种神秘的快感和美感"。读着这样的文字，不由得使人的嘴角翕动，发出会心的微笑。至于他们这些个行走之人，在路途上发现风景时刹那间的精神愉悦与情感颤动，岂是蜷缩于书斋之内，埋首于简牍之中，终日寻章摘句，其状若雕虫似的学究们所能模拟得出的？

有目的的行走令人满怀憧憬与信心，不期然的邂逅尤其令人惊喜与震撼。记得某年暑期，在杭州紧张的研修活动刚刚结束，返程之前有半天的闲暇，朋友们相约到杭城郊区九溪十八涧游赏。驱车前行，一路笑闹，逶迤之间，忽见一座路牌从车窗边闪过，我急唤司机停车，抓起相机按照路牌的指示就向右边的山坡爬去，沿着曲折蜿蜒的山径，行走千米左右，就来到了一处墓葬旁侧，随手采一束山花，编成小小的花环，作为心香一瓣，敬献于墓碑的前面。待回到车上，朋友们纷纷垂询："方才独行何为？"我平静地答道："到陈散原先生父子墓前略致敬意。"友人又问："散原先生何人？"答曰："清末民初知名诗人、政治家。其父亲陈宝箴先生为清代封疆大吏。他少时随侍父亲，筹划湖南新政，鼎助维新变法，开风气之先，奠百世之基，名重朝野，功垂后代；晚年退出政坛，寓居民间，诗书自娱，庐山松门别墅，至今留存遗踪；后随爱子寅恪先生居住北平，时日祸加剧，战事方殷，卢沟桥事变，北平危亡，散原老人忧时伤世，一病不起。1937年8月8日日军攻陷北平后，散原老人见大局如此，愤疾交加，绝食绝药，凄然身亡。因战祸剧重，又惧日人构陷，寅恪先生不能大事操办丧礼，只得将散原老人遗骸装殓入棺，暂厝于西山古刹之中。直至八年之后，驱除日寇，还师旧都，陈氏家族才将散原老人的尸骨移迁杭州郊区，入土为安。义宁陈氏，数代辉煌，名人辈出，泽被后世，除陈宝箴、陈散原父子外，晚一辈中如陈衡恪先生为诗画大师，中外誉美，尤其提携后学如齐白石先生等，不遗余力，世人景仰；陈寅恪先生俊逸颖悟，先后游学东瀛欧美十数载，中外典籍，融会贯通，著述讲学，孜孜不倦，为清华国学研究院导师之一，诗文学术，四海传诵；更晚一辈中如陈封怀先生被尊为中国植物学之父，参与创办庐山国家植物园，道德学问，天下颂扬，功垂百世。今日路经散原老人墓冢之前，停车片刻，致以敬意，自是情理中之事啊。"

当时，我的话音尚未落下，一车喧闹戛然而止，友朋数人寂然颔首，默然沉思。

后来我想，寂然默然也未必不是好事，因为平静之下，思考正在进行，思潮正在涌动，思想正在萌生。人们也正是多了一些思考与思想，才能够逃离愚昧，走向文明，摆脱浅薄，趋于深刻。

何妨吟啸

生活场景中，候人不至的处境足以令人懊恼，而友朋爽约的遭遇尤其使人沮丧。然而，对于那些胸次超迈、性情洒脱的人士来说，这些又算得了什么呢？

早课，诵读《老圃遗文辑》中《重阳游》短文一则，即被其飘逸不羁、随遇而安的情怀所感染，不禁掩卷击节，莞尔自乐。老圃先生于文中写道：

今岁重阳，诸友约天平山登高，皆相戒：虽满城风雨，不可以爽约。及期，天朗气清，而约者不至。余兴来独往，亦忘其俦侣；有逍遥于吴市而乐之，并忘其登高。是日也，饥而食，渴而饮，曳杖而走，可以止则止，可以速则速，惫而乘辇，冥而登车，皆任其天机，而无所用心于其间。归装得旧书数十卷，车中读之，未及数卷，车已抵沪；辇者候于驿，疾驶而归。

友人爽约而毫不介怀，最妙处是连自己也忘记了登高望远一事，而竟日肆意于吴市街衢，饥食渴饮，一任天性，访书淘书，独享佳妙，真正是体味到了千载之前王子猷雪夜访友时"乘兴而行，兴尽而返"的绝妙境界。

东坡居士常云："莫听穿林打叶声，何妨吟啸且徐行。竹杖芒鞋轻胜马，谁怕？一蓑烟雨任平生。"（《定风波》）人的一生中，不如意事七八九，顺境不过一二三。佛说：人人皆为吃苦而来。若能抱定儒家入世济世之志，以苍生为念，常怀道家顺应自然、天人合一之心，适性而守常，更以佛家慈悲向善之理性调剂心性，导引行为，抚慰灵魂，则终生能够泰然谐和，得大自在矣。

或曰：老圃先生何人耶？答曰：无锡杨荫杭先生，字补塘，笔名老圃，民国时期知名法学家与报人。早岁鼓吹革命，就读日本早稻田大学期间即与同志者数人创办《译书汇编》并《国民报》，影响广泛。后担任江苏、浙江高等审判厅厅长，旋调任京师高等检察长之职，因坚持司法独立，允公办案，得罪最高当局，遭到解职。不久出任《申报》主笔，兼营律师事务。此篇短文即写于《申报》主笔任上，亦率意而为，随感而发也。

补充一句，老圃先生一家，诗书承传，名人辈出，于社会奉献颇巨，其中杨绛女士和钱锺书先生即为其哲嗣与贤婿也。

家族之责任

午后，捧读杨绛先生著《将饮茶》(《杨绛全集》第二卷，人民文学出版社 2014 年 8 月第 1 版)，其中有一段文字，云：

我父亲到了上海，在申报馆任编审，同时也是上海律师公会创始人之一。当律师仍是为糊口计。我是第四个女儿，父母连我就是六人，上面还有祖母。父亲有个大哥在武备学校学习，一次试炮失事，轰然一声，我大伯父就轰得不知去向，遗下大伯母和堂兄堂姊各一。一家生活之外，还有大小孩子的学费。我的二姑母当时和我堂姊同在上海启明女校读书，三姑母在苏州景海女校读书，两位姑母的学费也由我父亲供给。我有个叔叔当时官费在美国留学，还没有学成。整个大家庭的负担全在我父亲一人身上。

读后，心灵受到极大震撼。旧时乡绅，诗书耕读，聚族而居，讲究的就是一种温馨与和睦。即便是城镇中一般的殷实人家，也特别看重亲族群居，知书达礼，敦爱一堂，薪火永继。这种情况下，支撑起一个家族，或支撑起由一支血脉凝聚而成的一个群体，其关键人物就在于拥有崇高威望或话语权的掌门之人。按照传统礼仪，一族之长，甚或祖辈、父辈以及兄弟中居长者，往往就是能够举起家族这面旗帜的旗手，是荣耀家族门楣的掌门人；而在一个家族之中，居于这样的地位的人，也必须有着兴旺和荣耀家族门楣的责任担当与文化自觉。这不仅是中国传统礼仪的要义，同样也是中国乡绅文化的精髓。

在杨绛先生这段娓娓叙述的文字中，屈指算来，作为当时杨家这个家族之中的掌门人，其父亲杨荫杭先生，倾尽一己之力，竟然承担了供养大小十三口人的家族责任，其中包括对老人的侍奉与医护，对平辈人的物质供应与精神安抚，对年轻人以及晚辈们的抚育和培养。正是如此，杨荫杭先生不仅出任了《申报》编审，同时还兼任了律师之职，以付出自己的才华、心血、智慧与体力为代价，换得家族的宁静、安详、发展与进步。倾注全部心力，撑起家族门楣，那叫一个责任；整个过程之中，绝非一朝一夕，而是十数年如一日，默默奉献，无怨无悔，那叫一个担当；用双手捧出自己的一腔滚烫的心血，以此换回养育家族所需要的物质与精神资源，不乞怜，不巧取，不豪夺，不做赧颜之事，从而保持一份尊严，求得一份超脱，获得一份宁静，那叫一个干净！

或曰：培养社会之责任，须先从培养家族之责任始；弘扬民族优秀文化，亦须先从弘扬传统乡绅文化始。并非没有道理。

鲁迅撰写的售书广告

周日得闲，紧张的神经略有松懈，回到书斋，随手拿起枕边的一本旧书，范用先生辑录的《爱看书的广告》（三联书店2004年北京第1版第2次印刷），随手翻阅起来：是鲁迅先生于20世纪20年代亲笔撰写的售书广告，其中有给自己的作品集子写的，也有给其他年轻朋友的著作写的，均言简意赅，笔调轻松，激情内敛，含蓄幽默，读后不禁莞尔。

比如，关于他的两部短篇小说集的广告，其中《呐喊》写道："鲁迅的短篇小说集。从一九一八至二二年的作品在内，计十五篇，前有自序一篇。"出乎天然，句句实话，不假藻饰，毫无文采。要不是他的名头大，真怀疑这样的广告能否把书卖得出去。到了给《彷徨》撰写广告时，他仍然故伎重演，信笔写道："鲁迅的短篇小说第二本。从一九二四至二五年的作品都在内，计十一篇。陶元庆画封面。"毫无浮语虚辞，字字都是干货，阅读之下会意一乐，仿佛都能够察觉得到该有一丝微笑浮现在自己的嘴角边上，涌进心里的全是柔情与蜜意，大有趣味。

再翻阅下去，及至看到鲁迅先生为朋友们的著作所撰写的广告时，不禁肃然而生敬意，能够感觉得到嘴角边上的微笑也渐渐地凝固了起来。比如，他在为许钦文先生短篇小说集《故乡》所写的广告词是："许钦文的短篇小说集。由长虹与鲁迅将从最初至一九二五年止的作品，严加选择，留存二十二篇。作者以热血冷面，来表现乡村、家庭，现代青年的内生活的特长，在这里显得格外挺秀。"三言两语之间，就将许钦文短篇小说的题材、内容、风格、特点以及艺术成就等，概括殆尽，其中"热血冷面""内生活的特长""格外挺秀"三个关键词语尤其引人瞩目。虽是广告类文字，书卷气扑面而来，而绝无商业气息，表现出了作为评论家的鲁迅先生的敏锐的洞察力、犀利的审美眼光和独到的语言表达能力，从中也隐隐地透露出了他对年轻作家的嘉许与喜爱。

鲁迅为文学青年高长虹先生的《心的探险》所撰写的广告是："长虹的散文及诗集，将他的以虚无为实有，而又反抗这实有的精神苦痛的战叫，尽量地吐露着。鲁迅并画封面。"为文学青年向培良先生的短篇小说集《飘渺的梦及其他》所撰写的广告是："向培良的短篇小说集，鲁迅选定，从最初以至现在的作品中仅留十四篇。革新与念旧，直前与回顾；他自引明波乐夫的散文诗道：矛盾，矛盾，矛盾，这是我们的生活，也就是我们的真理。司徒乔画封面。"均能以简括的语言道出作品的精神实质，评价中肯，引人入胜，读后可撩拨出读者诸多的好奇之心，真想一睹其风采，窥探其作品如何"吐露"出"反抗这实有的精神苦痛的战叫"的，如何反映出"革新与念旧，直前与回顾"的如此"矛盾"的社会生活的。两部年轻人的作品，一为鲁迅亲自设计封面，一为大画家司徒乔先生亲手绘制，从中亦可透露出这两部著作的价值与分量卓然有别于其他俗物的意蕴，颇耐人寻味。从文学史的意义上看，尽管鲁迅亲手培植的个别文学幼苗，或由于性格以及心理痼疾的问题，或出于与老师共同示好心中的"月亮"而不惜撕破脸面、毅然决裂的原因，最终做出了有违师恩与背叛师门的举动，但是，当时鲁迅对文学青年的呵护与关爱，对新文学事业的支持与扶助，确实是出自真心的，也是有功于当世与后世的，这应该是不争的事实。

在鲁迅先生所撰写的售书广告中，有一则颇为特殊，不得不单独叙说一番，那就是他为瞿秋白先生的著作《海上述林》所撰写的广告。鲁迅与瞿秋白先生的友谊是极为真挚的，他曾书有一副联语赠予瞿秋白，云："人生得一知己足矣，斯世当以同怀视之"。1935年2月23日，红军转移途中，瞿秋白不幸在福建长汀被俘，6月18日便被国民党政府军杀害。噩耗传来，鲁迅万分悲愤，悲愤之下，决定搜集出版瞿秋白的文稿，以此作为对亡友的纪念。文稿主要包括瞿秋白翻译的苏联文艺论文集《现实·马克思主义文艺论文集》和《高尔基创作选集》两部译著，当时这两部译著已交现代书局准备出版，译者事先已经预支了200元版税。这年8月，鲁迅出资偿还了200元版税,赎回了这两部译著,然后抱着病弱之躯,亲自编辑、校对、设计封面与版式、题签、购买纸张,并托付友人转赴日本印刷、装订等。《海上述林》分为上下两卷。上卷《辨林》,于1936年5月出版;下卷《藻林》,印成时已是1936年冬季,那时鲁迅先生已长眠于九泉之下了。上、下两卷鲁迅均写了《序言》,各印500册,其中皮脊本100册,金顶、金字加蓝色绒面本400册,均为重磅道林纸精印。这是鲁迅一生中亲自操作印制得最为华贵的书籍。鲁迅见了上卷的样书,曾自豪地说:"皮脊太古典了一点,平装是天鹅绒面,殊漂亮也。"后又满怀深情地说:"曾见样本,颇好,倘其(指瞿秋白)生存,见之亦当高兴,而今竟以归土,哀哉。"《海上述林》上卷印出之后,鲁迅怀着对亡友的思念之情,亲笔撰写广告道:"本卷所收,都是文艺论文,作者既系大家,译者又是名手,信而且达,并世无两。其中《现实·马克思主义文艺论文集》与《高尔基创作选集》两种,尤为皇皇巨著。此外论说,亦无一不佳,足以益人,足以传世。"这则广告,于1936年10月16日、10月20日、11月11日,分别刊于《译文》《中流》和《作家》等刊物上,文字虽短,含义甚深,对著作高度评价,对译者倾情赞誉,既有惺惺相惜之意,亦蕴悲怆痛悼之情,对《海上述林》的问世及其译者的牺牲,都是极为深切的纪念。不过,鲁迅先生已于1936年10月19日5时25分,病逝于上海大陆新村寓所,终年55岁,不仅《海上述林》的下卷他没有看到,就连他亲笔撰写的广告也没有来得及阅读。念之怆然，亦肃然。

　　附记：此篇短文尚未写毕，即乘坐次日早班飞机赴教育部中学校长培训中心参加"领航班"学习活动。终日听课研讨与参观交流，无有暇时。周日休息，醒后靠于床侧，打开电脑，续接前文，终得以完稿。眺望窗外，丽娃河水静静流淌，岸柳轻飏，三五对红男绿女徜徉于河边曲径之上，作私语亲昵状，真美景也。

董桥的怀旧文章

元日佳期，偶有闲情，立足窗前，但见清风摇树，乱花迷眼。手抚董桥随笔集《旧日红》（香港黄子平先生编选，中华书局2012年1月第1版，精装横排，繁体印刷），翻开首篇，就是忆旧怀人之作《老师八十岁生日》。尺幅短小，情谊悠长，诵读之后，感念殊深。

该篇所怀之人物，就是董桥的恩师，即20世纪中叶英国伦敦大学讲座教授刘殿爵先生。时先生执教于伦敦大学亚非学院，才华横溢，经纶满腹，咳唾生香，气宇非凡。尤其是英译注疏的汉学经典著作《老子》《孟子》《论语》陆续出版，好评如潮，忙得企鹅出版社一印再印，重印不断。先生汉学权威之地位如磐石之固，"蔚然成了西方汉学学子书窗下窥探华夏经典思想的青灯"（董桥语）。

当时，董桥游学英伦，朝夕受业，耳提面命，立雪程门。先生既是经师，更为人师，谨严不苟之学风，温文尔雅之范式，得其真传不少。时过境迁多年，犹铭记先生教诲，云"学问之关涉无穷，而一人之精神有限，有所通则有所蔽，详于此或忽于彼,稍形率尔,疏漏随之"。盖学问之道,盛矣哉亦大矣哉,不可不知焉。于此,董桥心灵触动最深,感悟亦最深,尝云:"幸好他那一代学人都活在朴实的学术风气之中,做的是学问,整辈子不必拿现买现卖的知识撑门面,那是造化。到了大学教育慢慢沦为出纳科的游戏的时候,到了大学教授忙着揣摩小宦官的眼色的时候,他们早已经逍遥林下退而休之了,那叫干净。"一声叹息,多少悲欢。江河日下,水流渐窄,纤纤一脉,律动见弱,最是尴尬,也最令人心痛。

慨叹之余,刘殿爵先生之于学生的人文关怀,包括学术方面的指导、思想方面的引领、性情方面的陶冶、人格方面的铸炼等,仍然温暖着后学者的身心,高山仰止,弥高弥坚。

董桥《一纸平安》读后

周日，照例踱进书斋，读书自娱。约十时许，有亲如兄弟者某君打来电话，约为餐聚，并祝生日快乐云。于是猛然醒悟，是日也，为农历乙未年二月初三日，余五十二周岁之诞辰。人至中年之龄，工作繁多，疲于应对，加之双亲需要奉侍，幼弱亦须护育，惟于己身疏于考虑，生日云云，多抛却云端，或置于脑后矣。"这年月，有佳友牵挂，实属幸福之事"。于是，心中一阵激动，略致感激之意；且再三思忖之下，决定携爱妻至行知书局逍遥徜徉，欲购置一部心仪之图书，聊作生日纪念尔。

在书局内逡巡顾盼，得书一册，曰《一纸平安》，香港董桥先生著，海豚出版社2013年4月第1版第1次印刷，32开本，精装，价65元，版式高雅，印制精美；尤其是著者亲笔所题之书名，烫金质地，置于咖啡色的封面之上，更有古朴典雅、大气华贵之韵致，卓然不俗者也。全书收录二十一篇文章，另有彩色插页六幅，均是和文章关联密切的名人书画或文化器物，不仅高雅精致，而且极富文化价值。如钱穆先生于丙午年（1966年）录朱熹《斋居漫兴》，题赠余英时先生的诗作，用笔娴静，真气弥漫,情采深蕴,高雅绝俗,真如旧时明月,不愧鸿儒格调。睹物思人,其情何堪?因此,"先贤清芬,故人雅贶,不敢忘昧"。如谈英国友人伊丽莎白收藏的漆器时,进而写到自家的旧藏清代黑漆嵌螺钿耕织图委角方盒,"只有八点九厘米见方,厚只有两厘米,近处农夫老牛缓缓耙耨,远处红树成荫,农舍数间,一间窗里织女跟窗外村妇拿着络丝在议价,邻家一人提着箩筐走向溪边,小童蹲在岸上汲水,一幅江南秀美春色"(《如月之恒》)。"耕织并重",这是典型的中国农耕文明的象征,从图片上看,此物件小巧雅致,平脱精工,出自晚明艺术大师江千里之手,更具艺术研究之价值。

下午以至晚间,除却晚餐时间外,均斜靠山枕,卧读书册,极尽惬意,实精神之莫大享受焉。董桥确是一位讲述故事与编织文字的高手,文坛趣事、艺苑见闻、藏家风范、书界遗韵,诸多往事旧情,娓娓道来,如话家常。如写 20 世纪 60 年代拜识的前辈夏先生,道:

那年五十上下,高高瘦瘦的绅士,圆圆的玳瑁框眼镜,鬓边泛银,眉毛浅白,两沟法令又长又深,嘴角微翘,不微笑也像微笑。都说他像傅雷,他说样子像没用,学问像才好……一天午后,我陪夏先生经过兵头花园走去他家,走到喷水池边他说他忘了夏太太吩咐他买的药,要我陪他走回中环药房。"不要介意",他说,"节外生枝多走一趟是小说,有条不紊一程到家是论文。"买了药再穿过花园暮色渐浓，花木阑珊，百鸟喧闹归巢，"不骗你吧？"夏先生高兴透了，"看看这满园的契诃夫，多好！"夏先生不到学院里教文学糟蹋了。(《夏先生》)

高古风雅、机趣幽默、智识卓越、风采迷人的夏先生，凭借着著者一支纤细的笔管，被精致地描摹了出来，历历如绘，与读者如临三步。

著者在文章中述趣闻，说风物，品文玩，道得失，怀旧友，念高风，颂懿德，话沧桑，深情贯注，描摹如绘，铅华脱尽，出乎本色。诵读之下，如月色临窗，清风致意；又如天街下雨，润物无声，恬美气息，沁人肺腑。如回忆齐白石先生题自己书房为"甑屋"，转录其横匾上的跋文，云："余童子时喜写字，祖母尝太息曰：'汝好学，惜生来时走错了人家。俗云：三日风，四日雨，哪见文章锅里煮？明朝无米，吾儿奈何！'及二十余岁，尝得作画钱买柴米，祖母笑曰：'哪知今日锅里煮吾儿之画也！'匆匆余年今六十一矣，作客京华，卖画自给，常悬画于屋四壁，因名其屋曰'甑屋'，依然煮画以活余年。痛祖母不能呼吾儿同餐矣！"(《苦雨纪事》)一字一句，皆从肺腑中呕出，深挚动人，珠玑不啻也。写朱自清先生冰雪节操，晚年病困交集，含恨而殁，引述毛泽东文章《别了，司徒雷登》，说其"一身重病，宁可饿死，不领美国的救济粮"后，略加笔墨，点缀其间，道："重病是真的，拒领面粉也是真的，是气节，说朱先生穷得饿死倒夸张了。国家多难，文士清寒，古今常事，遗体装殓，夫人找不出一件没有补过的衣服给朱先生穿，一众学生失声悲哭，那是做老师一生干干净净的光荣和骄傲。"（《好字》）可谓深情贯注，气韵清逸，简洁蕴藉，满纸性灵。阅读着这样的文字，不仅得性情之陶冶，更得品格之砥砺，修身进德之助益。

董桥先生在其文章《夜曲》中曾说："六十年代一些人一些事转眼如梦如幻，夏日看云冬夜听雨偶然想起樽前笑语，惊觉羁马萧萧，古道冷落，杨柳岸边我此生送走了多少渡水人。"繁华过后，金粉飘零，纵然王谢堂前的燕子已在寻常人家翩翩于飞，但是那芭蕉夜雨之中的一池风荷或半墙绮绿，是终生抹不去的忆念，已经浸入其骨髓，流淌于其血脉之中了。更觉得，在紫陌红尘不断袭扰身心的当下，能够沉潜下来，静心安神，远离觥筹，摈弃浮躁，手捧心仪之书，品读畅快之文，惊醒几只儿时的鸥鹭，唤起一湖乡愁的涟漪，以此欢度生日，乃至度过余年，确实是一件惬意而幸福的事情。

漂　　亮

"他呀，人长得漂亮，文章写得漂亮，写的书也印制得漂亮。"朋友这样评价祝勇先生。

仔细想想，确实如此。比如说长相吧，出生于20世纪60年代末期的祝勇，眉清目秀，文质彬彬，身材虽为中等，但由于体态矫健，倒给人以颀长的感觉；尤其明澈的双眸中，偶或飘过一丝忧郁，举手投足之间，透出的是一股书卷味道，是典型的诗人气质，学者风范。

什么样的文章才是漂亮的呢？尽管标准不一，尺度难定，但至少也要具备如下特质：一是思想深刻，言之有物；二是构思巧妙，形式新颖；三是语言清雅，读之有味；四是风格独具，特色鲜明。远一点说，如鲁迅、孙犁、梁实秋、汪曾祺等莫不如此；近一些讲，如董桥、李辉、余秋雨、流沙河等，也略具规制。至于说祝勇嘛，他常常会选择一个最佳的观察角度，对历史与现实、社会与苍生进行细致的考量与冷静的逼视，从变幻莫测的乱象与蛛丝马迹的细节中，寻绎出天道有恒的发展脉络，驱使着如乐符一般律动的美妙灵性的文字，进行着理性的思辨和对灵魂的叩问，给人以心智启迪的同时，亦给人以心灵的震撼。因此，无论从写作内容上讲，或从表现形式上说，他的文章均已具备了"漂亮"一词的内涵，正在形成自己独特的风格与特色。

平常购书时，我的眼光也是有些挑剔的，不光盯住著者与出版社，还注重书名、题签、封面、装帧、版式、纸张等细节问题。书也是具有生命力的个体，如同人一样，不仅要有识见，有学问，有智慧，也要身材适中、轮廓分明、明眸皓齿、衣饰典雅、转盼多姿、清丽脱俗才好。祝勇的书印制得确实漂亮，比如《故宫的风花雪月》，东方出版社2013年12月第1版，32开本，精装印制，拿在手里沉甸甸的，确实典雅精美。当时我就买了三本，一本自存，另外两本作为奖品赠给了两位准备参加高考的学生，至今，两位学生得书之后雀跃欣喜的神情，仍不时地闪现在我的眼前。再如《故宫的隐秘角落》，牛津大学出版社2015年出版，32开本，布面精装，印制得也典雅大方，确实能够归之于"漂亮"的一类。

"这本书是初版本，只在香港印制发行，内地还没有出版呢。"朋友指着《故宫的隐秘角落》说。看来，她不仅和祝勇相当熟悉，还精通版本之学呢。询问之下，果然如此。"周末我就到北京，说好了的，祝勇要陪着我看故宫，特别是那些隐秘的角落，真要仔仔细细地看看。这本书让我带着吧，请祝勇题个签，作为留念。"

多么难得的机会啊！于是，我把书郑重地交到了她的手里。

一周之后的一个午间，当我们约聚在椰城一个小面馆里餐叙时，朋友从包里掏出了两本书：《故宫的风花雪月》与《故宫的隐秘角落》。打开一看，均有祝勇的题签，书页之间还夹有银杏树叶两枚，金黄剔透，望之令人心动。我知道，那是朋友从圆明园银杏大道上亲自捡拾起来的。"《故宫的风花雪月》是我所看过的，也请祝勇题了签，送给你。"朋友轻声说。翻开书页，果然有阅读过的痕迹，圈圈点点，用笔画出的曲线，清晰而悠长。

再次审视着两本书的扉页，忽然觉得祝勇的题签也富有特色：洒脱飘逸，流利酣畅，点捺之间，棱角分明，刚柔并济，结体协和。这样的书法，也是够得上"漂亮"二字的呀！

"天下一高"

高二适先生是当代知名诗人、学者、书法家。其一生与诗书同命，于学问严谨中实，宁根固底，语不犹人，不驰骛浮名；于事则刚正不染，不依违两可，坦荡一生；于友则襟期坦诚，良实忠纯；于后学则为严师益友，堪为一代宗师。一代名宦兼硕儒章士钊先生，因嘉许其学问淹博与人品清雅之故，曾赋诗誉道："天下一高吾许汝，家门月旦重如山。"

高二适为人清贵高格，戆直朴质，狷介自持。20世纪60年代中期，文坛巨子郭沫若先生鉴于南京出土之东晋墓石拓片书体与《兰亭集序》笔迹迥殊，于是断定《兰亭集序》非王羲之所写，高二适则举出种种可靠事实，认为《兰亭集序》确实出于王羲之手笔。当时郭沫若先生社会声望既高，又受最高当局重用，一时炙手可热。在这场关于《兰亭集序》真伪论辩中，高二适冒着为"世人矢的，被人唾噪"之风险，独持异议，写下《兰亭序真伪驳议》与《再驳议》两篇长文，援据事实，坚确指出《兰亭集序》为真非伪。驳文立论精严，字字坚实，切中肯綮，月内两见报刊，四海传为佳话，特为世人所瞩目。

高二适有"当今学者中真正奇男子"之美誉。盖学者而为奇男子，必在学问精深之外，更需一种比学问还要难之品性，即朴实淳厚，襟怀坦荡，憎爱分明，勇于担承。其在与郭沫若关于《兰亭集序》真伪论辩中，曾昌言"吾素不乐随人俯仰作计"，可见风骨之一斑。"文革"前夕，江苏史学会组织开展对史可法之研究与讨论，当时论者因受"阶级斗争学说"与盛赞"农民起义"之影响，多说史可法镇压农民起义有罪，独高二适赞其为抗清之英雄，其功厥伟，可见其不合时宜若此。其恩师章士钊尝著有《柳文指要》一部，时人多有嘉许，一时好评如潮。高二适读后竟发现其中有不少失误，遂摘出二百则，著有《纠章二百则》一卷刊行。其哲嗣于私下悄然问道："章先生是您老师，您怎么能编这样一本小册子呢？"

高二适闻听，慨然作答："吾爱吾师，吾更爱真理。"

于此，说高二适为光风霁月般人物，诚不虚也。

高二适一生痴于读书，以诗书为性命，一日无书则不能生。"文革"时期，其平生多方购置之藏书，悉数被"革命群众"抄家搜罗而去。他惊怒交加，从此落下了心头之病，继而转至心脏病症，之后多次写信给章士钊，请他帮忙索还原书，并直言剖白道："我在电影上（即新闻纪录片——笔者按）见毛主席家中也拥有大量图书，我为什么不能有书？"

当时，真振聋发聩之言也。

高二适书名高于学名，诸体贯通，尤擅草书。其草书能突破前人窠臼，自创一格，将严谨、典雅与飞动熔为一炉，形成独特风貌。其擅用狼毫作书，顿挫随心而运，寓柔而刚，劲健绰约；结体谨严灵动，纵横开阖，险夷相生；布白一气贯通，揖让有序，顾盼多姿。20世纪70年代初期，兴之所至，挥笔书写杜甫《秋兴八首》，笔致古拙灵动，苍劲洒脱，书卷气息浓郁，至今叹为绝唱。据云，高二适尝刻有闲章一枚，云："草圣平生"。又云，其尝在家藏一佳帖上批注道："二适，右军以后一人而已"。其狂放不羁若此也，其平生自信亦若此也。

吴昌硕先生逸事

　　吴昌硕，浙江安吉人，初名俊卿，字香朴、香圃，又字苍石、仓石、昌硕，一作昌石，号缶庐。后以昌硕名于世，多有人称其为昌老者。据云闹太平天国时，全家背井离乡，寓居上海，而其母及妻均死于乱离之中。其书法初学颜真卿，后法钟繇、王羲之，得力于石鼓文，笔力遒劲，气势磅礴；篆刻钝刀直入，苍劲雄浑；擅长写意花卉，受徐渭和八大山人影响最大。由于他书法、篆刻功底深厚，把书法、篆刻的行笔、运刀及章法、体势融入绘画，形成了富有金石味的独特画风。他自己也说："我平生得力之处在于能以作书之法作画。"常用篆笔写梅兰，狂草作葡萄，所作花卉木石，笔力老辣，力透纸背，纵横恣肆，气势雄强，布局新颖，虚实相生；用色上似赵之谦，喜用浓丽对比的颜色，色泽强烈而鲜艳。因其诗书画印博采众长，自成一家，冠于当代，1913年被公推为西泠印社首任社长，是纵跨近现代的杰出的艺术大师。

　　吴昌硕其人也，身短矮小，净面无须，头上盘有一小髻，长年如此，直至终老，仿佛道士一般。因此之故，曾治有"无须道人"印章一枚，以纪其事，颇有幽默自嘲之意趣。据云，吴昌硕不仅幽默，且风趣蕴藉，烟云过眼，毫无挂碍，万事均看得开，放得下。其年近七旬时，曾纳得一位小妾，初时甚欢，状极恩爱，未至两年，小妾竟不辞而别，跟随他人而去。经此之变故，吴昌硕口中念念不已，惆怅悲催者数日。后友人恐其一时想不开，便相约前去劝慰，未及友人开口，他便呵呵一笑，云："吾情深，她一往耳。"友人闻听，殊觉风趣无限，又知其已经释然于怀，遂欢颜握别而去。

吴昌硕不仅幽默机趣，且胸襟之阔达、涵养功夫之深厚，非常人所能及也。据艺术大家陈巨来先生记述，民国年间有一位做书画生意的商人，出示一幅落款为吴昌硕的花卉画作，求其鉴别，其实为赝品无疑，最为可笑者竟将吴昌硕之籍贯安吉，于落款处错题为"安杏吴昌硕"，谬误大矣。然而，此幅画作甫一展示，吴昌硕当即就说："是我画的，是我画的。"画商得意扬扬，春风满面而去。座中有性情率直者诘问道："昌老，'安吉'都写成了'安杏'，难道还是真的？"吴昌硕微微一笑，道："我老了，难免笔误，笔误。"事后，吴昌硕才悄悄对友人说："我也明知其伪，但估人恃贩卖为生，如说穿了，使他蚀本了。认成真的，使他可以脱手，赚几元钞票可以养家糊口。我外间假书画何止这一幅？多这一张，于我无损，于他有益，何乐而不为呢？"有评论者说，如此雅量，如此胸襟，如此慈悲心怀，如此宽容之举，中外古今之艺术家中，几人能够？

吴昌硕酷爱一切美的事物，美食亦在其中焉。尝云自己耳背近乎失聪，友人之间交谈时，也每每提高一些音量，如此方觉得清爽。其晚年喜食零食，子女们忧其食多不能消化，恐伤及脾胃，此时哪怕轻声细语的谈论，他也能够听得真切，急忙声辩自己没有多吃，不必作杞人忧天云云。其晚年，如有人请吃酒席，则每请必到，到必大吃不已，以满足口腹之欲，而回到家中则腹胀胃疼，作蹙眉捧心状。对此，友人多忧之，其子女者忧之尤甚。丁卯年，友人商笙伯先生从家乡带来名食麻酥糖十包馈赠给吴昌硕，其子女唯恐他约束不住自己，嘴馋多吃，仅将一包递交于他，其余的全藏了起来。不料此事被他发觉了，虽然口里没有责怪子女不孝，但心中颇觉不爽，因惦记着麻酥糖，夜半又悄悄起床，取出了两包，全部吃进了肚子里。麻酥糖本来就难以消化，且老年人的肠胃功能已渐次衰减，所以便梗在了胃里，无法消解，竟至一病不起，驾鹤西去，时在1927年11月29日，吴昌硕虚龄84岁。年老垂迈之人，类似垂髫童子，嘴馋好吃即是一例。当代养生家云："管住口，大步走。"此延年益寿之良法，惜乎吴昌硕先生不知也。

最后的贵族

非凡之人，必有非凡之举，中外今古，概莫能外。被当代人称为"最后的贵族"的康同璧女士，于此可称典范。

康同璧是清末维新派领袖人物南海康有为的次女，自幼聪慧颖悟，因养于深闺，故而显得柳质柔弱。戊戌变法失败后，康有为被迫抛家别舍，亡命天涯。慈禧太后见一时逮不着康有为，便迁怒于康有为家人，严令不许康家滞留京城的其他人出城。1901年，年仅18岁的康同璧从一张日文报纸上看到父亲辗转流徙印度的消息，实在按捺不住思念父亲的情愫，决心排除困难，万里寻父。次年春天，在亲友的暗中帮助下，这位弱柳一般的妙龄女子，女扮男装，只身一人偷偷地逃出了壁垒森严的紫禁城，沿着唐代玄奘西天取经的古道，踏上了万里寻父的漫漫路途。她潜出京城后，走居庸关，穿大同，经潼关，过兰州，沿河西走廊进入新疆，跋涉至喀什格尔，翻越葱岭帕米尔，再折转南下，直至印度与父亲相见。当时，英国以及印度的报刊都竞相报道了她此次长途跋涉、只身寻父的惊人之举，一时成为名满天下的人物。就连当时的文坛领袖梁启超也在《饮冰室诗话》中惊赞其"以十九岁之妙龄弱质,凌数千里之莽涛瘴雾,亦可谓虎父无犬子也"。

在梁启超的眼里,康同璧"研精史籍,深通英文",诗词造诣尤佳。康同璧在留居印度期间,曾陪同乃父游览佛教圣地舍卫只林遗址,见昔日辉煌之所,竟然"坏殿颓垣,佛法已劫",不禁感慨系之,口占两绝,云:

舍卫山河历劫尘,布金坏殿数三巡。
若论女士西游者,我是支那第一人。

灵鹫高峰照暮霞,凄迷塔树万人家。
恒河落日滔滔尽,只树雷音付落花。

这两首诗作,情感激越,顿挫有致;更因了梁启超的赞赏与推崇而传播久远。直至新中国成立之初,当国家领导人毛泽东第一次见到康同璧时,一翘大拇指,脱口而出:"我是支那第一人!"

晚年的康同璧孤独地居住在北京城内,和她的同时代的人一样,处于"文革"的苦雨凄风之中,难免椎心泣血之痛。但是,那份高贵、矜持、华美、尊严与修养,仍然保持得那么得体,那么完美无缺,真真不愧为康南海的后裔,不失为现代中国的"最后的贵族"。君若不信,就请读一读章诒和女士的著作《最后的贵族》吧,香港牛津大学出版社2004年版,那里面有着生动而又翔实的记述。

周日凌晨,翻阅《梁启超全集·诗话》时,因有所思,信手记之。夜风送爽,毫无睡意。

《百年心事·卢作孚传》题识

"卢作孚是谁?"在我的朋友圈中,有多位年轻的或不算年轻的人,经常这样问我。望着他们清澈明亮的或深沉幽邃的眼睛,每一次,我的心中都有一种隐痛的感觉。

我以为,卢作孚先生实在称得上20世纪中国的卓越人物。且不说其经济才干、管理才能与组织协调能力,时人之中罕有出其右者,仅其家国情怀、云水风度以及毁家纾难之壮举,亦足以福佑华夏者久矣远矣。遥想当年,抗战军兴,日祸深重,烽火燎人,东北沦陷,华北沦陷,华东沦陷,国家危亡,民族危亡,文化危亡……于此中华民族存亡艰危之际,卢作孚先生基于民族大义与人类正义,不计个人利害得失,倾其民生航运公司之全力,冒炮火,历险难,争时间,抢契机,将一批批国民党军政要员、学术专门人才并大量抗战物资与设施设备,沿长江水路,抢运入川,为持久抗战积蓄战略力量,做出了非凡之贡献。此行为也,不啻解民族之倒悬、扶危巢于将倾之行为也,实为华夏一族血脉文脉之延续而厥功至伟焉,非大情怀、大胸襟、大气魄者,能为之乎?惜哉卢作孚先生于1952年,因诸多事情不能伸怀,壮岁辞世,至今成谜。命乎?运乎?天意耶?人事耶?直令人扼腕而叹息者再再!

今人清秋子先生,乃卢作孚先生之长外孙,早岁虽曾经历动荡岁月,清苦自守,多有磨难,然颇立志气,饱读诗书,穷且益坚,老而弥笃,多年以来以寻觅搜求其外公卢作孚先生之遗文遗存与公私事迹为务,访谈亲友,鉴别文献,笔录不辍,琐屑必采,不舍涓细,汇成汪流;后又拾遗补阙,数次增删,十年一剑,熠熠生辉,终于成就了此皇皇巨册,铭刻前辈不朽之功业,扬誉先贤伟大之人格,大有补于世道人心与文化事业也。

海南中学乃琼州名校,百年学府,师生五千,弦歌为乐,重视教化,推崇清流,适逢"衍林讲堂"之开创,意在延请社会贤达与学界耆尊,传道授业,解惑人生,布达真理,启迪智慧。其首次讲座即诚邀清秋子先生莅临赐教,述该书撰述之经过,明人生价值之要义,扬社会贤良之美善,挞阴暗卑陋之丑恶,壮怀励志,砥砺品行。清秋子先生慨然允诺,舌耕多时,听讲者无不心有戚戚,感怀不已也。于其讲座之后,又以此书请其签名题赠,亦文人风雅之情怀也。

近来忙碌,鲜有闲暇,辄想笔记此事,以作纪念云尔,然屡记屡废,难成章句。今日周末,推却酬应,书斋清静,信手于上。虽时过两月有余,然默而思之,感念之情怀一如当时也。

明斋草于丙申年四月初八日，寂寂人定时刻。一弯新月，斜挂天际，清风摇树，淡云缓飞，真恬静适意之人生也。

❈ 夕阳西下，微飔吹衣，访得久觅方得之书，挟之而归，是人生一乐也！

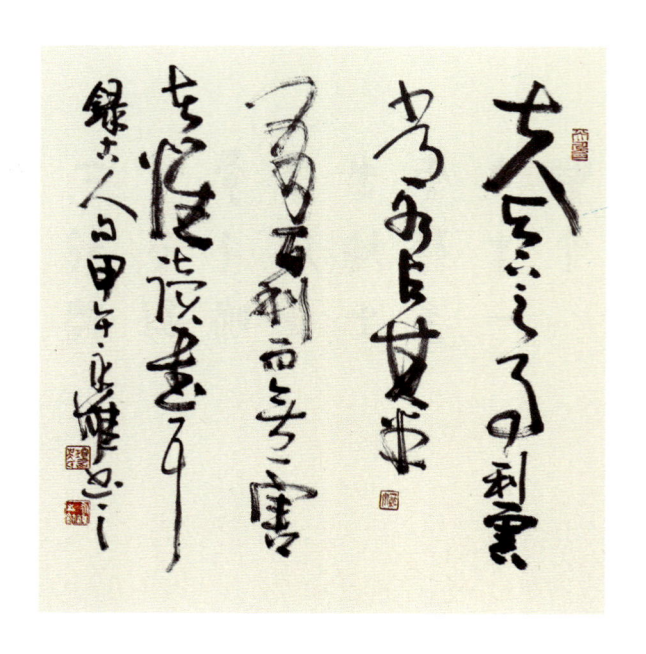

❇ 夫天下之事，利害当各占其半，有百利而无一害者，惟读书耳。

❈ 读一篇畅快之文，宛见山清水白；吟几句经典诗句，如观岳立川行。其中真趣，惟可与智者道也。

❋ 静能生风，书可纳凉，沉潜其间，暑气顿消，心有感触，随手记下，此《明斋消夏录》之由来也。

❉ 文不可苟作,须从肺肝中流出。如此方能感乎人心,传之久远。

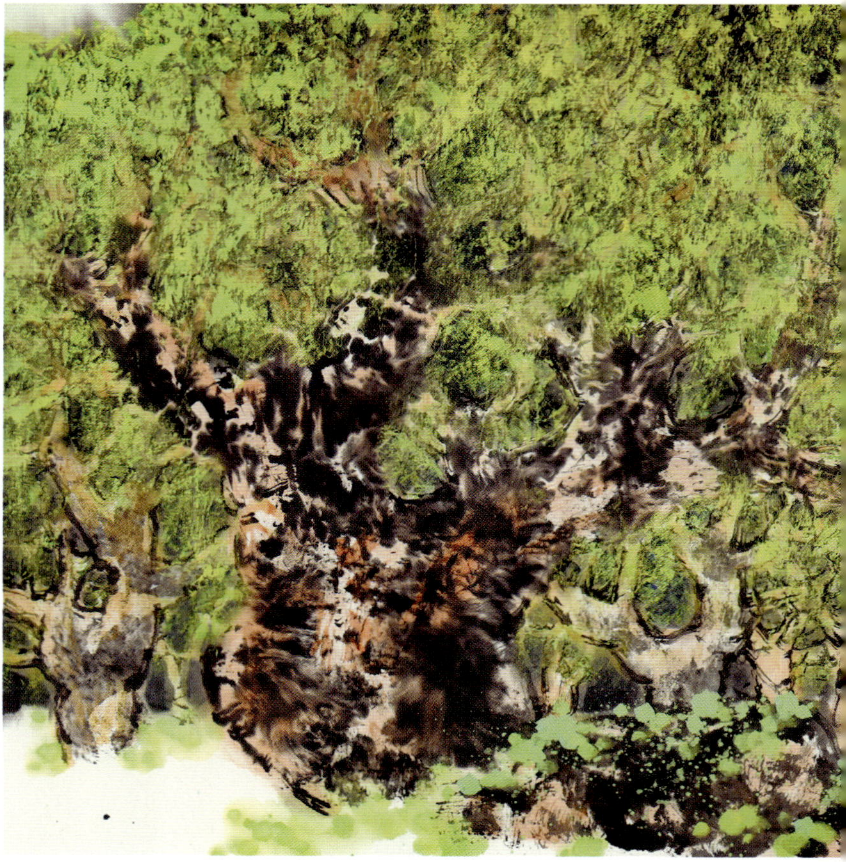

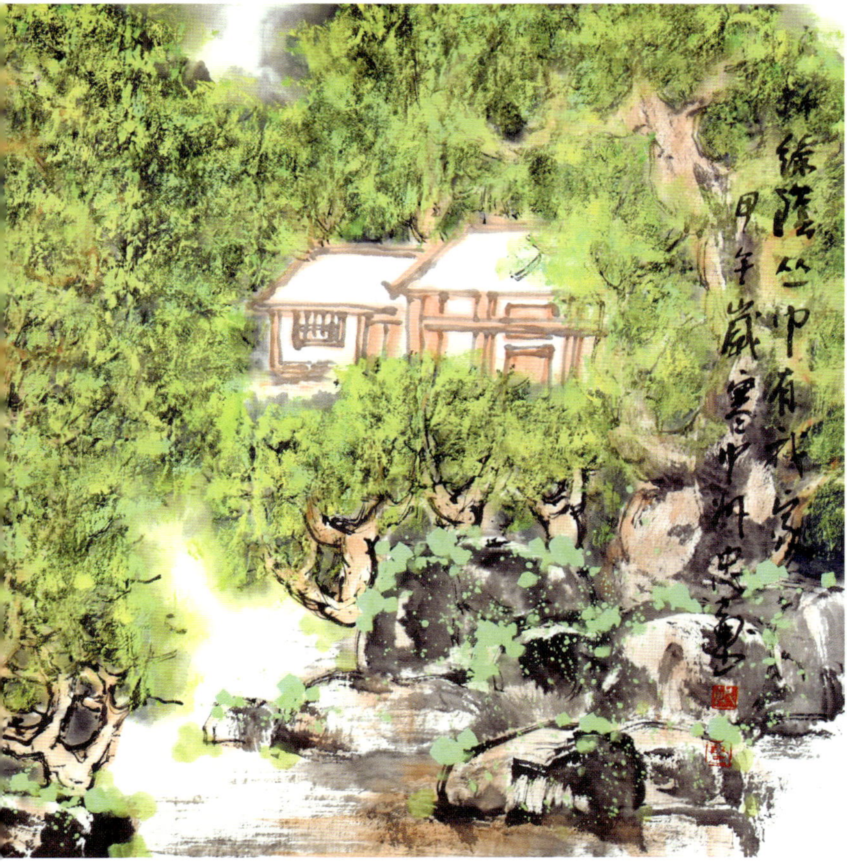

✳ 书斋数楹，环以竹篱，杂植花草。旁侧溪流潺潺，奔竟而下；溪旁青山巍巍，曲径蜿蜒。柴门常开，佳友时来。春暖秋凉之日，可观书观鱼；风清月白之夜，可品酒品茗。

❈ 读伍立杨先生文字，有痛快淋漓之感，恰如酷暑难耐之际，饮一杯冰镇的果汁甘露也。

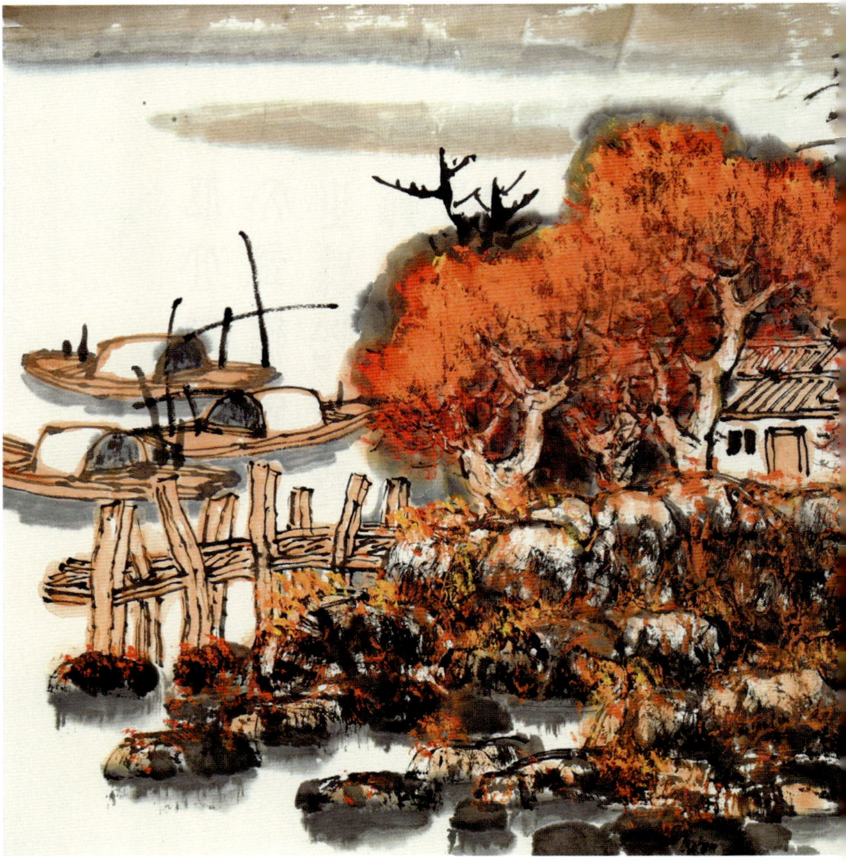

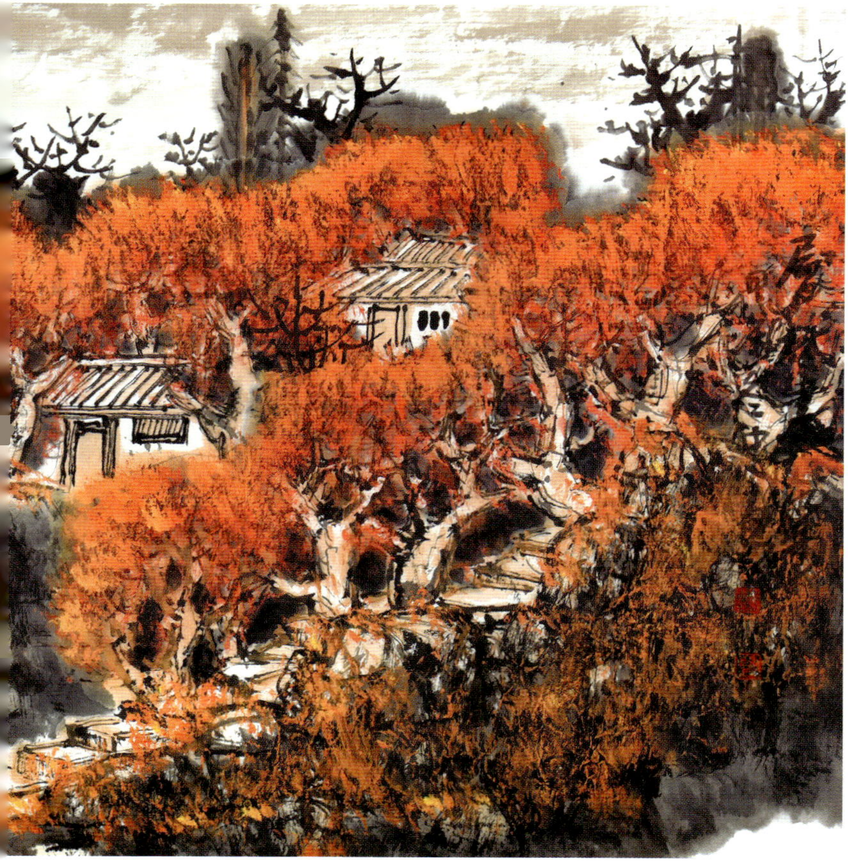

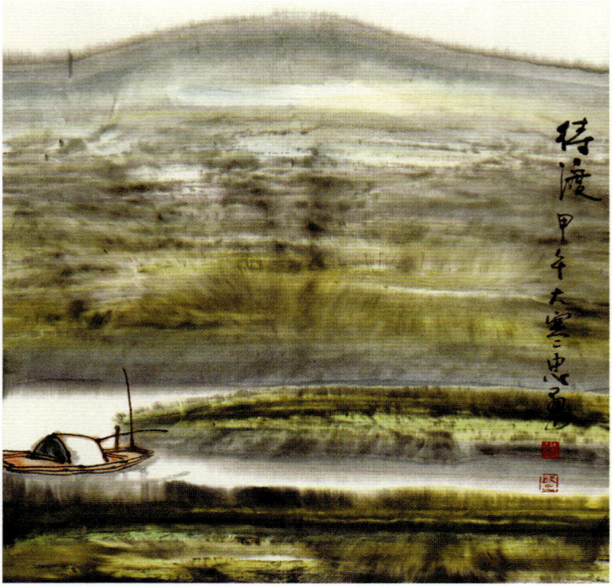

待渡
甲午大寒

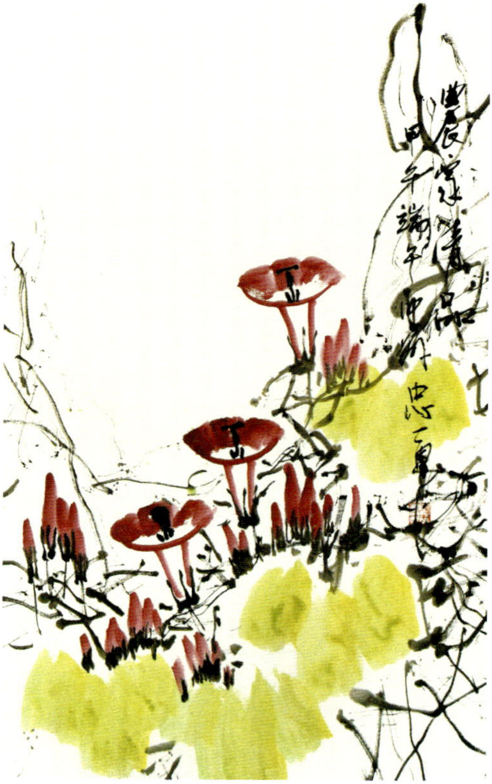

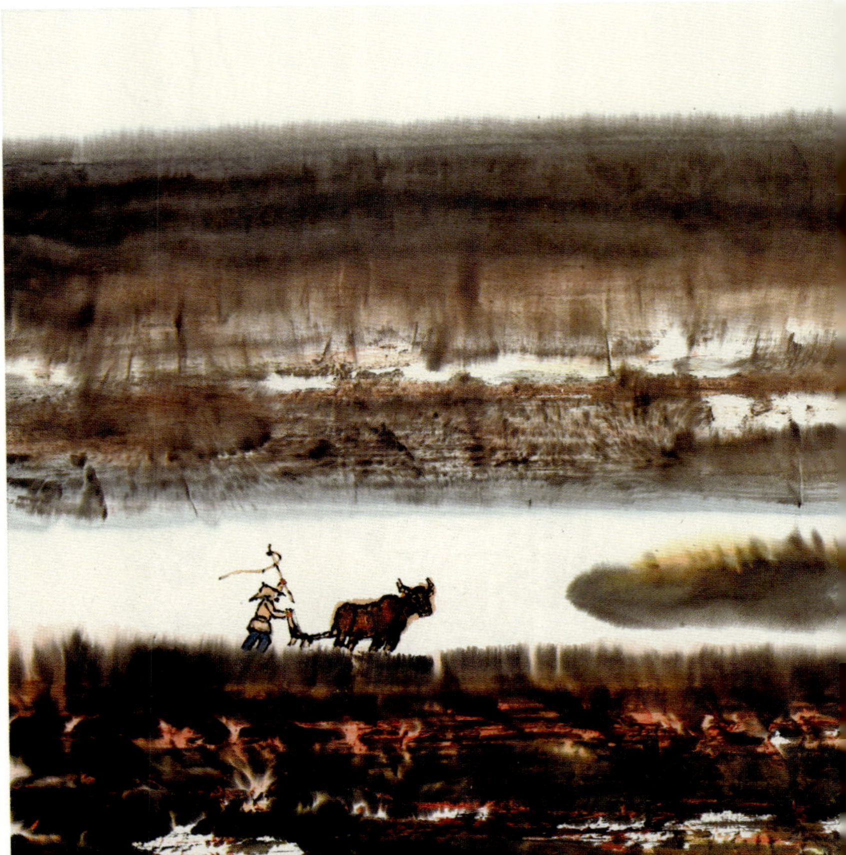

牧耕

甲午岁寒客海南写斯图中忠汌花甲初度

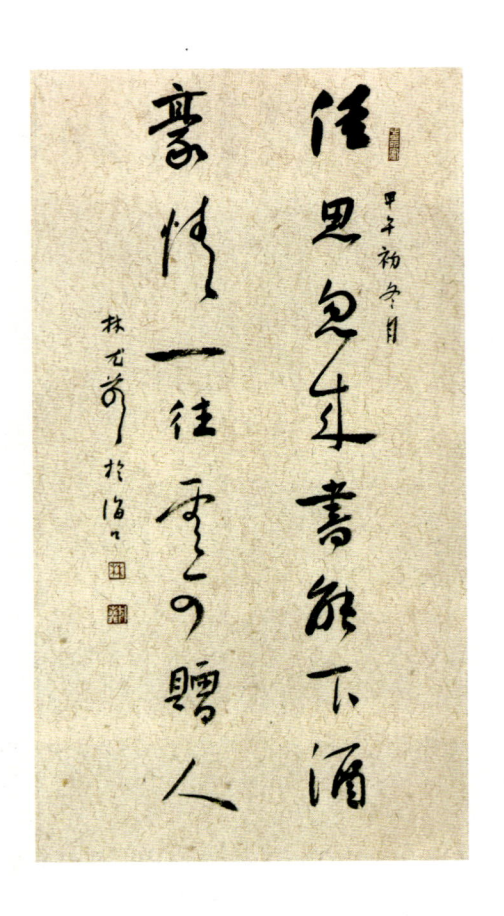

❋ 佳思忽来书能下酒,豪情一往云可赠人。

游鲁迅博物馆并得《品味书简》略记

京华风物,冠盖华夏,每一次徘徊其间,吐纳其芳馨,均受益良多焉。

去年八月二日,出差京华期间,得半日之闲,遂携友人前往鲁迅博物馆(下简称鲁博)参观。炎炎烈日,挥汗如雨,而鲁博院内绿树成荫,清幽静谧,游人三五,轻移纤步,指点讲述,均作细声,恍然如入迷人之梦境一般;尤其是鲁迅先生所手植丁香树两棵,郁郁葱葱,枝叶茂密,微风过处,飒飒作响,似闻先生吟哦之声,更有仙乐盈耳之趣,信可乐也。绕至后院,虽然枣树两株已不见了踪迹,但旧井一孔依然存在,刺梅数丛枝叶凝碧,显得生机勃勃,而绝无沉寂寥落之气象也。隔着"老虎尾巴"之后窗玻璃,仔细观瞻先生工作与生活之逼仄空间,但见一桌一椅一木制卧榻而已,至为简陋,而藤野先生馈赠之小照并书画三两幅依然挂于墙上;"望崦嵫而勿迫,恐鹈鴂之先鸣",先生请乔大壮所书《离骚》联语,格外引人瞩目,且使得整个房间弥漫着人文气息,氤氲着艺术氛围。暗暗忖之,就是在此隘陋之居处,先生于授课讲学之余,不仅就着三更灯火，挥笔写下了《野草》《彷徨》《华盖集》《朝花夕拾》等不朽著作，而且还伴着皎白月光，培育出了一份刻骨铭心的情感，可见先贤所谓"人杰地灵"之说，诚然信然，不我欺也。徘徊树下，驻足庭院，瞻望顾盼之间，但觉融融温馨，充溢心怀，不禁有神驰意飞、翩然尘外之感。

先生故居对面，便是鲁博书屋，专门经营鲁迅研究并人文学术类著作。虽然仅有十余平方米，但图书排列整齐，摆放井然有序，品位高迈，博雅可观，从中可见书屋主人之格调胸襟并气度才情，实在超于俗人，卓然不群者也。曾经多次过访，可谓轻车熟路，浅浅一笑，算是招呼，目光逡巡书屋，则见书桌前面有一男性长者端坐于斯，手握笔管，认真题签，落款钤印，神态悠然。悄然询问之下，则知是著名作家并收藏大家方继孝先生，应书屋主人邀请，携新著《品味书简》百余部，作题款签名焉。顿时，心房微颤，喜上眉梢。

或问：所喜者何？盖方继孝先生，长期供职于中华总工会，执掌一部门之要津，勤勉敬业，待人热诚，朋友达于四海，口碑树之域中。工作闲暇，博雅好古，研治文史，钩沉邃密，尤以收藏近代以还名人书札之成就为巨，海内闻名，传诵一时。曾著有《旧墨记》一套六册传世，百万余言，皇皇巨著，图文并茂，一印再印，风靡学界，颇有影响。三年之前，托书屋主人福缘，尝购得方继孝先生签名本《旧墨记》三册，拜读之后，受益良多，久仰大名，无由亲炙，不意今日得以相见。虽属邂逅，实则缘分，此欣喜之由来也。

时当正午，恰在餐时，遂请鲁博馆长黄兄出面，邀约方继孝先生共进午餐。席设金狮林饭庄，全是中原地方风味，虽无山海珍馐，然一点一品一汤一菜，也算精心烧制，煞费匠心。席间，大家兴致勃勃，畅谈甚欢，从《品味书简》一书之撰构谈起，继而谈及收藏界诸家之往事，以至鉴赏之得失，淘宝之雅趣，拍卖之甘苦，典藏之经验，并育儿心得，家长里短，地方风俗，交友之道，文史钩沉之乐，探幽发微之快等，菜香伴着书香，可谓津津有味者矣。饭后茶余，尽兴尽欢，再次回到书屋，接续未完之工序，遂有签赠本《品味书简》焉。方先生于题签之时，选定笔墨后，便正襟危坐，提笔运气，略一思忖，一挥而就，然后又选出印信与闲章数枚，逐一钤盖，端肃认真，一丝不苟，从中亦可见其为人与治学，必是态度谨严，勇于担当者也。

京城归来，又历数日，周末得闲，摩挲书册，觉得纸质可感，书墨馨香。信手披阅，更觉版式设计典雅大方，四色套印精美无比，内容充实丰盈，文笔流畅清新，真乃不忍释手，咀嚼有味，不可多得之好书也。该书之副标题为"名人信札收藏十五讲"，从书信名称演变讲起，其书信之起源、邮寄、种类、古今称谓、程式礼仪、语言色彩与避讳、书写材料与工具、表情达意、文献价值、艺术价值、收藏保管、玩赏鉴别等，一一道来，条理清晰，畅达明辨，无疑就是一部严谨的书信发展演变与鉴赏史，具有极高之学术价值；再加上著者收藏繁富，例证俱实，叙论之中，间以图录，纵横捭阖，俯仰可观，作为艺术珍品欣赏亦无不可。且著者在钩沉史料之时，每每点到为止，善于留白，启人心扉，耐人寻绎，若读者能够循着草蛇灰线穷究不舍，则会发现森森巨木之上，或有旁逸斜出者，令人心生感发，有所丰获焉。大家之作，往往如是，抚摸书册，感喟难已。

　　草于周末午后，从明斋眺望远处，但见阳光灿烂，白云如絮，椰树高耸，枝叶不动，真暑热难耐也。

方宽烈:"与时间抢书"的人

香港方宽烈先生是诗人,作家,文史专家,一生著述繁富,出版了有着广泛影响的著作十余部,另有诗集传世,在读者群中颇有美誉。

编辑家古剑先生曾评论道:"他前半生用情于情用情于诗,后半生用情于史料用情于写作。"客观公允,可作定评。比如说"用情于诗",皇皇专集《涟漪诗词》就是其呕心沥血之作。他的诗意象生动,节奏鲜明,不仅唯美,且有着凄美的味道。如1986年4月,他重游阳明山时,见芳菲委地,落英缤纷,心有戚戚,即兴吟诵道:

为何苦恋没有花的枯枝,
为何不趁早欣赏她的旖旎,
而今花瓣经已化为春泥,
你却依然呆在这里!

——《留恋》

诗人总是较常人更为敏感，也更容易伤怀，善于捕捉飘忽于心头的意绪，把深沉而抽象的情感写得空灵而具体，这也是他的擅长。如《惆怅》一诗，这样写道：

有一点冷意凝在心头

季节已近初秋

谁教我独自登楼

薄薄的雾

淡淡的愁

花瓣儿飘然引坠

像皂泡样轻

像春梦般柔

雨丝何必妒忌

化作尖锐的刺

戳破可怜的梦

织成怨恨交错的帘幕

把那幽幽的心窗罩住

冷意依旧凝结

梦魂依旧荡漾

楼上的人儿呢

依旧在惆怅

用"薄雾""花瓣""皂泡""春梦"等一连串的意象，譬喻惆怅难抑的心绪，化抽象为具体，可观可感，可触可思，读后，不禁令人幽思绵缈，微澜迭涌，掩卷叹息，情怀悠悠。

"用情于情"，概括地说出的是诗人年轻时期的浪漫际遇：年轻时，他从澳门、香港到台湾，从中国到日本，都有女友伴随，不乏红袖添香。这是诗人的情怀与性格使然，也是诗人的人格魅力使然。一次次的美妙际遇，丰盈着诗人的情怀；而充沛的情怀，又催发出一首首唯美的诗篇。

方宽烈先生不仅是诗人，也是史料专家，是研究叶灵凤的知名学者，其编著的《叶灵凤作品评论集》和《香港文坛往事》，最能见其钩沉史迹，从繁杂纷纭的迷雾之中去伪存真，从纷乱无序之中剥茧抽丝，最终还原史实的功力。特别是为叶灵凤的汉奸之说辩诬，他广泛搜求，拣金淘沙，找出了日本军部列叶灵凤为国民政府特工的文件档案，极具说服力。方宽烈还是研究郁达夫的专家，著有《郁达夫诗词系年笺释》一书，注重史实，秉笔而书，剖析深刻，最为难得。他在《郁、王情变的分析》一文中，曾这样写道："（王）映霞性好动，喜热闹，独守空闺，正像李清照所说：'守着窗儿，独自怎生得黑！'虽然表面上无可奈何，但自也心有所憾，愤愤难平。于是遇上年少翩翩、季子多金的许绍棣，就自然地'风雨'一番了！"手追心音，"真诚"为文，看似易，实则难。因而，他的文章不独资料翔实可供后学参考，还带着逼人的正义和浓浓的感情，让人与之共鸣。

方宽烈先生晚年身患重症，当他得知实情，经过一番理性思考之后，断然拒绝主治医生与亲友的劝慰，决定放弃住院治疗，回到家中，强忍痛苦，坚持笔耕不辍。始以每日两千字，后因体力不支则以每日数百字，艰难地撰写出了最后一本学术专著《香港文坛拾遗》，并称之为"与时间抢书"。到了是年9月5日，他校毕"拾遗"书稿之后，从容地交代完后事，对前来探视的红颜知己说："我累了，想睡一会儿，你且先回去。"

然后安然睡去。这一睡就再也没有醒来，安静地离开了世间。

活得充实丰盈，死得宁静洒脱。生如夏花之绚烂，死如秋叶之静美。这是人生的大境界，也是人生的大格调、大情怀。

> 周末观书于明斋，看到方宽烈先生生前致友人书札数通，诵读之下，意绪悠远，信笔记之。

怪僻之人,则多有惊世之举

当代艺坛名家何怀硕先生,少年启蒙于武汉,青年求学于台北,之后转赴美国,攻读学位,学成归来,供职教坛。足踏海峡两岸及港澳地区,手握如椽之笔,书画俱佳,著文尤妙。先有文苑巨擘梁实秋先生倾心叹赏,继之诗界圣手余光中先生赞誉有加,四海传为佳话,五洲皆作美谈,一时有"前路皆知己,天下尽识君"之慨,何其壮观且风光也。

虽然如此,亦不免有人腹诽之并加以揶揄焉。说何怀硕先生"孤傲自赏","不甚合群","独来独往,我行我素"。总之,一怪僻之人也。并例举一事云:1985 年夏,苏南成履新高雄市市长。为了彰显政绩,制造声势,下车伊始,就遍发笺帖,广邀台湾艺术家参加其所谓"千人画展"。诸多文人艺人,竞相夸耀,趋之若鹜,而何怀硕先生却丝毫不为所动,拂却情面,拒绝邀约,倡言道:"艺术又不是搞群众运动!"世人多有侧目者。

对此,何怀硕先生在致友人的书札中,吐露衷曲:"文坛中人认识我者多,我认识者反少。因我全不应酬,平素甚少与人见面，可谓足不出户，因为在我，每苦时间短缺，故不大与人来往。"（古剑著《笺注——二十作家书简》第154页，河南文艺出版社2015年9月第1版第1次印刷）设身处地地为何怀硕先生着想，此言确实在理。盖一个人的时间与精力总是有限的，做好自己的本职工作已属不易，那么，在本职工作之外，还要兼顾自己的爱好与兴趣，且期许高远，欲有所建树，则只能集中精力，分秒必争，抓住闲暇，苦中作乐了。若一个人玲珑八面，照应四方，既想在业务上取得辉煌成绩，又想当一个社会活动家，今天出席这个酒会，明天光临那个仪式，剪彩揭幕，推杯换盏，不仅分身分心，身累心累，而且注定其一生无有大作为、无有大出息也，顶多做一个鸡肋似的政客而已——"食之无味，弃之可惜"耳。

前几年百花文艺出版社曾出版过"怀硕三论"一套，在读书界影响甚广。何谓"怀硕三论"？即何怀硕先生倾力撰写的人生论、艺术论、画家论三部学术著作，具体而言，就是《孤独的滋味》《苦涩的美感》和《大师的心灵》三部皇皇巨著。前两部觌面无缘，最后一部幸而购置了一册，披览之下，真心服膺。且不说其评点之精要、分析之剀切、引述之广博、语言之典雅，仅是从百年以还艺术大家中经过反复筹筛、比对取舍之后，仅得十家，又经过一番剔除瑕疵、务求精粹的选择功夫，最后确定评论对象为八大画家，亦可见其眼光之独到，取舍之严谨，标准之高远，可谓不媚不俗不苟之经典著作矣。此八大画家云谁？曰任伯年、吴昌硕、齐白石、黄宾虹、徐悲鸿、林风眠、傅抱石、李可染也。至于张大千辈，虽为名家名流，某一时期也炙手可热，声望达于天聪，竟不得列坐其间，其画其人，个中因由，颇有可思量斟酌之处也。故曰：何怀硕先生其书画可赏，其著作亦足可观焉。

"大行不顾细谨，大礼不辞小让。"这种道理，连屠狗宰猪出身的樊哙都能理解，现如今却不能为号称时尚人物者所接受，真不知道是文明的衰落，还是社会的进步。何怀硕先生之所以能够创造，是因为他善于汲取。他在致友人的书札中说，当其阅读西塞罗的著作时，"心中怀着崇敬与仰慕，如果什么事都不做，光读上等文章也可使我快慰无比"（古剑著《笺注——二十作家书简》第161页）。这大概是其最切身的阅读体验，我以为。对此，古剑先生评论道："全身心放在读书绘画写作上的人，哪会把时间放在应酬交际上浪费光阴！行事不必看人脸色，以求自己的大自在，自然会被人看作孤僻、傲慢，是怪人。若没有这个'怪'，他也不可能成为今日的何怀硕了。"（引文同上）明斋曰：偏激往往是深刻的别名，孤傲怪僻或许恰是坦诚率真的注脚；怪僻之人，则多有惊世之举。对此，先贤也有同感，尝云：人之无癖不可与之交，盖其无真性情也。信然。

  晚间闲暇，观书明斋，偶有感怀，信笔涂抹，亦心迹之袒露，岂顾妍媸哉。

《笺注——二十作家书简》读后

《笺注——二十作家书简》，香港古剑先生著，河南文艺出版社2015年9月第1版第1次印刷，32开本，列为"采桑文丛"第一辑中。此书为毛边本，封面设计颇为别致，即在寻常的封面上，又粘贴上一块硬纸板，抚之有凹凸不平之立体感，风雅之至。

古剑，原名辜健，当代知名作家，编辑家。抗战时期出生于马来西亚，后随父母回国，20世纪60年代初期于华东师范大学毕业后，分配至华侨大学中文系任教，不久移居香港，先后出任多家报刊主编，曾任香港作协副主席。多年以来，古剑稳坐香港文坛之主要席位，足踏海峡两岸及港澳地区，得天时地利人和之便，与学界精英并作家名流多有联系，翰墨书缘，交谊交往，鱼书尺素，鸿雁达意，遂将一腔赤诚情感凝聚而成可堪咀嚼终生的甜美回忆。此书选取了汪曾祺、戴厚英、顾城、蔡其矫、聂华苓、沙叶新、林海音、钱锺书、贾植芳等二十名现代作家的往来书札，钩沉往事，加以笺注，既是翔实可征的文学史料的结集，又是作家作品并其人品与情怀的勾勒写意。当事之人，所知甚详，信笔写来，圈点适度，加之著者襟怀磊落，格局恢宏，性情敦厚，笔底温婉，所以文字清新，耐读耐品，饶有趣味。如评论汪曾祺的小说，赞其具有抒情味儿，且"白描而多姿，素朴而见风华，文字简洁，淡而有味"，达到了很高的境界；并记载汪曾祺曾"寄赠一册《晚饭花集》和一张画，此画甚有趣味：梅枝上伏一松鼠，瞪大眼睛专注下望，题：'八五年十一月二日晚炖蹄髈未熟作此寄奉古剑兄一笑。汪曾祺六十四岁'。那只松鼠瞪大眼望的不正是未入画面的蹄髈吗？意在画外，令人莞尔"，可谓评述允当，描摹传神，堪称汪老知音。

又如，著者于1992年主编《华侨日报》文艺周刊时，为该刊取名"文廊"，并托汪曾祺邀请擅长书法的名作家题写刊头，每期换一个，"不但是展现名家的才艺，还有新鲜感"。主意实在高明，但操作起来确有困难。不久，汪曾祺将自己题写的刊头寄到了香港，且随信写道："《文廊》字写好。可以不用署名，我怕万一要署名，乃署了一个。不用，即可裁去。你要我介绍名作家写刊头，我简直想不出。端木蕻良字写得不错。李凖字是'唬人'的，但还可以。邵燕祥字颇清秀。上海的王小鹰能画画，字不知写得如何。贾平凹字尚可。贵州的何士光的字似还像字。王蒙的字不像个字，但请他写，他会欣然命笔。我觉得此事颇难。"果如汪老所料，"后来因收到的字，水平参差不齐，最后谁的也没用"。光阴易逝，时间催人，汪老信札中所列举的诸多名家，至今或驾鹤西去，或封笔待老，驰骋文坛者已属寥寥，由此保存文坛一段往事，今日读来颇觉珍贵。尤其在此信札中，由字及人，一一评点，虽然鲜有明显的臧否之语，实亦委婉地吐露出了情感款曲，细细体会，亦有妙趣。阅读这样的文字，不仅可以了解当时文人文坛之具体情状，也足可给予后学者以深刻启发：写字虽属小技，其关乎个人名声与学养者，亦大矣哉，不可不慎之。

　　该书十二万字，断续读来，约用一周时间。阅读期间，恰逢每年一度之高考会考，社会高度关注，而作为主考之一者，自然压力不小。为了弛放身心，晚间得闲，读书自娱，断续相接，亦有意趣。

　　据云，今年高考之作文题目，为考查学生语文素养获得之途径，一为课堂学习，二为广泛阅读，三为综合实践。余以为三者之间不可偏废，课堂学习得其方法，广泛阅读得其精髓，社会实践得其应用，又于应用之中不断汲取时代精神使其日益提升也。可知阅读亦是其重要一途径耳。实在地说，阅读是一种雅致的生活方式。生活静好，读书趋雅，心境充实，精神愉悦。如此妙处，非有亲身经历者，难以体会，亦难以享受也。

　　又至周末，摆脱酬应，趋步来到书房，观书品茶，消遣时光，颇得生活真趣。该书为毛边本，边读边裁，古趣盎然。临窗而坐，时当正午，举目远眺，见祥云飘浮，绿树临风，金福路上车流滚滚，人忙我闲，真堪慰怀也。

京剧唱词

中国戏剧中，唱腔优美、做工细腻、文辞典雅者，历历可数。现代京剧中，以《沙家浜》最擅名场，记得四十年前，陪侍家严到剧院听戏，大幕甫一拉开，郭建光英气勃勃，精彩亮相毕，一曲"西皮原板"，"朝霞映在阳澄湖上，芦花放稻谷香岸柳成行。全凭着劳动人民一双手，画出了锦绣江南鱼米乡"，直唱得少年人热血沸腾，情愫洋溢。中场"智斗"一节，漂亮聪慧的阿庆嫂针对刁德一的诘难，所唱的一曲"西皮流水"，"垒起七星灶，铜壶煮三江。摆开八仙桌，招待十六方。来的都是客，全凭嘴一张。相逢开口笑，过后不思量。人一走，茶就凉，有什么周详不周详"，更是字正腔圆，有回肠荡气、余音绕梁之妙。当时只记得演员扮相清丽英俊，唱腔优美动听，私下里崇拜了好多年。好多年以后，阅尽人世沧桑，才知道一部传世的戏剧，最为重要的是要有一个好剧本。从此，也就记住了汪曾祺先生的名字，并成为一名汪迷汪粉，至今犹是。

老派京剧中，尚有一些经典戏剧竟不知其原创为何人者，盖历代艺术家口耳相传的过程中，经过他们的不断锤炼与艺术加工，以及当时文人雅士们的反复润饰，才得以臻于妙境，直至炉火纯青，巧夺天工。如《二进宫》一剧，为纯粹的唱工剧，须生、铜锤、青衣在舞台上相互争胜，在唱工上一浪高过一浪，直至高潮迭起，才能吸引台下听众，最终抓住人心。民国年间，京剧艺术家余叔岩先生演出此剧时，饰演须生杨波，其中的一段唱词就是名票张伯驹先生润色的，据说经过余叔岩的唱腔处理，只觉得抑扬顿挫，声声入彀，优美动听，非具大魄力者莫能及此。可惜，年代久远，往事如烟，当时没能录音录像，绝代风华，也只有从模拟仿佛中得到了。

虽然如此，剧本尚在，文字犹存，吟诵一番词句之后，也能感到唇齿留香，馥郁四溢。余叔岩的这一大段唱词如下：

吓得臣低头不敢望，
战战兢兢启奏皇娘。
臣愿学严子陵垂钓矶上，
臣愿学钟子期砍樵山冈，
臣愿学诸葛亮躬耕陇上，
臣愿学吕蒙正苦读寒窗。
春来桃李齐开放，
夏至荷花满池塘，
到秋来菊桂花开金钱样，
冬至蜡梅带雪霜。

弹一曲高山流水琴音亮，
下一局残棋消遣解愁肠，
书几幅法书精神爽，
巧笔丹青悬挂草堂。
臣昨晚修下了辞王表章，
今日里进宫辞别皇娘。
望国太开恩将臣放，
学一个清闲自在，散淡逍遥，无忧无虑，无是无非，
做什么兵部侍郎，臣要告职还乡。

该剧典雅优美，清丽脱俗，平仄相叶，阴阳和谐，称为国粹，诚然洵然。绝不像某些剧作诗作，粗制滥造，俗气熏天，令人望之掩鼻，不忍目之嗅之也。

对此，张伯驹先生本人亦叹其为平生得意之作，至晚年仍津津乐道，并赋诗以做纪念，云："二进宫辞久少传，秋冬春夏数花妍。渔樵耕读名人事，书画琴棋更唱全。"其事载于《红毹纪梦诗注·补遗》第十一则。爱好京剧者可深究细研之。

读《蔡其矫书信集》随记

《蔡其矫书信集》里，收有诗人蔡其矫先生致香港作家、编辑家古剑（辜健）先生的信札二十封，谈友谊，谈游历，谈创作，谈思想，谈诗友，谈文学与政治的关系等，一如诗人的性格，均赤诚相待，率意而发，直抒胸臆，臧否无讳。其中，谈得最多的，还是对诗歌的认识与创作体会。

诗人于20世纪70年代末，在致古剑的一封信中写道："要能经受时间和空间的考验，诗只能求质不求量。思想和感情是分不开的，首先思想必须是真实的思想，然后才能使读者感到作品的真实感情。"1983年3月3日的信中，诗人又写道："诗和时代的关系，不能从政治上去看，何况现在人们总是把政治看得太狭窄了。对于美，对于自然，对于友情，对于人生的各种常情实感，难道不是人人需要了解的吗？一切诗歌都是抒情的。问题在于艺术性。好诗，都有普遍性。"两封信札中所表露的，正是诗人的文学观和创作观。首先，思想必须是真实的思想，唯有如此，才能使读者感受到作品的真情实感；其次，反对对诗歌做狭窄的政治阐释，诗歌的要务是表达美，发掘自然的诗意，歌吟友谊的永恒，表现人类的情感；最后，诗歌要讲究艺术性，譬如形式、语言、韵律、节奏等。为此，诗人研究古典诗歌，汲取民间文学的营养，向外国诗人学习，转益多师，亲近风雅，厚积薄发，铸造英词。写于1957年的名篇《雾中汉水》，就是践行其诗歌主张的力作：

两岸的丛林成空中的草地；
堤上的牛车在天半运行；
向上游去的货船
只从浓雾中传来沉重的橹声，
看得见的
是千年来征服汉江的纤夫
赤裸着双腿倾身向前
在冬天的寒水冷滩喘息……
艰难上升的早晨的红日，
不忍心看这痛苦的跋涉，
用雾巾遮住颜脸，
向江上洒下斑斑红泪。

然而，也正是这首诗歌，在给诗人带来荣誉的同时，也带来了意想不到的灾难：那些阿谀逢迎者、紧跟舵手者、别有用心者、阶级斗争论者等，竟异口同声地说此诗"影射领袖""反对时代""暴露阴暗面""极其反动透顶"……对诗人进行批判围攻，打入另册，长达二十年之久。直至1978年美籍华裔作家聂华苓女士首次访问北京，诵读该诗之后，心灵受到震撼，写出了《发光的脸仿佛有歌声——诗人蔡其矫》一文，高度评价此诗道："这首诗所写的是征服汉江的纤夫，也是太古洪荒以来征服一切人为的、自然险恶力量的'人'。那个'人'的形象是痛苦的，但也是庄严的；充满了原始的生命力和忍受苦难的韧力……所代表的精神面貌就是中国的民族性。"

此文一发，诗界耸动，不仅将湮没已久的诗篇从废墟中重新打捞了出来，而且还改变了诗人的地位与政治待遇。这种在特定时代中极富戏剧性的遭遇，不知是诗人的幸事，抑或是不幸。

岁月如水，青春易逝，不变的是诗人的初心与炽热的情怀。据古剑《笺注——二十作家书简》（河南文艺出版社2015年9月第1版第1次印刷）一书记载，"文革"时期，诗人艾青先生落魄时，蔡其矫多次伸以援手，二人过从甚密，结为好友，还经常把青年诗人舒婷等人的诗歌拿给艾青品评，受到艾青的高度赞赏。后来，"文革"结束，艾青平反，官复原位的同时，官气也横溢了出来，竟公开反对起朦胧诗来。道不同不相为谋，从此，二人便渐离渐远，如同路人。

    时值冬日，然天气多变，骄阳一出，则热风扑面，
  汗流如溪。沉潜于书册之间，竟浑然不觉也。

钱君匋先生

暮春时节，莺飞草长，一场杏花春雨，顿时云烟迷蒙。是十年前的旧事了，携友出差杭城期间，挤出一日闲暇，驱车前往海宁小城，去寻访诗人徐志摩先生的遗踪，在其故居内外流连瞻顾，在其魂归之处低首吟哦。在硖石西山，徘徊久之，即将离去的刹那，转过丛林一角，看到钱君匋先生的墓地也在此处，脱口而出："钱先生也住在此处啊！有徐志摩先生陪伴，当不至于寂寞。"

"钱君匋先生是什么人物？"友人心有疑惑，不禁发问。

"钱君匋先生是中国当代著名的书法家、画家和篆刻家，是'一身精三艺，九十臻高峰'的艺术家啊！尤其在篆刻方面，上溯秦汉玺印，下取晚清诸家精髓，一生治印两万多方，其风格既有吴昌硕的老辣奔放，也有赵之谦的浑厚飘逸，间有黄牧甫的清隽平整，可谓'疾术骎骎，鹤立印坛，名烁中外，卓然大家'。"我不假思索，随口说道。

"君对钱君匋先生如何这般熟悉？"友人双眸圆睁，依然难以释去心中的疑惑。

"钱君匋先生还是一位诗人，也是一位杰出的装帧设计大师。我对于他的了解，就是缘于他的书籍装帧设计，特别美，特别大气。"作为一个读书人，对于书的喜爱应该是多方面的，不仅仅在于书的著者与内容，还包括封扉设计、版式规格、题签插页、装帧印刷等。

其实，我还知道，钱君匋先生还是一位著名的鉴赏家与收藏家，对于明清以还名家书画与印章印谱的收藏，卓然繁富，自成大家。其晚年将毕生精美藏品悉数捐给国家，留给世人观摩欣赏，可谓艺高德馨，胸次宏廓，大家风范，高山仰止。

"其实，钱君匋先生还是一位颇具幽默感的艺术大师。20世纪50年代中期，钱先生自制印谱欲结集出版，赴北京拜望齐白石老人，乞白石老人为其印谱题签以增辉光。白石老人一时笔误，将'君匋'二字写成了'君缶'。钱先生率然指出其舛误之处，白石老人昂首道：'匋''缶'二字，古文可通。实则'匋''缶'本不相通，白石老人不愿认错而已。于是钱先生又自治一印，云'白石老人呼我为君缶'，以志此事。学界艺界一时传为笑谈。"返回途中，冒着霏霏细雨，漫步于硖石西山的幽幽曲径上，我向友人悠然讲述了这则掌故。

"我们原本是来拜谒徐志摩先生的，怎么谈论的全是钱君匋先生啊！"友人有些感慨，低声道。

"对于终生追求爱、追求美、追求自由的徐志摩先生，我们是不能忘记的。对于终生追求艺术并献身艺术的钱君匋先生，我们也是不能忘记的啊！"望着远山与近树，我在心里默然念道。

签 名

其一

有人说，从一个人的签名中就可以看出他的性情来。此言大概不虚。

三十五年前，我还在中州读大学中文系的时候，同班的一个研究现代文学的学兄，读了《围城》之后，激动之余，提笔给钱锺书先生写了一封信，洋洋洒洒千余言，细读之下，无外乎"表敬佩、谈感受、提疑惑、求赐正"之类的话，我们说不用寄出去了，钱先生时间金贵，何必无端叨扰，再说他连名报记者都无暇接见，哪能顾得上我们这些"青青子衿"呢。学兄坚持说："写就写了，寄就寄吧，也没有打算钱先生能够回复；只是骨鲠在喉，一吐为快而已。"

这是实情。因为，小说《围城》尘封五十年之后，人民文学出版社刚一再版，一时洛阳纸贵，争相阅读，大有四海之内而人人说项之势，至于一位青涩学生的来信，恐怕也很难进入文学大师的法眼，当时我们就是这么想的。谁知两周之后，一封来自北京中国社科院的信件，就轻盈地飘落在了学兄的书桌上。我们赶紧围拢过来，拆开一看，竟然是钱先生的亲笔，抬头称谓就是"某某吾兄台鉴"，结尾处径书"钱锺书拜"四字，完全是民国文人的做派。虽是钢笔书写，但流畅清晰，望之亲切，尤其是落款签名，将三字合而为一，一挥而就，气韵贯通，洒脱隽逸，绝无尘埃世俗之气，简直妙不可言。于是，我们悟到，对于一位阅尽沧桑并嚼透黄连的大师而言，尽管其名满天下，傲岸不群，沉静如水，实际上仍然心热似火，慧眼如炬，洞彻幽微；他谢绝与摈弃的是世俗的喧嚣与张扬，但实在不愿冷却一颗青年学子的炽热的心。这是一种风范，也是一种襟怀。

从此，钱锺书先生的形象，在我们那一代学子中愈加巍峨，而他的极富个性化的签名，也永远地刻印在了我们的心目中，不会泯灭。

其二

20世纪80年代初期，我大学毕业之后，开始独立工作，正式步入社会，开始与各界人士有所接触。因为喜爱访书、淘书、读书、藏书的缘故，与一些学者、作家、诗人、艺术家等，时有过往，文人间题签馈赠的风雅之事，也颇为不少。初时并不在意，后来稍加留心，则发现同是签名留念一事，因其职业不同，性别有异，特别是性情与涵养有所悬殊，反映出来，还真的大有意趣在。

譬如，四川流沙河先生，少负才子之名，国学根基坚实，本为川大化学专业，却对文学情有独钟；弱冠之龄便以"草木"诗章扬誉海内，一时声名鹊起；然福祸相依，乐苦伴随，"反右"伊始即遭批斗，名之曰"假百花齐放之名，行死鼠乱抛之实"，直至"批倒批臭"，并"劳动改造"达二十年之久。命运捉人磨人，有时竟也捉天磨天，寂寂荒途之中也能收获甜美爱情，苦雨凄风之间常有温暖慰怀宽心，非凡人生阅历促人沉静深刻，久抑难伸之志尤能激荡情感波涛。后来"四害"湮灭，"文革"结束，春晖普照，万木争荣，流沙河先生沉潜蓄积已久之情思，亦如一江春水，奔流浩荡，一发而不可收。诗歌，散文，评论，翻译，文化研究，国学探微等，四面出击，屡战屡胜；遍地开花，分外妖娆；香飘寰宇，名震遐方。

乙未盛夏，羊年吉祥，缘于伍立杨仁兄美意，得到流沙河先生签名著作一册，心境甜美，如饮佳酿，吟咏"幸甚"之章，继而足之蹈之。待心情平静之后，细观先生题签，但见一笔一画，遒劲有力，功底深厚，卓尔不凡，仿佛先生本人似的清癯矍铄，坚定从容；更如武功高强的人，即便是站桩，也必然能够立定脚跟，稳如磐石，超人一等。同时，为了表示郑重之意，又于名下钤有印信一枚，其印刻工精巧，意象生动，揣摩凝思，似闻水声喧哗，汤汤而下，逗人遐思，启人心扉。此后，每次披阅先生的著作，品赏先生的题签，好像在与先生对面交谈一般，耳提面命，温馨融融，咳唾生香，如沐春风焉。

其三

反思历史，追忆往昔，眷念旧时风华，倡导传统文化，便悄然而起，应时而生，它既是对现实的一种理性批判，同时也是对传统的一种精神皈依。

在文化多元与不同的价值追求发生交织、扭结与冲突的环境之下，倾心谛听来自读书界的各种反响，其中，有两种不同的声音一并响亮：

"你一定要读董桥！"

"你一定不要读董桥！"

持肯定态度者认为，董桥先生学养富赡，儒雅博闻，足踏中外，绾合今古，既有中国传统文化的浸润，又得到了英伦文化的滋养；既有洞彻历史的深邃眼光，又有现代文人的豁达襟怀。形诸文字，既有对传统文化的深情眷念，又有对社会现实的理性批判，语言温婉清丽，议论颇中肯綮，珠玑闪烁，清辉醒目，值得阅读，值得玩味。持否定态度者以为，董桥的文章多为忆旧怀人之作，抒发的则是睹物伤逝之慨，尽管其境界幽远，意趣醇厚，但每每依恋于魏晋清风之中，时时穿行在唐宋烟雨之间，是对依红偎翠的旧时月色的喟叹，是对夕阳巷口的王谢家燕的眺望，有小情调，少大格局，缺乏旷世情怀，鲜有宏廓境界，理性思考不够，难称黄钟大吕。

　　两种见解，颇为相左，各执一词，难以融合。实际上，二者均为偏执之见，若能平心静气地去体察一下董桥的生活历程与生命状态，则二者也并非不能和谐相处。盖董桥一生，足迹遍乎四海，游历达于五洲，星岛台湾，英伦香江，历尽寥落关河，看透缥缈云山，既得国学真传，兼具西学素养，闲暇弄文，巧思善谋，少时激热心声，青年倜傥情调，壮岁非凡际遇，暮年淡泊情怀，一一注入笔墨；友朋往来之趣，清供品赏之乐，人事多舛之慨，家国剧变之痛，每每形诸篇章，其绅士风姿，悲悯心肠，尤能感染读者至深。因此之故，作为一名阅读者，不知不觉之间，我也就成为道地的董迷董粉。至今排列于书架之上的董桥著作，除广西师范大学出版社"理想国"董桥系列作品外，仅香港牛津大学出版社的版本就有二十七册之多。

　　津门文化大家张传伦先生，学问渊博，儒雅蕴藉，善解人意，体察微情，知我喜读董桥作品，且以没有收藏董桥题签本为憾事，甚为挂怀。去年，张传伦先生两次因文化学术事务，往返香港，拜谒董桥，顺便以牛津版董桥著作《从前》和《字里相逢》相示，恳请其题签留念，以此满足一位普通读者的热切愿望。据云，董桥先生闻听之后，屏却众人，踅入书房，提笔润墨，郑重题签，然后又寻出印信一枚，钤于名下，且唯恐饱酣之笔墨有污书页，又裁出宣纸一片，垫于其上，细心如此，弥足感动。其后月余，两书辗转于海峡两岸及港澳地区之间，终于在一个风清月白的晚间，稳妥地出现在了我的书桌之上。翻开扉页一看，董桥先生的题签，一用自来水笔挥写，一用毛笔行楷写就，恰好代表着西学与国学的融合。特别是毛笔所写的字迹，妩媚之中蕴含筋骨，清雅娟秀，温润可人，似有一股清刚之气扑面而来，简直就是一手漂亮的何绍基体；所钤印信，号称"龙章"，精巧明丽之刻字周边，环以两条龙状图案，高雅脱俗，卓然不凡，令人怦然心动。虽说是为晚辈题签，但仍以"先生"相称，更给人以清风拂面、高雅慰怀的感觉。观赏之下，心情熨帖极了，也温馨极了。

其四

所居住的小区里，曲径幽深，树木葱茏。小路两旁，既有茂密的灌木，也有高大的乔木，高低错落，层次分明，从春至冬，木棉、凤凰、紫荆、扶桑、百合以及俏艳的三角梅和馥郁的桂子花，姹紫嫣红，争相开放，美不胜收，清香四溢。每当落日楼头夕阳染锦的傍晚，或是朝阳初上翠鸟鸣啭的清晨，总有几个休闲的老人或晨练的少妇，踏着散乱的晚霞，或浴着晶莹的晨露，在随意散步，在窃窃交谈，在聆听天籁，在静静阅读；远处的一片空地上，既有打太极的长者，也有嬉戏的儿童，鹤发童颜，和谐相处，极为静谧，也极为温馨。

春节过后的一段日子里，我发现，树荫下的长椅上，总有一位年老的太太随意地坐在那儿，或小憩，或阅读，或沉思。薄薄的镜片后面，是明澈深邃的眼睛；白净的脸庞上，尽管细纹密布，但遮不住年轻时期的绝代风华。随着天气的阴晴不定，寒寒暖暖，她的着装或厚或薄，或长衫或短袖，但永远都是那么得体，那么素雅，一如江南仲春的淡淡烟雨，或北国之秋的清风明月。于是，晨练或晚归时，经过她的身旁，总是忍不住多张望几眼，但脚步确实放得很缓很轻，唯恐惊扰了她的半帘清梦与几多遐思。时间久了，彼此也渐渐地熟悉了起来，见面时也会点一点头，微笑着示意一下，或轻轻地道一声好，后来也就可以轻松地交谈几句，谈谈青菜的价格、天气的冷暖、阅读的书目等。很能感受得到，这位老太太，应是一位阅尽沧桑的大家闺秀，是一位浸润过诗书仪礼的传统女性，是一位见过大场面的风雅丽人。只是，在这尘埃扑面的俗世间，一腔心事难付瑶琴，知音不遇，欲说还休而已。

　　周末黎明，一阵鸟鸣之声唤醒了梦中之人。简单洗漱毕，随手拿起昨晚放在枕边的一本书，想到楼下随便走走，呼吸几口新鲜的空气，然后寻个静处，趁着早餐前的一段时间，阅读几页书。刚转过楼角，就看见老太太端坐在长椅上，一缕湿漉漉的阳光从枝叶间泻出，洒满了她的额头鬓角，散出明净的辉光；而她的整个侧影竟如雕塑一般凝重，显得稳健而圣洁。走近一看，发现她正托着手机，细而长的音频线，一头连着手机，一头塞进了耳朵里。"老太太在听音乐呢。"我心里想着。见我走到她的身边,老太太将耳塞拔了出来,微笑着,示意我坐下。

"听音乐呢?"我问。

"听小说呢。老了,眼神不济了,读不动了,只好听一听。"说着,将耳塞递给了我。

"门慢慢打开。一个人走了出来,在暮色苍茫中站在台阶上。那是个没戴帽子的男人。他伸出手,似乎要感觉一下是不是在下雨。尽管天暗,我还是认出了他——那正是我的主人,爱德华·菲尔费克斯·罗切斯特。不是别人。"音频线里,传出的是一阵恬静柔美的女播音员的声音。

"是《简·爱》!夏洛蒂·勃朗特著,祝庆英女士翻译,上海译文出版社1980年出版!"我脱口而出,似乎带着很惊喜的语气。

"到底是一位读书人啊!"老太太抬起头来,认真地看了我一眼,说,"年轻时我读的是英文原版,语言真是典雅精粹。尽管是名家翻译,到底还是欠了一点儿味道。"从闲谈中知道,老太太曾经读过香港的浸会书院,英文特棒,而且纯正。这些西学功底,恰是我们这一代人的缺陷。我心里不禁又是一阵喟叹。

"六十年前,在浸会书院读英文专业时,教我们课的是正宗的牛津大学语言学博士,在他的指导下,啃了半个学期,终于读完了《简·爱》,是30年代的英文原版,羊皮封面,精装,真美。上面还有我密密麻麻的批注呢。60年代初回国，支援上无二厂建设，提包里就装了这么一部书。'文革'一来，怕惹麻烦，我自己偷偷把它给烧了。"老太太说着，语气陡然一颤，眼睛向空中望去。高大的凤凰树上是红彤彤的一团，几只灰鹊鸟正唱着歌，跳上跳下，头上的黑色的冠子闪着光，漂亮极了。

此时，我真的不知道该说些什么，才能够抚慰老太太隐痛的心灵，于是，我也顺着她的目光，注视着天边的那一片火红。"不过还好，到了80年代初期，中文版《简·爱》出版后，祝庆英老师到我们上无二厂青年服务队开读者座谈会时，一下子送来了三部书。我得到了其中的一部，还是签名本呢。到后来就退休了，再后来老伴也去了，女儿就把我接到了这里。年前来的时候，也就带了这么一部书。"说着，她从身边的布包里摸索出了一本书，放到我的手里，轻声说："一部小说，两个版本，陪了我大半辈子。女孩子一定要读《简·爱》，它始终鼓励我在任何时候都要坚强、自尊，要懂得进退、取舍……是啊，现在不管大人还是孩子，都太忙了，没有时间读书了！"

我接过来一看，果然是《简·爱》，翻开扉页，翻译家祝庆英女士的签名赫然醒目，钢笔，蓝色墨水，时间是1982年3月7日。或许是因为年代久远的原因吧，墨水已经有些褪色。尽管如此，仍然可以看出字体的娟秀与流畅，还透出一些妩媚的味道。看得出确是出自一位学养深厚、性情温和的女士的手笔。

"祝庆英老师好像是上海圣约翰的高才生？"我询问道。

"正宗的圣约翰，精通英文、西班牙文。她的翻译，最得夏洛蒂·勃朗特的神韵。当年她到我们厂开读者座谈会时，我还和她交谈了半天呢，可是用英文交谈的！"老太太说着，不免神采飞扬起来，连语速也加快了不少，刚才黯然神伤的情绪，一扫而空。

受老太太的情绪的影响，我的心情也明快了起来，一如海岛清晨湛蓝而透明的天空。我从仅存的一些默会知识猜测出来，她所说的"上无二厂"，应该是上海无线电二厂，是生产红灯牌收音机的厂子，当年可是威风得很呢。一位风华卓越的女子，从青年到老年，在一家闻名遐迩的工厂里工作着，生产着引以为豪的工业产品；闲暇的时光，始终有一部经典著作陪伴在身边，陪她度过一个个黎明黄昏，度过无数个苦雨凄风的日子；恬静时阅读过它，烦恼时阅读过它，无助时阅读过它，到了老了阅读不了的时候，还在聆听它、感受它，真的说不清楚是老太太这个人的幸运，是《简·爱》这部书的幸运，还是著者与译者的幸运。书中，那位出身低下、遭遇坎坷、晚景和顺而性格始终倔强独立的英国乡下姑娘，曾经无数次地抚慰过老太太的情怀，至今还在抚慰着老太太的情怀。这就是文学的力量，是经典名著的魅力。我再一次地陷入遐想之中。

"你读的是什么书呢？"见我手里也拿着一本厚厚的书，老太太轻声问道。

我把书递过去，说："《白鹿原》。陈忠实先生去世了，这部书还想再读一读。"

"我也读过这部书。写得可真好！是一部史诗性的作品，可以作为世界名著阅读。就是后半部，特别是结尾部分显得仓促了一些。"老太太边翻着书边说，"啊呀！还是签名本呢！真难得！不过，从他写的字迹上可以看得出来，陈先生倒有可能没有受过科班教育，小的时候也没有刻意练过字，一切都是顺其自然。但是，他为人厚道、朴实，就像他的字迹一样，不花哨，不张扬，稳重饱满，顶天立地。签名旁边还钤了一枚印章，刻字似乎差了一些，不过正好说明陈先生不奢华、不浮躁，实实在在，应该属于对朋友掏心掏肺的一类人物。这样的人值得信赖，值得尊敬……"

随着老太太絮絮叨叨的声音，我不禁再一次睁大了眼睛，心想："到底是阅尽沧桑之人，慧心慧眼，识见独到，确实卓然不凡。"

周末理书札记

近日工作大忙,劳身劳心,脑筋疲顿。周末偶得小憩,理书以怡悦身心,亦是释放压力之良法耳。

徘徊书斋,逡巡观瞻之间,忆起著名收藏大家方继孝先生曾出版有"旧墨六记"一套丛书,套色印制,版式精雅,然六本图书,余仅得其二焉,略有遗憾。遂从书柜中将其抽取下来,摩挲品赏之下,一时陶然自乐。忽又记得,北京鲁迅博物馆书屋主人曾答应为余搜求配齐该书,于是,心头又涌起一阵蜜意,遂发送微信一则,嘱其不忘旧约云云。少焉,北京方面便有所回应,云方继孝先生将于7月份出版新书一册,然后便会抽出时间,专程到书屋给读者签名,届时将会把配齐之各书与新书一起,请先生一一题签后将用顺丰快递耳。接着,又嘱告余道:生活静好,阅读美雅,弛放心怀,万事不急,舒缓生活节奏,享受人生安详,亦是雅善生活之法则也,尤其不必将区区书款斤斤于胸臆间。拜诵之后,惬意至极,仿佛都能看到自己喜上眉梢之美滋滋情状也。

余尝喜读贾平凹先生作品,凡其著述,多方寻觅,蔚为大观。

漓江出版社曾印制有贾平凹文集一套凡十一册，2013年10月第1版第1次印刷，内容搜罗繁富，版式典雅大方，尤其印制有精装毛边纪念版一套，全国限量发行，则更为难得。丙申春节，余弟曹青松先生回乡探亲途中，路经豫东古城商丘。其间一书铺老板乃曹弟之旧人耳，售书读书，高怀雅意，闲谈间，云其书铺中尚存有该书一套，唯十一册中缺其二焉，一为《废都》，一为《古炉》，是其瑕疵。又云虽是残缺不全之图书，但各册相对独立，互不影响，精装毛边，印制有限，亦可视为珍惜难得之书。曹弟闻听，不假思索，遂购置在手，拥之而归。节后返程途中，坐汽车乘飞机，从地上到空中，路途漫漫，挈妇将雏，再加上携带图书一捆，其劳力劳神之状可知矣。返回椰城之次日，于阖家欢庆之酒席间，曹弟便将该套图书全部馈赠于余。当时，余嗫嚅半晌，不知云何，面色虽然沉静如水，而内心实则感动异常，情热似火矣。今日午间，将九册图书逐一摆放案前，拿出篆刻印信并藏书章各一枚，郑重地将其盖至每册书籍版权页之前面，以示珍重珍惜之情意焉。

　　理书之时，又忆得自己曾购置有历史长篇小说《大秦帝国》两套，一为河南文艺版，一为上海人民版，全套十一册，恢宏篇章，皇皇巨制。两套图书之扉页上，均有著者孙皓晖先生亲笔题签，颇为珍贵。于是，决定将其中一套回馈曹弟，亦是"赠人玫瑰""与朋友共"之雅意也。《诗经》云："投我以木桃，报之以琼瑶。匪报也，永以为好也。"觉得，此诗意也，与余此时柔蜜惬意之情怀,甚为契合。主意已定,遂电话问询曹弟,探其口吻,了解其有得到此套图书之念头否。谁知,余话音甫落,电话那头就急切回应道:"兄何时将图书送来呀?"其伸颈瞪眼之焦急状,仿佛就在目前。呵呵,原来兄弟也是一位嗜书瘾君子也。

书札一束

（一）致郑州叶小耀兄

耀兄如晤：

　　秋高气爽，天蓝云白，艳阳高照，层林如洗。佳日当有欣悦之情怀，遥想耀兄当如是也。谨此以为问安。

　　耀兄厚我，并非一日矣。沪上之丽娃河畔，切磋解惑，相携以促进步；青海之夏都西宁，聆听宏论，交流以期发展。此皆兄弟职业所趋同，教育之情怀耳。兄弟分别之后，关河茫苍，云水浩渺，虽心理距离邻近，而空间距离实远也。兄处中州古城，历史悠久，文脉澎湃，历数千年而恒新，汩汩然倾泻之，有如滔滔河水，奔竞不息；弟在南国海岛，环境清嘉，新兴之地，虽脉搏律动强劲，但毕竟底蕴薄弱，厚重不足，须博采以自新，吸纳以图强也。耀兄知弟，尤知弟酷爱读书，颇好文辞，故既有《小镇人物》四卷于暑期馈赠，今又有《陈州笔记》四卷托付快递翩然飞来，皆河南文艺出版社所出版之精品也。

八卷宏文，著者皆为孙方友先生，当代小说大家，尤其在笔记小说创作方面，承继传统之志异套路，借鉴蒲氏之聊斋笔法，熔铸时代精神，创新表现技巧，开拓崭新天地，影响深远，遐迩闻名，被评论家誉为"中原文化的百科全书""根植人性的百姓列传"。著者之故土，古名曰陈州，豫东平原，文化渊薮，亦弟之故乡也。因此，小说中所写之风物、民情、物舆、节令、习俗、环境，以及众多人物与生活场景等，均为弟所熟识而亲切者，阅读之下，唤醒了诸多尘封已久的记忆，乡音乡情乡绪乡愁，一时俱上心头，将肺腑都填塞得满满当当。古时，圣人闻雅乐而三月不知肉味；余生也晚，且愚钝冥顽，即便如此，捧读雅言而频动心怀，盖古今之情一也。故弟今日诵读宏文之际，只觉得馨香满口，书斋之内馥郁四溢，而清雅之茗，甚至浓郁之咖啡，已不复有往日之可口可心者焉；此无他，均是珠玑一般的文字所产生的结果也。

如今，《小镇人物》与《陈州笔记》八卷小说，已赳赳然列于弟之书桌案头，每一个风清月白的晚间，或丽日中天的午后，披阅十数页，以作小憩淘养之法，润心润身之际，无不感念耀兄之盛德慧心，并厚爱弟之懿行也。耀兄厚意，弟无以为报，唯将八卷文字品赏一过，再次相聚时，将诵读所得翔实禀告于兄，作为把酒品茗时之谈资，以助兄弟雅兴，庶几或可免于俗态焉。耀兄意下何如哉？

清风扣窗，白云翻卷，椰树婆娑，花艳欲滴。周日微闲，

楼高免扰,恰是读书好时节也。颂祝

秋安!

2015 年 9 月 13 日午后,拙弟草于明斋

附记:《小镇人物》与《陈州笔记》凡八卷小说,孙方友先生著,河南文艺出版社出版,郑州八中校长叶小耀兄所馈赠也。秋季开学前夕均已收到,因忙于筹备开学事务与教师节庆祝活动,迟至今日才致此一函,以示谢忱云。

(二)致苏州刘放兄

刘兄左右:

知兄拨冗莅琼,欣喜万分,原打算昨日下午于明斋书房品茶品书,晚上在兰亭会所纵酒纵言,再到西秀海岸观海观云,暂抛却碌碌事务,且走进个人空间,听听涛声,吹吹椰风,叙叙兄弟情谊,谈谈文史掌故,其快意何如哉!孰料天公不作美,天意难测,忽逢不虞之事,兄匆忙返回大陆,于是计划让步于变化,竟不得与兄面晤以作促膝畅谈矣,念之殊怅怅!

兄常年生活于天堂苏州,人文荟萃之地,文化昌隆之乡,杨柳招摇蕴含诗情,雨巷幽邃氤氲画意,更兼吴语呢喃足致人心境洋溢,吴娃窈窕可启君遐思联翩,真温柔富贵之所,才子

驰骋之场也。况兄供职于姑苏文化胜苑，终年诗书暖怀，竟日翰墨香飘，浸润既久，儒雅风流，才情恣肆，倜傥不羁，弟等企足仰望久之也。又知兄此次海岛之行，期在访友论文，观瞻地方风情，如能叨陪左右，畅叙幽怀，必会增长识见不少，开阔胸襟多多，信可乐也。然兄弟竟失之交臂，觌面无缘，真无可奈何之事也。

虽如此，兄在琼期间，如有弟能尽力处，望不必客气，尽管提出，弟当尽心安排，以弥补缺憾于万一焉。情长纸短，言不尽意。颂祝

秋安！

2015年9月26日　明斋谨

（三）致海南中学北美校友会许彦琳女士

彦琳校友：

你好！

来信敬悉，知你顺利返美，生活与工作皆开心，感到由衷喜悦。此时，我正参加教育部首期领航班校长研修活动，先后考察了四川成都与湖北黄石的教育发展状况，看到教师敬业勤业，学生善思乐学，教育均衡发展，质量不断提高，甚为慰怀。古人云"见贤思齐"，又云"他山之石，可以攻玉"，返回海南之后，当取长补短，以期学校各项工作再有较大提升。

丙申春节，你回家乡省亲期间，访问母校，拜望师友，如此感恩图报之嘉善行为，深得师生好评。当天我正接待定安县政府并教育局领导一行，商议帮扶支持定安中学教育发展事宜，只能抽出一点时间于校道上见你一面，匆匆交谈数语，实在疏于礼节，至今想来，心存遗憾。所奉闲书一册，是我近年来访书读书之记录，与书结缘，也算幸事，书生本色，率意而为。当今社会浮躁，人心不古，不愿随波逐流，只能躲进小楼，虽结庐人境，实心远地偏，观书观云，静心静神，亦不失为一种生活境界。随手馈赠，聊作纪念，闲暇权供解闷，实在不敢奢望。如你信中所述，若能于你有所裨益，或勾起你对校园美好生活记忆一二，则幸甚哉。你送我的四枚茶杯石垫，是你亲身携带而至，漂洋过海，情谊厚重，如今放在书斋，质地坚实，格调雅致，每观览之，心中充满无限温馨。先贤云："君子之交，其淡如水。"恰其为水，方纯净清澈，无世俗功利之杂质也，当互为珍重。

春分时节，大地回暖，清晨一场杏花细雨，染红了桃树，也染绿了杨柳。推窗远眺，山色含黛，油菜金黄，梨花皎白，空气清新，沁人心脾，传说之仙境，亦莫过于此。望你于工作之暇，经常回来行走一番，领略故土之温暖人情的同时，一并领略家乡之美好风情，劳逸结合，张弛有序，作为生活之道，当亦有其妙趣。

言不尽意，顺致平安。匆匆草于学术研讨会开幕之际。

马向阳于湖北黄石，2016年3月20日

附：许彦琳校友来信

马校长：

您好！

这次中国出差，有点匆匆却很是繁忙，上周日才回到美国。很开心能在您百忙之中见了一面。谢谢您的赠书《明斋读书记》。今晚捧起您的这本读书记细细品读，感动颇多，感慨不断呀。想当年我也是个文学爱好者，还算吉万松老师的语文高才生呢。在国外学习、生活和工作近20年，感觉自己的语文水平不仅下降了很多，对于文学作品的欣赏阅读也荒废了太多……您的书，虽然刚读了18页，感觉如沐春风，内心感动颇频……中国文字，优美词汇，以及您娓娓道来的您的读书故事，让我感觉与中文又一次地如此亲近。谢谢您！谢谢您的书给我带来的这份感受。我非常期待继续往下品读您的读书故事。

颂祝

春安！

彦琳敬上

2016年3月18日，草于美国洛杉矶

（四）新春致侯少轩先生书

少轩先生：

馈书《书人依旧》收到，心中温暖异常。摩挲书册，不忍释手，见版式新颖，印制精美，封扉漂亮，题签娟秀，尤其是著者姚峥华老师亲笔签赠，并钤有印信与闲章两枚，相得益彰，美不胜收，是新春收到的最为珍贵礼物。

得书之日，是丙申年二月初三，俗称"龙抬头"之次日，恰是我五十三岁的生日，于此则更有纪念意义焉。想我一介书生，唯读书教书是务，躲进庠序，躬耕苗圃，栽种桃李，播撒希望，与社会有所隔离，亦有所疏远，静心思忖，此是人生之缺陷，也是职业之缺陷。然低眉事人非我所愿，屈身媚俗更难忍受，唯守住书斋，守住学生，守住一方净土，默默耕耘尔。出乎意料者，若我等低调绝尘之辈，竟然得到诸多友朋的关注，并时常得到鼓励与慰问，如沐春风，温馨洋溢焉。尤令我感动者，兄知我爱书，且爱收藏签名本毛边本等难得之书，便电邮购置，联络作者，亲笔题签，往返多次，费心费神，厚意绵绵，在这"乍暖还寒"时节，实在让我感到五内俱热矣。"关爱别人，并被别人关爱着，是一件幸福的事情。"多年之前，一位友人告诉我说。今日，我确实感受得到，幸福的蜜意已经洋溢在周身。于此春寒料峭时节，哪里还有酷冷袭人之感，唯见阳光明媚，天蓝海蓝，红棉妖娆，枇杷凝翠，暖风吹拂，心花亦怒放矣！

所馈之书，自当珍惜，拜读之后，有所感悟，当及时报告，以期奇文共赏之效也。

       2016年3月11日深宵，明斋匆匆

（五）仲春致王建钧学兄书

建钧兄左右：

时至仲春，万木欣荣，莺飞草长，桃红李白。冬麦返青拔节，苗壮成长；好雨润物及时，杨柳吐翠。一年希望所在，正在此时也。托顺风之福，得顺利之实，清晨来到学校，兄所馈赠之《中华孝德故事》一书，洋洋三十余万言，已翩然飞至案头矣，幸甚亦喜甚。清明偶得闲暇，匆匆拜读一过，启迪心智，受益良多，且感慨万千焉。

遥忆卅年之前，吾辈青春年少，好学不倦，孜孜以求，访师问道，出自真诚，切磋砥砺，弦歌涵咏，相互启发，提携以进，何其快乐哉！尤其是在身心发育之关键时期，得到了蛰居于豫东僻壤之硕儒名师贾公传棠先生的倾心培育，耳提面命，言传身教。先生于国学一途外，更予以人格培养与性情陶冶，使吾辈于"泯然众人"之中得以脱颖而出，并最终能够走出偏僻陋隘之地，迈进瑰丽壮观之学术殿堂，影响与改变了吾辈之人生进程与发展方向，吾辈何其幸运也！因此之故，感念命运向好的同时，亦于贾公传棠先生辛勤栽培之恩，久久感怀焉。永记厚重师恩，永怀师友情谊，是卅年以还吾人每日必修之功课，须臾不曾偏离心房之左右。卅年以还，弟常怀此念，且时时以此激励自己，故过河过江，河南海南，无论此身漂流何处，抑或置于顺境逆境，均使得吾人坚韧刚毅，挫而后勇，且以达观平静心态看待一切，故能够于阳光洒满大路时节，阔步向前，即便处于风雨凄迷之中，亦可立定脚跟，笃笃前行焉。年过半百，回望来路，坦途有之，坎坷亦有之，能不感慨系之耶？

犹记年少求学时期，兄年长于我，故于学问一途常作导引之外，于社会人生亦多得兄之真切教益，并于生活琐屑方面也常常得到兄之谦让与关爱，此弟之卅年以还不曾须臾忘怀者也。故每次返乡省亲，或出差路经故土，均挤出点滴时间，期以与兄把酒畅饮、品茶交心为乐事。五年之前，弟于郑州开会期间，偶得闲暇，相约一同拜望恩师。兄长途奔波，驱车数百里急忙赶来，中午与恩师餐聚时，各自畅叙衷情，人人出以本色，仿佛又回到当年求学问道之场景，无拘无束，痛快淋漓，而一餐甫毕，弟因欣喜至极，频频举杯，何啻酒醉，心亦醉矣。此中境界，难与俗人述说，而兄必能体察其一二焉。三年之前，弟赴中原开会，会后特意赶回故土拜见兄长，兄待我至诚，不仅以家乡美食款待，更以陈酿美酒致意，虽当时没有大醉酩酊，亦达乎微醺美妙之境界，弟至今铭记于心，已当作美好之回忆焉。

黄河东流去，代谢成古今。而今处于信息时代，交通极为便捷，科技发达，网络畅通，然因忙于事务，疏于问候，此弟之缺失也。不过，通过间接渠道，亦略知兄之概况点滴，亦足以慰弟心怀也。兄多年从事就业指导工作，担负总就业指导师之职务，于社会多有补益，于青年人亦多有造福，此增福增寿之善事也。兄更于繁重工作之暇，勤于研读，精于撰述，多部皇皇大作，已经泽惠世间，众所周知矣。近年又躬身整理令严王公芸廷先生遗著，得《中华孝德故事》一书，经河南人民出版社出版发行，此又一善行义举焉。中华文化，源远流长，博大而精深，盖"孝"字一说，当是其要义精华耳。尤其在当代，倡言孝悌，传布福音，对于改良世道，推进美德，不啻久旱之逢甘雨，真快意人心者也。而兄不顾眼花颈痛之状，冒酷暑，历严寒，摘要誊录，校对编辑，字斟句酌，终将令严遗著刊行于世，沾溉后人，此真真大孝至孝之行为，足可成为当代士子之懿范也。弟每一念之，五内俱热，均出于敬重之情也。

仲春时节，花红柳绿，好鸟鸣和，悠扬婉转。风景美好，惹得人们之心情同样美好耳。不知兄之心境何如哉？诚恳地邀请兄拨冗南下，讲学传道之余，吹吹海风，观观流云，品茶品酒，叙旧叙新，弟当陪侍左右，略尽美意。抑或陪伴恩师贾公传棠先生南来海岛，以作休闲之游，吾人必执弟子大礼，倾尽孝心以报培育之恩，则刻刻仰望与盼望焉。情丰字瘦，言不尽意，吾兄模拟得之。

顺致
健安！

      丙申仲春，向阳匆匆书于明斋

（六）致河南师大附中"83·4班"全体同学

新勇班长并转"83·4班"同学诸君：

大家好！

七月盛夏，骄阳似火，莺声婉转，绿柳拂风。恰此时节，适逢诸君毕业三十年之际，炙人之热浪，难以遏止返乡之脚步；倾盆之暴雨，不能隔阻同窗之友情。于是，约定时日，聚于家乡，畅叙幽情，倾心交谈，此七月二十三日诸君聚会之由来也。难能可贵者，组织盛会之人，精心策划，周到安排，任劳任怨，尽心尽力；而践约赴会诸君，远至北美，近在乡梓，克服困难，积极响应，无有近乡情怯之感，皆是情愫洋溢之状，可谓同学情谊，至真至纯，清澈透明，毫无纤细之尘滓可言也。及至回忆少小往事，讲述求学历程，言笑晏晏，深情款款，仿佛穿越时空，回到三十年之前，不觉神驰意飞，唤起诸多美妙记忆。即便当年淘气顽皮之举，惹是生非之事，得意扬扬之态，抑或蒙受委屈之情，随着时间之流逝，亦化为笑谈与美谈矣。如此，甚好，甚好。

此次聚会活动，新勇君早已告知于我。向往之情，随着时间的临近而愈加迫切，每一次浏览微信上诸君之留言，虽然只有片言只语，感觉到均是率意而发，亦能从中唤起对诸君的深刻印记，其言谈举止，音容笑貌，仿佛就在目前，如临三步，恍惚之间，当年附中任教之情景，历历映现于眼前焉。当时，我大学刚刚毕业,年岁也仅及冠龄,毫无教育教学经验,只有一身热血与满腔豪情,随着你们的成长我也不断成长,伴着你们的生活我也懂得了生活。所幸庆者,当时的教育环境尚且清新脱俗,而师大附中之文化积淀与优良传统亦能催人奋发,昂首向上。基于此,诸君于发展智育之暇,能够以活动课程为载体,使得体育美育得到涵养,人文情怀充盈而丰富。与人交往、团队合作、实践探究、自主自觉等综合素养不断提升;春游秋游、踏青远足、野炊野营、雪人雪仗等美好回忆长存心间。古人云:用情过深者,其情倾尽而亦自伤也。当时不解其意,今日思之,则诚然不虚,古之人不我欺也。因为,在附中工作十二年间,当了四年班主任,三年初中的,一年高中的,从此再也没有做过班主任。此无他,情感已经倾尽,且心力亦随之懈怠矣。而班主任工作,并非仅有理智与智识就可胜任,其投入最多者,唯对于学生之真挚情感焉。故曰:"没有爱,就没有教育。"每一念及此事,无不怅怅然。

诸君毕业已有三十整年,我参加教育工作则达三十三年,其间,从豫北古城到南国海岛,过河过江过海,半生漂泊,年过知命,做教师做主任做校长,屈指算来,直接或间接地教过的学生亦有万人之多,然而,能够记住具体的学生姓名与个性特征者,不过百余人而已;至于能够成建制地说出每一位学生的姓名性格、相貌特征、学业状况、家庭构成、文化背景以及个性爱好者,唯有附中"83·4班"诸君,并且历经三十年,记忆犹新；哪怕个别同学，自从别离之后，觌面无缘，其深刻之印象，至今仍存于脑海，难以泯灭。此一小小细节，即方才所言用情之深之证明也，诸君可从模拟中得之。

今年暑期，应国家教育部邀约，参加教育部首期领航班校长研修与支教活动，从内蒙古到新疆，考察、调研、帮扶、交流、学习、研修……其空间区域之广，时间跨度之长，非以往所能比拟。因此之故，诸君欢颜聚会之日，则是我辗转西北边陲之时也。虽不能至，心向往之。而大漠孤烟，茫茫戈壁，长河落日，白杨萧萧，更添我思乡怀人之情愫。然时空难以逾越，暗自神伤，亦不过徒增懊恼而已。此时此地，谨以草草数语，聊吐心曲，并衷心祝愿"83·4班"诸君聚会愉快，家庭安康，事业有成，永远顺心顺利！

马向阳　匆匆草于新疆阿勒泰市
2016 年 7 月 23 日清晨

（注：笔者曾任河南师大附中"83·4班"班主任，李新勇先生为该班班长）

读《崖州志》

其一

每到一地，或工作，或休闲，总爱寻觅记载该地风物文化之代表著作，研究之，学习之，借鉴之，以期增进对于地方历史和文化物舆的了解与热爱。此一习惯，伴随终生，至今难改。

廿二年前，只身到琼岛工作时，详加阅读的第一本著作，就是《崖州志》，清代张嶲、邢定纶、赵以谦纂修，郭沫若先生点校，广东人民出版社1988年4月第1版第1次印刷。全书二十二卷，分为"舆地""建置""经政""海防""黎防""职官""选举""宦绩""人物""艺文""杂志"十一大类，正文516页，后面附录有郭沫若先生撰写的《李德裕在海南岛上》一文，考证唐相李德裕谪贬崖州一事，甚为翔实。

我国历来重视纂修史志工作，其地方历史之沿革、政治之得失、民风之厚薄、宦绩之高下、物产之繁约、文化之盛衰、舆地之风貌、气候之变化、祭祀之时序等，均可从史志中得以窥见。因此之故，对于该书，记得拿到手后，便挑灯夜耕，细细耙梳，详加圈点，不忍释卷；后来则时时摩挲，常读常新，每有收获。

《崖州志》成书于清光绪三十四年（1908年），志述所及，上溯汉唐，下至清末，凡疆土沿革、风土人物、典制艺文、气候潮汐，搜罗既广，纂集详备。唯当时印制不多，且五十年间历经潮蚀虫蛀，几致绝佚。崖县县委久拟重印，因整理乏人，迁延未果。直至1962年春节期间，郭沫若先生来琼岛考察，寓居崖县鹿回头椰庄（今属三亚市）时，得知此事，遂慨然自任。但该志崖县仅存一部，且多有蠹蚀糜烂之处，于是又从海口市委借来一部欲加以勘校，但海口方面说"亦只此一部，深恐折落"，有不忍借阅之意，后便从广州市委统战部借来一部抄本，从广州中山图书馆借来一部完好如新的印本，这样，才得以将点校勘定工作从容进行。

郭沫若先生不愧为史学大家，对于该书倾注了诸多的心血与智慧。他抛却休闲时光，不惮烦琐，循文标点，勘查校订，字字落实，又常为印证史实而广与各方联系，搜求佐证。甚至为了印证一处摩崖石刻，他亲自踏查鳌山之滨，缘藤觅径，攀登摩崖，对于七百多年前久经风化的《海山奇观》石勒，亲手摸索之，亲眼辨识之，以勘正原书，足见其治学精神之严谨求是，驭事风格之一丝不苟。

崖州地处南陲，封建皇朝曾目之为极境异域，是官宦贬谪之所，是蛮荒烟瘴之地。唐代贬相杨炎曾有五言绝句云："一去一万里，千知千不还。崖州何处在？生度鬼门关。"同为唐代贬相的李德裕有七言绝句云："独上高楼望帝京，鸟飞犹是半年程。青山也恐人归去，百匝千遭绕郡城。"可见其视崖州为畏途，心境凄凉悲苦之状。尝记领袖诗词云："萧瑟秋风今又是，换了人间。"新中国成立之后，特别是海南建省并建设国际旅游岛以来，经过各级政府和人民群众的励精图治，海南早已成为中国人民之宝岛，崖州也已建成国际大都市，物舆繁盛，百姓富足，椰林婆娑，海韵迷人，环境清嘉，社会祥和，不啻人间天堂，简直仙境一般。生活于此间，何其幸福快活乃尔。

晚间茶余，徘徊书斋，抚摸《崖州志》，不禁古今之慨。抚今追昔，愈觉江山多娇，生活静美，则当心怀感恩，珍惜当下也。此九月五日事，率尔记之，不计妍媸。

其二

郭沫若先生在《序重印崖州志》中说："地方志书，旧者应力加保存，而新者则有待于撰述。从糟粕中吸取精华，从砂碛中淘取金屑，亦正我辈今日所应有事。如徒效蠹鱼白蚁，于故纸堆中讨生活，则不仅不能生活，而使自己随之腐化而已。"此言甚为精辟。

诚如郭老所言，受时代和社会环境的局限，以及编著者的价值观的影响，大凡传统古籍，多是精华与糟粕杂糅，阅读者必须有着鉴别诊断的眼光，才能判定良莠，汲取营养。即以《崖州志》而论，其《黎防志》数卷，尽管叙述"黎情""村峒""关隘""抚黎""平黎""黎防条议"以及"明季事迹"等甚为详备，但其完全站在皇权立场和大汉族主义的角度来看待问题，故今日看来，不仅有失偏颇，而且有民族歧视之嫌。《崖州志》的编撰者认为：

崖黎世为民患，从古称为难治。黎人畏威而不怀德，地势则彼险而我夷，气习则彼悍而我驯，攻守则彼逸而我劳。前明建乐安城、乐平汛，设重兵驻守，剖黎峒腹心而扼其冲，为虑至深且远。自乐安失守，汛兵裁撤，内外已成扞格之势。一旦有事，剿之则剿穴难穷，抚之则适以滋玩，徒为民害而已。况今黎人知识日开，狡黠日甚，而火器之流入黎峒者，殆以万计，尤非复前日之比。官斯土者，抚绥制驭，当必有其道矣。

这就是编撰《黎防志》的背景，也是其动因。审视历代关于"黎防"之策略，无外乎安抚与镇压两种。怀柔不成，继之以杀戮，官兵围剿，大开杀戒，血雨腥风，尸横沟壑，直至把黎民赶进深山、龟缩一隅而后已；从来没有从切实改善黎民的生存状态和生活水准，提高其生产力水平，帮助其精准脱贫等角度考虑问题,不可能从根本上解决其问题。因此,郭老在"序言"中再四告诫说:"黎汉本为兄弟,今更无分畛域。此类往事,直类恶梦,即全部忘失,亦无不可。"亦可谓推心之言,置腹之语。

今日之海岛,尚有白沙、乐东、陵水、保亭、琼中、昌江等六个黎族(苗族)自治县,社会承平,环境幽雅,黎汉和谐相处,争相勤劳致富。近来,政府高度重视文化建设,大力发展教育事业,研究落实精准扶贫措施,桩桩件件均深得民心。今年春季,我校也获得两户精准扶贫对象,在保亭黎族自治县六公乡祖呆村,地处深山密林,交通多有不便。经过充分调研,得知贫困之源在于其家中有残疾病人,劳动力甚为短缺,收入少而开支大。于是,学校出资五万元购买了种羊十五只供其饲养,修建羊圈两个免其忧患,又捐出特殊党费一笔,为其建造房屋一间,以此实际行动助其脱贫致富。昨日忽有好消息云:所建造之房屋已经封顶,捐赠之种羊已有两只产了羊崽,两户黎族兄弟乐得合不拢嘴,逢人便说脱贫有望,致富不远矣,呵呵!

晚间披阅《崖州志》,不禁思绪翩然,信笔涂之。时在9月7日深宵,月牙一弯,悬挂天际,企足眺望,更加撩人情怀也。

其三

　　《崖州志》中，不仅《黎防志》各卷在阅读时须持批判态度，就是《人物志》诸卷，阅读时也须详加鉴别，审慎取舍。特别是《人物志》之三，其内容为明清"烈女"小传一百则，编撰者站在"三纲""五常"之封建主义的立场上，以男权为中心，采取唯男权独尊的观点，以此来搜访人物，采撷故事；今日看来，其宣扬和褒赞的"节烈"与"贞操"观点，完全是对女性的桎梏与变相摧残，可谓篇篇血泪，人人怆悲，事事可哀。

　　"烈女"小传中，记载明朝受到褒奖的节烈女性的故事十一则。其开篇即云：

　　李氏，年十八，许字训导冯廷器子。未婚，冯子病卒。李誓不再醮，奔丧自缢。父母悯其志，异与合葬焉。

　　年近十八岁的李家妹妹，含苞待放似的花样年华，许配给冯家少爷，但是，只有一纸婚约，尚未举行结婚仪式，而冯家少爷身体羸弱，一病呜呼。李家妹妹誓不再嫁，只身奔丧而去，竟然乘人不备，自缢殉节。这是何其决绝的举动，何其刚烈的做法！然而，这又是多么残忍、冷酷与愚昧啊！以现代眼光来看，这种决绝的行为，简直就是对生命的践踏，是对人性的戕害，对生者或逝者来说均是极端的不负责任。不过，在以男权为中心的社会里，是倡导这种节烈行为的，谁家出了这么一个"有情有义"的烈女，简直能够光耀门楣，是值得褒扬与传诵的事情。结果，风气已成，环境使然，最终付出生命或血泪代价的，无疑还是那些如蝼蚁一般生活在社会底层的青年女性。

  王氏二女，西关人玮女也。一适梁，一适杨，俱蚤寡。誓不再醮。戚属挑以言，无异意。各抚孤成立，以寿终。人称为王氏双节。

  花氏，千户所经之女，归萧炳。年十九，炳亡，氏哀毁欲绝。父母怜其幼，欲夺其志。氏誓不从，闭门纺织，不复归母家。寿五十六终。

  在以上两则故事中，能够透露出一丝人性光辉的，是王氏和花氏的"戚属"或"父母"。他们深知少妇守寡，青春熬煎，其苦蚀骨锥心，便好言劝慰，让女儿趁着年少，不妨改嫁他人，以度余生。谁知，到头来竟然遭到了女儿们的严词拒绝，不仅不听劝说，反而断绝了来往，连娘家也不回去了。两则故事中，其"戚属""父母"均是作为各自女儿们的对立面而存在的，是以他们的糊涂与愚妄，来反衬其女儿们明白事理和节烈刚义的，并且，王氏家族中，两个女儿，一个比一个节烈，竞赛似的。阅读至此，是多么令人心寒、心伤与悲催啊，即便秋虎肆虐，气温高达三十六摄氏度，也能感受得到脊背发凉，冒出嘶嘶的冷汗。

"烈女"小传中，记载清代年轻妇女的节烈故事，凡八十九则，尽管其背景不同，遭遇各异，但披阅之下，仍然触目惊心，令人扼腕叹息，有窒息郁结之感。编著者依据《宋史》"人物志"的先例，"年二十八岁以上不采"。也就是说，能采入此"传"者，均是二十八岁以下的青春洋溢的少妇。那么，在她们漫长的守寡岁月里，一个个风清月白的夜晚，一个个朝露凝碧的黎明，一个个花红柳绿的早春，一个个落英缤纷的深秋，在别人家的欢声笑语里，在冷眼者的蹙额叹息中，她们是怎么煎熬过来的呢？一百则人物小传中，只有一则故事透露出了其中的隐秘之情，尽管写得含蓄而朦胧，仍能让今天的读者得以窥斑知豹，从模拟仿佛中揣测其微澜之下的情感汹涌。

陈氏，赤楼儒童曾士霖妻。年二十一，归士霖。翁守清，训子严。时士霖肄业鳌山书院。合卺后，即遣赴院。数月，从院中得病归。临终，执氏手，啮一下曰：与汝不相识，今诀矣。遂瞑目。氏痛绝复苏。自此足不出房闼。翁姑年老，奉事惟谨。每日视膳外，惟以粟一升撒于地，粒粒拾之以为常。抚嗣子懋仁，为增广生。寿七十六。卒之日，出其手示人，满臂皆齿痕。盖每一念夫，则自啮也。孀居五十五年，贞心苦节，世所罕觏。有孤燕巢其堂三年，人以为节义所感。光绪十七年，奉旨旌表，祀于祠。

为了能够强行摁灭袅袅续续、死灰复燃的缕缕情思，少妇陈氏每天将小米一升撒在地上，再弯腰俯身，一一捡起，借此打发时间，转移情感，不复他念。年复一年，日复一日，机械单调，循环往复，在这种毫无趣味的低级运动中，努力地使自己变得心如止水，枯寂静默，将一颗发育得饱满鼓胀而绵软柔嫩的心灵，摧残得干瘪粗糙如茫茫戈壁中的沙碛一般，这是何等的残忍与暴戾。然而，每一个寂寂人定之后，嘤嘤鸟鸣之时，三更灯火，五更鸡啼，又怎能完全掐熄青春的欲火，消除生活的渴念？特别是目睹别人家的院门里男女出双入对，偶或发现村头的池塘中还有鸳鸯戏水，瞥见邻家新婚夫妇的床上翻着红浪，斜觑归宁的新人脸上掩饰不住的幸福蜜意，生活中的一些平常景象，无时无刻不在唤醒或催发着陈氏少妇的青春意识，因思君而头脑恍惚之间，情感与肉体受着双重的煎熬之时，无法释放情怀，则以自啮手臂来克制欲念，以自戕自残来熄灭欲火。这完全是对人性的戕害与泯灭。

待到文明的曙光普照大地，对人性的关爱与呵护和经济社会的发展形成正比例时，是在经过了五四运动的启蒙与洗礼之后，是在经过了几代人的纵横决荡之后，是在国家法律赋予青年女性以神圣权利之后。《崖州志》中的百则"烈女"小传，可以作为认识封建制度摧残女性的反面教材来阅读，其中一百多位青年女性用充满眼泪的一生，所唱出的恰是旧时月色之下无数妇女的悲歌。而今，社会稳步发展，经济不断繁荣，禁锢完全破除，女性彻底解放，环境日益优良，生活趋向美好，新月初上，清辉洒地，琼涯的女性应该和全国的女性一样，用切实的行动，去谱写充满阳光与诗情的一曲曲心音。

举行过教师节庆祝活动，中秋佳节又将来临。在声声道贺与祝福声中，交流此种话题，似乎不合时宜。然琼涯女性，确实有此磨折，咂摸往昔苦味，更当珍惜眼前甜品也。时在9月10日，周末观书于明斋，随手草草。

邂逅郑愁予先生

台湾当代诗人中,令我倾心敬佩者,余光中先生之外,当数郑愁予先生。其抒情诗《错误》,常读常新,是我口中咀嚼了大半辈子的橄榄:

我打江南走过
那等在季节里的容颜如莲花的开落

东风不来,三月的柳絮不飞
你底心如小小的寂寞的城
恰若青石的街道向晚
跫音不响,三月的春帷不揭
你底心是小小的窗扉紧掩

我达达的马蹄是美丽的错误
我不是归人,是个过客……

不要说内容的深邃宽厚，仅形式而言，就已显得清隽纤巧，玲珑剔透，宛如宋词中的小令，有尺幅千里之妙；就风格而言，则美丽凄婉，哀而不伤，深得骚人之旨。

2015年12月5日，海峡两岸诗会在椰城举办，朋友说郑愁予先生将莅临诗会，并于次日下午在海南大学举行专题讲座，早已静如止水的心不免又躁动起来，查看一周工作安排，恰好那两天单位都有重要活动，分身乏术，不免怅怅。朋友电话中说："没关系的呀。先生已答应6号晚上要到我的咖啡馆来，小范围的茶叙谈诗，到时你来就可以啦。你晚上应该有时间吧？"

或许是说话急促了一些，轻柔甜美的声音过后，听得清楚的还有微微的喘息声，令人不禁联想起"闲静时如娇花照水，行动处似弱柳扶风"来——《红楼梦》中描写林妹妹的句子。

"此话当真？"我仍然将信将疑。

"昨天晚上，报社记者和我们几个年轻人去先生下榻的酒店去看望他，恰好是先生的八十三岁生日。先生一时高兴，多喝了几杯红酒，后来从背包里掏电脑时，不小心被放在背包里的剃须刀划破了手指，血流不止，酒店的医生处理不了，是我开车把他送到省医院急诊室的。路上先生问起我的姓名，得知我也姓郑，当即就认我为本家孙女。说好了晚上九点，到咖啡馆茶叙呢。"朋友回应说。原来如此，看来先生确实是个蛮有情趣的老人，诗心如初，童心不泯。

人一有了某种期待之情，总嫌日脚难移，时针不走似的。好不容易到了晚饭之后，便携妻早早地来到了朋友开的那家咖啡馆，推门一看，早有三五个诗人已环坐于矮桌四周，静待先生的到来了。在等候的时间里，尽管大家并不熟悉，因为喜爱诗歌的缘故，彼此也就缩短了空间的和心理的距离，谈诗，谈人，谈海峡，愉快地分享着自己的生活体验与阅尽沧桑以后的生命感悟，直到深夜十二时，先生才在一群或细或粗、长短不一的人物的陪同下，快步来到了咖啡馆中。

"你们坐那边去，不要影响我们的交谈。"先生刚一落座，就用手指着陪同的那群人，把他们打发到一个角落里去了。"对不起，来晚了。今晚大家难得高兴，就贪杯了。"先生诚恳地说道。

柔和的灯光下，先生满面红光，炯炯的眼睛里满是慈祥与爱意；灰白相间的一头浓发，诗意地卷曲在额前，又飞扬在脑后，平添了几许风度与风骨；深色西服内，是一袭粉红色的方格衬衣，讲学时系的领带已被取下，越发显得平易而洒脱、率性而诚挚。这不就是久存于心底深处的诗人的形象吗？恍惚之间，好像早就认识先生似的，没有半点陌生感和距离感。当我把这个想法告诉先生后，他呵呵一笑，随口说道："《红楼梦》第三回写宝黛初次相识，宝玉脱口说道：'这个妹妹我曾见过的。'贾母笑道：'可又是胡说，你何曾见过她？'宝玉笑道：'虽然未曾见过她，然看着面善，心里倒像是旧相识，恍若远别重逢的一般。'这或许就是缘分啊！"赤子情怀的诗人，心境透明似的，其胸怀之中不仅蕴蓄着嚼透黄连之后的生命沧桑，竟然还藏着如此扎实丰厚的学识，我不由得再一次睁大了眼睛，仰视着灯光下的先生。

于是，在这一天的深宵，我们谈诗歌，谈人生，谈海峡两岸的文学，谈海峡两岸及港澳地区的作家，谈当代中国的诗歌流派，谈现代文坛的掌故雅闻，敏感话题点到为止，学术问题力求深透。先生谈到高兴处，朗声说："谈诗以下酒，读书且品茶。今晚我们是在谈诗呀，没有美酒怎么能行？"据陪同者说，先生晚餐时已经喝了四两白酒，年寿八十三高龄，又有血压偏高症状，唯恐其身体不支，于是好言劝慰，转移话题，以茶代酒，期许明日再饮。"那就少喝一些吧！"先生略作让步，说道。为了不拂先生雅兴，便打开一瓶国酒，端上四碟点心，添酒回灯，重开雅宴，推杯换盏，觥筹交错，先生三杯下肚，不禁连呼好酒。在酒精的刺激下，大家的情绪随着先生情绪的高涨而越发高涨，于是，先生击箸为歌，一曲醇厚的男中音《夏日的最后一朵玫瑰花》，英文原版一般，把听者带入遥远而宁静的胜境；接着，古韵悠悠的《卿云歌》，又把听者拉回到洪荒缥缈的时代，无限遐思荡漾胸间，百般美好涌上心头。

夜色阑珊，星月催人，直至凌晨二时许，才将先生送回所下榻的酒店，依依惜别，相约再聚。道别之际，先生用手指着刚刚签名以作存念的《郑愁予诗选集》，郑重地向我说道：

"台湾志文出版社出版，1975年11月第1版第3次印刷，整整四十年了。就是在港台地区也难得一见，连我自己手头也没有此书。可要好好保存啊！"见我颔首不已，先生挥一挥衣袖，含笑走进了酒店的大门。

时值丙申中秋，月色格外明澈，白日的喧哗已经褪去，明斋中弥漫着宁静与祥和的氛围。眼睛逡巡着书架，一不留心就落在了《郑愁予诗选集》上，勾起一段往事，随手记下，无限蜜意，涌动于胸。

读《张充和题字选集》

近来偶感小恙：连日高烧，血压骤增，心区隐痛，头昏脑涨。俗谚：病来如山倒，病去如抽丝。确实如此。医生反复嘱告，须按时吃药，必卧床静养。所以，一周以来，除主持学校工作例会、参加区人大闭幕式（有重要选举任务）、接待省协领导莅临视察、招待京城友人来访之外，均缠绵病榻，尽情享受病中之苦趣。

室内，宽大之床，随意坐卧，辗转反侧，任意西东；情绪低落，百无聊赖，强打精神，随手翻书。因血压居高不下缘故，终日目涩而头懵，每阅读三两页之后，辄忍心抛下，养神片刻，再继续浏览。于是，断续读来，耗时一周，才将《张充和题字选集》一册读毕。掩上书本，置于枕侧，书香幽幽，浸润肺腑，仿佛用了降压良药一般，其高怀雅意，实在难与君说。

民国时期，合肥张氏四姝，才貌俱佳，知书达礼，中西合璧，名满天下。大姊元和，雅好昆曲，长于清唱，工于度曲，与昆曲名家顾传玠先生结为连理，可谓善得其所。二姊允和，兰心蕙质，文笔清秀，与语言文字学家周有光先生结为伉俪，相敬如宾，情深恩爱，令人眼热。三姊兆和，才情恣肆，清雅悦目，沈从文先生一见倾心，紧追不舍，历经曲折，终于如愿以偿，抱得美人归家，羡煞无数俊彦。四妹充和，玲珑乖巧，颖悟聪慧，工诗善词，喜爱昆曲，书法妙手，丹青行家。其早年就读北京大学时，曾得到胡适之、刘半农、钱穆、闻一多、刘文典等大师的指导；抗战居于重庆时期，与章士钊、沈尹默诸位名家结为忘年之交，亦师亦友，时相过从，得其真传，技艺精进；后与德裔汉学家傅汉思琴瑟和鸣，恩爱终生，并一同受聘于美国耶鲁大学，担任教授之职，共同传授中国传统文化，诗词歌赋与书法文化、昆曲艺术，借此得以传播四海，达于西方，二人厥功至伟，与有力焉。曾有人赞叹道：回望民国，风景迷人，品评名媛佳丽，张家四姊为最。此言非虚。

《张充和题字选集》一书，耶鲁大学教授孙康宜女史编注，香港牛津大学出版社2009年第1版第1次印刷，精装32开本，图文并茂，版式精美，一册在手，令人难以释卷。考此书出版之缘起，是耶鲁大学于2009年4月13日为庆祝张充和教授96岁华诞，特意举办了"张充和题字选集"书展，耶鲁大学孙康宜教授就是根据此次"书展"内容，加以编辑整理、详加释注而成此书的。据云，"书展"开幕式当日，胜友如云，嘉宾纷至，纽约海外昆曲社的诸位名家也前来捧场，并邀约九旬寿星共同演唱了几出昆曲，虽属即兴演出，但也有板有眼，精妙难述，惹得在场的耶鲁大学康正果教授诗兴大发，即席口占一绝云："笔走龙蛇映暮霞，曲喉歌韵自清嘉。书人起坐呈书态，古树春来又绽花。"

《张充和题字选集》共分三辑，第一辑为"张充和给自己的题字"，选录有十三幅题字或题诗，其中《小园即事之九》为其诗书画合璧之作。孙康宜教授考证说，张充和爱玩，她玩的方式就是教人写书法与唱昆曲，她的女儿傅以谟就是其得意门生。在张充和的指导下，女儿从小就学会了吹笛，也唱《游园》中的曲子。这幅诗书画三绝之作，就是张充和极富情趣的教曲经验的提炼："乳涕咿呀傍笛喧，秋千架下学《游园》。小儿未解临川意，爱唱《思凡》最后篇。"诗有情趣，书法精到，而悠远之画意，最能启人情思：近树远山，清流孤舟，烟霞云岚，无不萌动着青春的气息。

第二辑是"张充和给沈从文先生的题字"，选录了给沈从文先生的全集、别集、纪念文集和挽联题字二十四幅，端详品味之下，觉得字字含情，笔笔着意，因意用墨，各有情调。特别是痛挽沈从文先生的联语："不折不从，星斗其文；亦慈亦让，赤子其人。"横竖点捺之间，端肃严谨，结体规整，遒劲有力，高雅脱俗，望之令人怦然心动。据载，1985年5月10日，沈从文先生因心脏病突发在北京家中逝世，张充和得到噩耗后，连夜拟定并撰写了这副挽联，她自己也没有想到，率意而为的挽联中，竟蕴含有对这位文坛宿将的确切评价："从文让人。"后来，这副挽联被镌刻在湘西凤凰听涛山畔沈从文先生墓地的五彩石碑上。2009年初冬的一个细雨绵绵的午后，我拜谒沈从文先生墓地的时候，就是在这块石碑前面，恭敬地献上了一束鲜花。今天，再次品味张充和的这副挽联，往事历历，俱上心头，百感交集，不胜感喟。

第三辑则是"张充和给其他人的题字"，选录有四十七幅之多。就题字的对象而言，有单位，也有个人；有前辈名家，也有后学才俊。就题字的内容而论，有斋堂匾额，也有杂志名称；有书名题签，也有诗词歌赋。就书体风格而讲，有工楷，也有行书；有汉隶风骨，也有由行及草的"花体"。从中无不体现出她与人交往的广泛浩阔，对于旧雨新知的珍惜珍重；无不体现出她的书法艺术的丰富多姿、巧思善变，各色书体，均臻于妙境。李方桂、靳以、沈尹默、施蛰存、萧乾、周有光、余英时、傅汉思、董桥、黄裳等，阅读此书时，这些当代文坛上令人耳熟能详的名字，以及他们的皇皇巨著，一下子扑面而来，俱到眼前，是能够使人产生晕眩的感觉的。况且，每一幅题字的背后，都有着一段感人肺腑的故事，阅读之后，更是令人心潮澎湃，久久难以平静。1981年6月23日，张充和曾给黄裳先生写有《归去来兮辞》工楷一幅，后来黄裳在有意"散去之故人书件"若干时，不小心竟将此件也"一时脱手"，于2004年被董桥以高价在一个拍卖会上购置而归。事后，黄裳大为懊恼，追悔莫及。董桥得知此事后，及时致信黄裳，随即又托上海陈子善教授将该幅书法精品完璧奉还。好事千里，雅闻风行。不久，远在美国的张充和也知道了这一趣事，并为董桥的雅量与大度而感动，于是便主动为董桥写了一幅书法精品相赠；当她得知董桥即将出版散文集《从前》时，再次濡墨挥毫，慨然题写了书名。曹丕《典论·论文》说："文人相轻，自古而然。"其实，真正的文人，多是相惜相重的。

　　缠绵病榻，时光难熬，任意翻书，聊相慰藉。之前，对于合肥张家四姝，有所耳闻，无暇深入，近日通过阅读，才知道民国佳丽，风雅迷人，虽然渐行渐远，不过仍可依稀望其项背一二。此时，禁不住又浏览了一番网页，更知道"张公最小偏怜女"之张充和女士，集聪慧、秀美与才识于一身，是民国时期陈寅恪、金岳霖、胡适之、张大千、沈尹默、章士钊、卞之琳等一代宗师的好友兼诗友，梁实秋曾赞她"多才多艺"，沈尹默曾评其书法为"明人学晋人字"，波士顿大学教授白谦慎说"她的书法，一如其为人与修养，清淡之中，还有一种高雅气质"，中国书协副主席欧阳中石则认为"她不是一般意义上的书家，而是一位学者。无论字、画、诗以及昆曲，都是上乘"。掩卷而思，洵是定评。

　　　　《张充和题字选集》，友人丁英俊先生所馈。先生游历广，阅世深，性豪爽，有佳趣。此书伴余度过了一段寂寞难耐之时光，此缘分也，亦情谊也。明斋草于2017年1月1日，元旦佳节，喜气扑面，或当逃离病痛之苦海耶？

在异兰堂谈溥雪斋贝子

犹记丙申深秋的一天下午,携妻前往位于海口湾的紫荆花园小区,去赴一位文友的邀约。斜阳脉脉,海风习习,天上流动着些白云,路边的野菊花也不甘寂寞似的怒放着。小恙初愈,体力尚未完全恢复,尽管脚步有些迟滞,但心情倒惬意得很。还未走到小区门口,就看见文友丁英俊先生和先一步到来的梁昆女士,正舒展开手臂,遥遥地向我们挥舞呢。

"怕你们找不到家门,就出来迎一迎。"丁先生见我们走近了,轻声说。梁昆女士只是抿嘴浅笑,如花的笑靥荡漾在白皙的脸庞上,仿佛平静的湖面上悄然现出了两个美丽的漩涡儿。

上楼,刚打开门,客厅里的说笑声便已飘进了耳中。原来,画家林先生夫妇和电视台的制片人陶先生已经聊上了,谈得正热火朝天呢。年知天命,半生漂泊,平日忙工作,忙事务,忙着迎接上级的各种检查,忙着探寻一次次改革与发展路径,同时也忙着侍候老人,忙着照顾孩子,忙着培育自己,所以常感身倦心累,活得大不容易。偶有暇时,好友约聚,三五知己,清茶淡饭,暂时抛却俗务,率意晤谈古今,弛放身心,休憩脑髓，则真是既奢侈又必要的事情啊。

丁先生自称其为"老派人"。夫"老派人"者，顾名思义，是为念旧怀古、抚昔伤今、岁月渐老而人不唯新之谓也。详观丁先生，既是阅世深广之人，也是雅趣洋溢之人，既是怀旧念往之人，也是与时俱进之人；尽管岁月的印痕写满了额头鬓角，但是仍然销蚀不去满腔的激情，既有着浙江士子的娟秀细腻与倔强执着，也有着燕赵壮士的坦诚朴实与慷慨爽直。据他自己说，其平生喜游历，喜阅读，喜交友，喜收藏，喜美食，喜山水，喜访古，喜网游，喜古董文玩，喜电子产品，喜幽居独处，也喜热闹宴集。如此多姿多彩之性情，这般含蕴丰富之人生，"老派"二字岂能概括得了。若必须高度凝练之，则恰如其"异兰堂"斋名一样，高贵典雅之"兰"字前面而冠之以"异"字，则含蕴更加丰满，而境界与格局全出矣。果然，和这样的人士茶叙晤谈，不仅没有疏离枯寂之感，简直就是趣味横生，逸兴遄飞，如坐于春风之中。闲聊间，随着话题的转换与延伸，他总会出其不意地从居室里随手拿出一个个价值不菲的物件，来印证其观点与识见，见有人对着物件暗暗赞叹，或者不小心流露出了艳羡的眼神儿，便会朗声说："喜欢就拿去，我还有。我真的有！"仿佛别人不相信似的。让人觉得有一股豪气，正扑面而来，不仅感人，而且逼人。

欣赏了丁先生所收藏的两件清代瓷器之后，在众人啧啧赞叹声中，他便奉献出了此次雅聚的压轴之曲：溥雪斋先生的一幅画轴《桐阴书屋图》。刚把画轴挂好，画家林先生就迫不及待地扑到了近前，端详着画面的构图、线条、墨色与题跋，口中念念有词："书屋之内，主人娴雅而坐，书籍盈案，其神态宁静祥和；书屋周边，植以翠竹芭蕉，门前梧桐高耸，枝叶扶疏；树下有白鹤一只，昂首四顾，仿佛呼朋引伴一般。纸本设色，题材吉祥高雅，注重线条钩摹，风格细腻深致，呈现出和谐静谧的气象，有着清代中后期宫廷画风的影子。精妙之作，必是溥雪斋的真迹无疑！"

平时，林先生是个罕言寡语之人，胸中藏有无限风景，而面容常常平静如水，这时则也情不自禁地自言自语起来，在杰出的艺术作品面前，到底还是露出了文人的本色与真醇。听画家这么一说，众人纷纷围拢在一起，更仔细地审视唖摸起画作的意蕴与味道来。

座中有对溥雪斋不甚了了者，丁先生急忙从书橱中找出王世襄的著作《锦灰堆》第三卷，说："介绍溥雪斋先生的文章很多，然最为传神者，莫过此篇。"翻开一看，是《怀念溥雪斋先生》一文，作者在叙述了溥雪斋的身世、为人、气度、书画艺术与音乐造诣之后，还纵笔写道：

溥雪斋贝子，一夜掷散，府邸易主。买宅西堂子胡同，庭院深深，不下四五进，旁有园，前有厩，仍是京华豪第。再迁无量大人胡同一宅中院，已僦居而非自有矣。……六七十年来，先生无时无刻不寄情于文化、艺术，深深融入其中，其乐无穷，而家境则日益式微。六十年代初，曾见先生命家人提电风扇出门，易得人民币拾元。为留愚夫妇共膳，命家人赊肉，并吩咐"熬白菜，多搁肉"。使我等不敢亦不忍言去。而此时窥先生，仍怡如也。其旷达乐观又如此。先生实为平易天真，胸怀坦荡，不怨天，不尤人之真正艺术家。

然而，这样一位真正的大艺术家，"文革"肆虐时期，其风闻红卫兵将前来抄家，匆忙间携幼小之女儿离家出走，躲避祸乱，竟从此杳无消息，不知所终，令人生发无限浩叹。至今，半个世纪过去了，当事者渐次谢幕远逝，化为了云烟缕缕，"文革"浩劫之说，时人或有不信之者，更有作为笑谈之资而助其茶趣酒话者，冷漠如此，健忘如此，不啻人世间之莫大悲哀。斯人已去，作品留存；躯体难寻，英灵永驻。如今，无论官方博物馆，抑或民间收藏家，对于溥雪斋先生的书画作品，即便尺幅斗方，残卷册页，无不珍视异常，视为清供，就是明证。

从"异兰堂"出来，走在回家的路上，华灯初上，椰风吹拂，回首望去，儒雅的丁英俊先生依然站立在小区门口，目送着朋友们渐行渐远；温婉的梁昆女士还在扬着手臂，依依地和大家道别。妻说："有这样一些可以互通心曲的朋友，真好！"而我却在心里默默地想："生活在这样一个宁静昌平的时代，也真的很好啊！"

新春佳节，观书养病，再次捧读王世襄先生《锦灰堆》诸篇章，不禁忆起友人间之茶叙往事一桩，信笔记之，并公诸同好，以安享人间清雅也。

耕读，吾之家风也

尝记卅五年前，余就读大学期间，某恩师语曰："书，不唯纸质，则人生、自然、社会乃至身边之亲朋故旧，皆书也。悉心阅之，则能从中受益良多。"当时不解此意，视为笑谈。后历经磨折，阅世渐深，方悟此言渊刻，良言也。

去年国庆佳节，陪侍双亲赴保亭七仙岭温泉酒店休闲，天然画廊，宛如氧吧，双亲喜甚。与双亲叙及往年陈事，感慨尤深，平静之心怀颇为之所动，苦吟《五古·侍亲》短诗五章，以志此事，亦阅世读人之谓也。短章如下：

一

久盼佳节至，忙中得偷闲。

一事应记取：侍奉双亲前。

注：双亲已八十高龄。每逢节假日，陪伴与侍奉双亲，是余等必做之功课。

二

双亲年事高,红润变苍颜。

难觅矫健姿,行行复盘桓。

注:父亲年轻时为某中学校长,身体恒健,退休后已患病多年。据云,母亲就读中师时为学校女篮前锋,三步上篮屡发屡中,转身投球尤其漂亮;现膝关节时常疼痛,当年矫健之姿已成蹒跚身影矣。

三

忆昔艰难日,藜藿充佳膳。

双亲待儿厚,呵护三十年。

注:少小时代,家境清寒,常菜蔬充饥,聊以卒岁。1994 年 8 月,余辞别双亲,携妻将雏赴海南工作,恰 31 周岁,迄今又历 23 年矣。

四

夜半风兼雨,黎明霞满天。

叙话平生事,道义荷双肩。

注:双亲终身从事基础教育工作,培育无数栋梁。虽一生颇有坎坷,然不怨天,不尤人,平生道义自任。

五

笑对东逝水,一去不复还。

登高以抒啸,苍翠润关山。

注:双亲年迈,儿孙长成,此规律也。双亲心境达观,且关爱后辈之情怀尤殷殷也。

寥寥短章，实不足以抒怀，滥竽充数耳。尚可道者，父亲每日读书看报，酷爱学习，心系家国，关注苍生，数十年之习惯一仍其旧；母亲之平生职业为数学教师，晚年则热衷于文学，最近读完李佩甫先生大作《羊的门》之后，又在研读刘震云先生长篇《一句顶一万句》，终日手不释卷，自言颇有趣味云。于是，恍然大悟：晴耕雨读，传承有自。此为吾家事，亦为吾之家风也。

匆匆记于保亭七仙岭下，时夜色深沉，蛙声一片，环境愈加清幽，唯山蚊时时袭扰，显得不够乖觉，颇可忧也。

家庭阅读:"成全人"的教育活动(代跋)

——在海南省第八届书香节全民阅读推广论坛上的演讲

尊敬的主持人先生,尊敬的各位专家、各位朋友:

应邀参加"点燃阅读星火,共建书香海南——海南省第八届书香节全民阅读推广论坛"活动,我深感荣幸。下面,我根据论坛组织者布置给我的"命题作文",结合自己阅读活动中的一些体会,和大家分享两则故事和一点感悟。不当之处,敬请批评。

一、别人家的故事

2016年4月15日中午,我参加中国高中六校联盟校长峰会,到江苏考察课程基地建设,途经高邮县城时,提议务必在文游台停留片刻,去寻访一下宋代诗人秦观的文化踪迹,参观一下当代作家汪曾祺先生的纪念场馆,呼吸几口先贤们曾经吐纳过的文化芳馨。在文游台信步观赏时,手机一阵震动,一看是北京某朋友的短信:"文化大师梁任公先生最小的儿子、中国'两弹一星'元勋梁思礼先生于14日上午逝世,享年91岁。特此告知，谨致悲悼之情。"寥寥数语，字字惊心，触动心怀。此后几天，它引发了我悠长绵远的思绪。

我们知道，在中国近现代史上，梁启超先生及其家族，实在是需要我们反复阅读的辉煌的篇章。在梁任公的九位子女中，除梁思忠英年早逝，梁思懿和梁思宁在青年时期投身革命与参加新四军，新中国成立后成为国家行政管理干部之外，其他六个子女，分别在文学、建筑学、考古学、经济学、图书馆学、火箭与导弹控制系统等方面卓有建树，闻名遐迩。那么，是什么原因使得他们个个成为杰出才俊的呢？除了正规的学校教育，家庭教育应起着举足轻重的作用；而在家庭教育中，梁任公不辞劳苦、亲力亲为、甘之若饴地对子女们的阅读指导，培养子女具有通识的才学，以及养成阅读的习惯、自学的能力、广博的兴趣、宽厚的学问基础等，更是其重要的原因。我的书房里藏有《梁启超全集》《饮冰室合集》《梁启超文选》《梁任公年谱长编》等著作，供我随时浏览翻检，披阅查询。而由张品兴先生与林洙女士分别编选的两部《梁启超家书》，更是我随手摩挲、反复阅读的文本。任意披阅梁任公的家书，看到的大多是他对子女们关于阅读、向学、修身的谆谆教诲与具体的指导，其中饱含着作为一个伟大的父亲的浓浓的爱意，饱含着作为一个杰出的思想家的理性的价值判断，饱含着一个文化大师的远见卓识与智慧才情。

比如，1923年5月7日，梁思成因遭遇车祸受伤，须住院两个月进行治疗，梁任公告诫儿子在住院期间，要乘机系统地阅读几部国学经典，以奠定自己坚实的学问基础。他写道："吾欲汝以在院两月中取《论语》《孟子》，温习谙诵，务能略举其辞，尤于其中有益身心之文句，细加玩味。次则将《左传》《战国策》全部浏览一遍，可益神智，且助文采也。更有余日读《荀子》则益善。……《荀子》颇有训诂难通者，宜读王先谦《荀子集解》。"言之凿凿，诲子不倦。不因爱子受伤住院就骄纵惯养、放任自流，而是悉心指导其珍惜光阴，阅读经典，汲取智慧学识，补充精神养分，以便修身进益，日后能够厚积薄发，有所建树。

1927年8月29日，梁任公在致求学于宾夕法尼亚大学建筑系的梁思成的信中说："思成所学太专门了，我愿意你趁毕业后一两年，分出点光阴多学些常识，尤其是文学或人文科学中之某部门，稍为多用点工夫。我怕你因所学太专门之故，把生活也弄成近于单调。太单调的生活，容易厌倦，厌倦即为苦恼乃至堕落之根源。再者，一个人想要交友取益，或读书取益，也要方面稍多，才有接谈交换，或开卷引进的机会。不独朋友而已，即如在家庭里头，像你有我这样一位爹爹，也属人生难遇的幸福，若你的学问兴味太过单调，将来也会和我相对词竭，不能领着我的教训，你全生活中本来应享的乐趣，也削减不少了。我是学问趣味方面极多的人，我之所以不能专积有成者在此。然而我的生活内容异常丰富，能够永久保持不厌不倦的精神，亦未始不在此。我每历若干时候，趣味转过新方面，便觉得像换个新生命，如朝旭升天，如新荷出水，我自觉这种生活是极可爱的，极有价值的。"从中可以看出，梁任公对于子女所施予的教育，是通识教育，是全才教育，是博雅教育。因为，他知道一个人将来不管从事怎样的专门学问或专业研究，都必须要有宽阔而深厚的学问基础、人文素养与艺术修养，只有这样才能保持旺盛的生命力、创造力和热爱生活、创新生活与享受生活的能力，因此要多读书，多读一些陶冶美好性情、提升精神境界的有趣味的书。在信中，梁任公对子女谆谆诱导，反复陈词，以己为例，现身说法，用心用情，一切皆出自肺腑，表现出了一位伟大的父亲的宽阔的胸襟、如炬的目光和仁慈的心肠。令人不禁想起鲁迅先生的诗句："无情未必真豪杰，怜子如何不丈夫？知否兴风狂啸者，回首时看小於菟。"（《答客诮》）

事实上，梁任公对于子女的影响是极为深远的，不仅在于学术方面的指导和专业发展方面的培育，还在于对子女们正确的人生价值判断与积极的生命意义追寻方面的引领，在于对子女们健康的人性的成全和高尚的道德人格的涵养。1925年12月27日，梁任公在致于美国求学的梁思成的信中说："徽因遭此惨痛，唯一的伴侣，唯一的安慰，就只靠你。你要自己镇静着，才能安慰她。……你可以传我的话告诉她，我和林叔叔的关系，她是知道的，林叔叔的女儿，就是我的女儿，何况更加以你们两个的关系。我从今以后，把她和思庄一样地看待，在无可慰藉之中，我愿意她领受我这种十二分的同情，渡过她目前的苦境。她要鼓起勇气，发挥她的天才，完成她的学问，将来和你共同努力，替中国艺术界有点贡献，才不愧为林叔叔的好孩子。这些话你要用尽你的力量来开解她。人之生也，与忧患俱来，知其无可奈何，而安之若命。你们都知道我是感情最强烈的人，但经过若干时候之后，总能拿出理性来镇住它，所以我不致受感情牵动，糟蹋我的身子，妨碍我的事业。这一点你们虽然不容易学到，但不可不努力学学。徽因留学总要以和你同时归国为度。学费不成问题，只算我多一个女儿在外留学便了，你们更不必因此着急。"当时，林徽因的父亲林长民先生应郭松龄邀请，前往东北军郭松龄的军营，辅佐其反对张作霖以自立，然谋划不周，行动泄密，反被张作霖部队围攻，交战时不幸被流弹击中，不治身亡。梁任公的这封书信就是在这一背景下写出来的。他告诉梁思成设法劝慰陷于极度悲伤中的林徽因，要她摆脱忧患，一心向学，好好读书，完成学业，为将来中国之艺术界做出贡献。言辞恳切，一片真诚，设身处地，婉转达意，其博爱仁厚之情怀，足以感动天地，其高尚伟岸之人格，放之中外古今，几人能够比肩？

2010年7月，为了探寻梁氏家族的发展踪迹，亲身感受一代大师们的风范与情怀，我与朋友们长途跋涉，几经辗转，来到四川宜宾紧靠长江的古镇——李庄。那个被当地人称为月亮湾的地方，就是抗战时期梁思成、林徽因所领导的中国营造学社的旧址，在战火弥漫、狼烟遍地、物资匮乏、艰苦卓绝的环境中，他们以一己之肩头，肩负起了教育救国、学术救国的神圣职责。在靠赊欠与典当度日的日子里，梁思成硬是用英文写出了《图像中国建筑史》这部皇皇巨著，填补了学术领域的空白。1944年冬，日军攻占贵州独山，直逼国民党政府陪都重庆，一时举世震惊，身在李庄缠绵病榻的林徽因得知此讯，慨然留下遗言道："如果到了临危决断的时刻，我的最后出路，就是我们家门口的扬子江！"1946年抗战胜利之后，其子梁从诫曾询问母亲道："当时我寄住在重庆亲友家里，还在读小学，那时你们真的就不想管我了吗？"病中的林徽因深情地握着儿子的小手，仿佛道歉似的小声说："真要到了那一步，恐怕就顾不上你了！"直到1991年，已经步入耄耋之年的梁从诫在回忆起这段往事时，还记忆犹新，并在其所著的《倏忽人间四月天》一文中写道："听到这个回答，我的眼泪不禁夺眶而出。这不仅是因为感到自己受了'委屈'，更多地，我确是被母亲以最平淡的口吻所表现出来的那种凛然之气震动了。我第一次忽然觉得她好像不再是'妈妈'，而变成了一个'别人'。"人们常说"母性是天生的"，是的，有哪一个母亲不挚爱着自己的孩子呢？而这样的一个"别人"，她不仅仅是一位孩子的母亲，还是一位浸润着儒家文化和欧美文明优秀传统的知名学者，是一位体现着正义、崇高和人类良知的知识分子，是一位氤氲着学术的理性与诗人的感性的文化大师，是一代巨儒梁任公的儿媳，是建筑大师梁思成的夫人，所以，舍身以成仁，宁死而不屈，弃亲情而从大义，舍爱子而全气节，在那个特定的时代和非凡的环境下，就是她的选择。这又是何其悲壮而伟大的选择啊！

那一天，站在李庄月亮湾的中国营造学社的旧址上，望着院子外面一棵高大凝翠的乔木，我想，一个家族的发展或演变，不仅在于血脉的延续，更在于文化的传承。只有文化薪火不熄，家族才能够兴旺发达，芳馨久远。而文化薪火的传承，是家族中一代又一代的人，通过言传身教，耳提面命，读书涵养，砥砺前行的。从梁任公家族的故事中，或许我们是能够得到一些人生智慧的启迪与生命力量的暗示的。

二、自己家的故事

2014年4月20日，世界著名作家加西亚·马尔克斯辞世了。作家已去，作品永存。当时，很想找来《百年孤独》再读一读，借以平息心中的伤感，但遍寻无着。百无聊赖之际，忽听手机一阵响动，原来是远在加拿大麦吉尔大学求学的儿子发来的微信，仔细一看，信里的文字是："多年以后，奥雷连诺上校站在行刑队面前，准会想起父亲带他去参观冰块的那个遥远的下午。当时，马孔多是个二十户人家的村庄，一座座土房都盖在河岸上，河水清澈，沿着遍布石头的河床流去，河里的石头光滑、洁白，活像史前的巨蛋。这块天地还是新开辟的，许多东西都叫不出名字，不得不用手指指点点。"——正是《百年孤独》开篇的一段文字。原来求学异地的儿子，在以自己的方式，表达着对这位世纪伟人的纪念。读着儿子微信中的文字，我的心里是温馨而欣慰的，因为我知道，一个喜爱阅读的孩子，注定是一个性情向善的孩子，是一个积极进取的孩子，是一个趣味高雅的孩子，是一个充满着旺盛的生命力、求知欲和创造力的好孩子。

我们都是极为平凡的人。但平凡的人也是有着独特的人生阅历与非凡的阅读体验的。多少年来，让我感到温暖与温馨的是，小时候我生活在一个氤氲着书香气息的家庭里，长大后我能够自觉地承传着家族文化的这簇薪火，今天我的孩子又能够为这股文化的清流推其波而助其澜，使其水流渐宽，浩荡向前。

1963年2月，一个春寒料峭的早晨，我出生于豫东平原上一座三面环水的偏僻的乡村。当时，三年困难时期刚刚过去，大地尚未完全恢复生机，与大多数百姓一样，母亲的身体非常虚弱。当母亲的乳汁难以救活我这个幼小的生命时，村庄里的婶婶大娘们就自然地成为我生命中的最初的一批贵人。也就在这年的夏季，连绵的暴雨又将地势低洼的村庄浇灌成了汪洋恣肆的世界，是爷爷紧急制作的一叶木舟，把我们母子二人及时地送到了村边的河堤上，从而避免了葬身鱼腹的祸患。一岁之前所经历的这一切，如同生命里的谶语，影响了我的一生——由于饥饿感，我始终处于一种汲取营养的生命状态，不仅汲取维持生命的物质营养，更重要的是汲取精神的营养；而漂泊与行走，则构成了我独特的人生历程。

中小学阶段，适逢"文革"，"文攻武卫""林彪事件""批林批孔""反击右倾翻案风""四五运动"以及粉碎"四人帮"等重大历史事件，有些深深地烙印在了脑海之中，有些则亲身经历过。当全国的大人们都忙着"抓革命"的时候，一代青少年的求学求知问题自然就成为一种奢望。于是，在我的履历表中，小学一年半、初中两年、高中八个月，就断断续续地链接成了我青少年时代的全部求学经历。尽管所接受的基础教育不是完整的，但是，求学向上的欲望反而愈加强烈，且随着年龄的增长，成正比逐渐放大。于是，阅读就自然地成为我渴求知识、汲取生命营养的唯一途径。从父亲的书箱里，我曾经悄悄地拿走了《水浒》《呐喊》《鲁迅杂文选》；从同学的家里，我借阅了《林海雪原》《青春之歌》《烈火金钢》《平原枪声》《闪闪的红星》《星火燎原》《志愿军英烈传》《红日》等那一时期尽可能见到的红色经典；在中学逼仄的图书室里，我读完了《钢铁是怎样炼成的》《卓娅和舒拉的故事》《马雅可夫斯基诗选》等一批苏联文学精品；而一位酷爱戏曲的语文老师偷偷借给我的《穆桂英挂帅》《赵氏孤儿》《窦娥冤》《牡丹亭》等剧本，则给我打开了另外一扇文学作品的视窗，让我晓得了文学作品中除颂扬英武刚烈之外，还能够表达幽怨悱恻，正如自然界中的雄雌阳阴一样，豪放与婉约、俊朗与纤柔、明快与幽暗、刚劲与坚韧等，相克相生，和谐共处，水乳融汇，才构成了物质世界与精神世界的多元、丰富与充盈。

这些书籍中的大部分当时还未"解禁"，但是正如"禁食"往往更能激发一个人的食欲一样，这些"禁书"也极大地刺激了我阅读求知的渴望。

年齿日增，当借书已不能满足自己的阅读需求时，"拥有自己的图书"的强烈愿望，一下子填满了我的心房。当时社会积贫积弱，物资匮乏，果腹已成难题，哪里还有余钱买书？想要疗救精神的饥荒，必须以勤劳付出为代价。因此，我便开始了"勤工俭学"——炎炎夏日，便捡拾麦穗；深秋霜天，则刨讨红薯；萧瑟冬日，即寻挖药材；春寒料峭，就约上几个伙伴，跳进村边的小河里，选择一段水面，两头用泥块一堵，水盆水桶一齐上阵，硬是凭着力气，将被围堵的河水弄干，露出河床的同时，藏匿在水中的鱼鳖也暴露无遗，逐一捉拿，满载而归，次日携至集市，换些钱币，大家均分。我的劳动所得，一半交给家长贴补家用，一半留作私房，寻机踱进镇上的书店，将心仪已久的图书购买回家，或坐于门墩之上，或立于屋檐之下，吮吸着文化的琼浆，以润脑润心。就这样，在不到两年的时间里，我购置并阅读了数十部文学经典。记得1979年秋天我离开故乡赴古都汴京读大学时，给弟弟妹妹以及堂兄弟们留下了满满的三大木箱图书，有高尔基的"人生三部曲"、托尔斯泰的《复活》、普希金的《叶甫盖尼·奥涅金》、巴金的"激流三部曲"、张乐平的《三毛流浪记》以及上百册的连环画，都是值得珍藏的典籍。现在想来，正是有了这些文化典籍的浸润，才使我度过了那段精神饥荒的岁月，使我在当时最为底层的社会空间里，如先贤一般，一箪食，一瓢饮，居陋巷，人不堪其忧，我亦不改其乐，对于生活与未来始终充满了希望和信心。

在当时那个社会环境里，物质需求和精神需求对于一个处于发育成长期的青少年来说都极为重要，而我们却常常不得不面对"二者不可得兼"的两难抉择。记得1979年夏天，我参加高考，临行前父母送给我五元钱作为三天的食宿费用；而看完考场后，则一头扎进了县城的书店里，看到曲波先生所著的《山呼海啸》刚刚上架，毫不犹豫拿出三元钱买了下来。高考期间，因为住不起旅馆，只好将一张蒲席铺在屋檐之下，头枕书本文具而卧。夜里，蚊子像隐形战机似的盘旋在身旁，一会儿俯冲，一会儿扫射，一会儿又是定点打击，战术百变，而自己则苦于应对，只好用床单紧紧地包着身子，将头和脸严严实实地裹起来，仅留下两个鼻孔用来呼吸；好在蚊子还没有研究出"坑道战"的打法，自己也总算躲过了一劫。高考结束，继续回乡劳动。闲暇，坐于田间地头、树下溪边，静静阅读，等把全书读完，大学录取通知书恰好送达……现在想来，当时确实很艰苦，但从人生发展的历程来看，少时孜孜不倦的阅读体验，已成为不可多得的人生阅历，成为一生中最为幸福的事情之一。

大学四年，是我人生中最惬意的时光。当时未及弱冠，闲情娱乐、婚恋烦忧诸事，还不曾缠绕身心；且脑清目明，神俊志朗，精力充沛，记忆惊人。当时，年高德劭的学术大师们除了给研究生开课，也经常为我们这些本科生开设专题讲座；且全国各个大学之间学术交流十分频繁，各种研讨活动随时能够参加，于是，王季思先生、霍松林先生、任访秋先生、姚奠中先生、钱仲联先生、华仲彦先生、于安澜先生、牛庸懋先生、宋景昌先生、刘增杰先生、白本松先生等一批知名教授，都曾经给我们以耳提面命般的指导。亲炙硕儒慈颜，聆听大师宏论，弦歌一堂，切磋砥砺，眼界大开，学业精进。

三十多年过去了，著名诗人、古典文学研究专家华仲彦先生的谆谆教诲，仍时时闪烁在我的心头："学问无穷，书籍充栋，而生命有限，时间宝贵。两难之间，须有抉择。我以为，作为中文专业的学生，要充分利用有限的学习时间，多多诵读传统经典，尤其是古典名著名篇，要熟读成诵，烂熟于胸，则可做到警句名言、典故成语、诗词意境、文脉意趣等如同己出，在自己今后写作时，隽词妙语，汩汩而泻，涉笔成趣，文气贯通，典雅华贵，美文天成。盖人们诵读经典的过程，即是储存语言信息的过程，也是吸收营养的过程，是不断整合各种知识与创造新知的过程。更何况，古典文学与文献是我国文化的源头，只要功夫到家，学问精到，则今后无论选择何种专业作为发展方向，均有高屋建瓴、势如破竹之效。"当时，先生此言一出，自己有如醍醐灌顶，一个激灵，拨云见日，茅塞顿开，头脑一片清朗，心里格外澄澈，脚跟也踏实了许多。于是，在先生的指导下，利用课余时间，仅古典文献方面就通读了《诗经》《楚辞》《战国策》《史记》《三曹诗选》《陶渊明集》《李太白集注》《读杜心解》《苏轼全集》《漱玉词注》《剑南诗稿》《唐宋传奇》等名著；而著名学者朱东润教授主编的六卷本大学中文系通用教材《中国古代文学作品选》，更是我手头常备的读物，经过反复诵读，其中三分之二的名篇基本成诵。含英咀华，受益良多。

参加工作之后，备课授课之余，购书与阅读，便成了我生活中不可或缺的内容。后来，因为工作的需要，除文学专业书籍之外，还集中精力阅读了大量的教育学、心理学、政策法规、教育科学与教学方法论、课程建设、教育管理、人事与资源管理等方面的书籍。无论在海口市教科所担任所长职务，还是调任海口市第一中学和海南中学校长，自信所在单位在文化建设、课程建设、教育科研、教师专业发展等方面，均在区域内起着引领作用。我辈并非天才，有些开创性的工作也无经验可循，只能边学边做，及时反思，不断总结，适时调整，逐步提升。在这一过程中，阅读就成了我不断前行的重要保障措施。白天事务萦身，就利用晚间进行阅读，整整二十多年光阴，可以说我的夜晚大都是从拂晓开始，在破晓结束的。

有耕耘就会有所收获，后来应著名学者白本松先生、贾传棠先生等邀约,参与编著《乐府诗鉴赏词典》《中国古代文学作品多解大辞典》《万家宝典》等文献辞书,接受任务者多,撰述质量者高,已有学界定评;自己所撰写并出版的散文随笔集《遥远的啸声》《渐远的风雅》以及文学作品集《传诵千秋是著书》等,被评论家们誉为"端肃板正,用典浑成""含蕴丰富,文笔清丽",具有"凝重而安详"的气质和文风,自认为并非溢美。

我时常想,我们的父辈们,终其一生,勤勉劳作,呕心沥血,默默奉献,耕读持家,以清正之人品,铸造了清白之家风,已经无愧于他们的时代,无憾于他们的人生。我们这一辈人,也一定能够沉潜心志,远离喧嚣,扎实做事,诚实做人,诗书遣怀,无愧时代。我们期望,在祖辈与父辈们的潜移默化与言传身教之下,我们的子孙辈们,也能够读书明理,向学向善,健全人性,健康成长,摒弃功利,放开眼光,积极构建有意义有价值的人生,创造高品质高情趣的生活!

三、个人的点滴感悟

在世界阅读日到来之际,我们也迎来了第八届海南书香节系列活动。静坐沉思,盘点人生:是什么让自己五十三岁的生命底色中多了一些靓丽与明快?是什么构成了支撑着自己生活的乃至生命的深厚基石?是什么改变和引领着自己人生发展的轨迹与方向，让一个懵懂敦朴的农家少年成为躬耕苗圃的里手？当五十三年的人生历程像视频中的快镜头一样，匆匆地从脑海里闪回，猛然间一个非常明晰的词语跳跃了出来，犹如阳光一般地照彻了自己的心房——阅读。

阅读，充实了自己的灵魂；阅读，丰盈了自己的思想；阅读，支撑了自己的事业；阅读，提升了人生的境界与生命的质量。数十年的阅读体验，我真切地感受到，为了学业、求知和工作需求而进行的学术性阅读，是人生中必不可少的项目，它能够极大地改进一个人的生存和工作状态；而为了丰富与满足自己精神生活所进行的闲适性阅读，则像阳光与水分一样，时时滋养着心灵的沃土，提升着生活的乃至生命的质量。当然，学术性阅读与闲适性阅读则常常又是交织融汇在一起的，它们共同促进着人的成长与发展，培育着人性向着善良、仁慈、宽厚、包容、感恩和勇于担当的方向迈进。而这些，则正是一个教育工作者所应该具备的情怀。

当然，阅读的场所、形式以及内容应该是多种多样的，正如我们走在宽阔的校道之上，举目所望，满眼葱茏，蓝绿红白，缤纷五彩，大自然以自己的多彩多姿和多样化的生命状态，为我们形象地诠释着社会人生的意义与生命的辉煌壮观。不过，我总是这样认为，尽管阅读的场所不拘一处，但是，家庭阅读是最为温馨与人文的一种状态，是最能够沟通家庭成员之间浓厚亲情的一种方式；而多读一些经过了时间过滤与历史沉淀的中外古今的经典著作，最能够陶冶情操，培育人性，浸润人生，传承文脉。

去年春节期间，应朋友邀请到江南古镇桐庐与南浔小住几日，当我们徘徊在幽幽古巷和深深庭院时，举目所见，鲜红的春联格外醒目，细读联语，"几百年人家无非积善，第一等好事还是读书"，"一等人忠臣孝子，两件事读书耕田"，"雨过琴书润，风来翰墨香"，"春风大雅能容物，秋水伊人不染尘"，"四世传经是为道德，一门训善惟以永年"……凡此种种，目不暇接。看来诗书执礼，耕读传家，孝悌天伦，情义相尚，中华民族之传统美德，历尽劫波，绵延相继，如一江春水，浩荡东去，源远流长，势不可当。

在此，我还想告诉朋友们的是，大千世界，众生芸芸，尽管说术业有专攻，行业不尽同，但是，在庸碌繁忙的一生中，能够挤出一定的时间而从容阅读的人，是最为幸福的。因为，他能够用心灵去沟通人类的昨天与今天，去感悟人类的痛苦与欢乐，他能够用智慧去铺设通向未来的桥梁，他能够充分地享受人生的自在与安详！

谢谢大家！